कमल कुमार
की
लोकप्रिय कहानियाँ

कमल कुमार

की

लोकप्रिय कहानियाँ

प्रभात पेपरबैक्स
प्रभात प्रकाशन
ISO 9001 : 2008 प्रकाशक का उद्यम
www.prabhatbooks.com

प्रकाशक

प्रभात पेपरबैक्स

4/19 आसफ अली रोड, नई दिल्ली–110002

फोन : 23289555 • 23289666 • 23289777 ❖ फैक्स : 23253233

इ–मेल : prabhatbooks@gmail.com ❖ वेब ठिकाना : www.prabhatbooks.com

संस्करण

प्रथम, 2015

मूल्य

एक सौ पचास रुपए

अ.मा.पु.स. 978-93-5186-309-0

मुद्रक

आर–टेक ऑफसेट प्रिंटर्स, दिल्ली

KAMAL KUMAR KI LOKPRIYA KAHANIYAN

₹ 150.00

Published by **Prabhat Paperbacks** (A Division of Prabhat Prakashan)
4/19 Asaf Ali Road, New Delhi-2

ISBN 978-93-5186-309-0

भारतीय मनीषा : कहानी की मनीषा

कहानी जीवन के सबसे समीप होती है। भारतीय मनीषा कहानी की है। यहाँ नीति, राजनीति, धर्म, दर्शन, विचार और आचार संहिता सभी की वाहक कहानी ही रही है। बचपन के कौतूहल को कहानियों में बाँधकर जातक कथाओं, पंचतंत्र की कथाओं, वेताल पच्चीसी इत्यादि के माध्यम से जीवन में प्रवेश की तैयारी रहती है। मेरा मन शुरू से कहानियों में ही रमता था। कहानी की किताब कैसी भी, कहीं भी मिलती, शुरू करती और खत्म! 'चंद्रकांता' की रहस्य-रोमांच की दुनिया से शुरू करके कितने लेखकों को अनजाने में ही पढ़ गई थी। गुलशन नंदा (जिन्हें साहित्य में स्थान नहीं दिया गया) ने सरल व्यावहारिक भाषा में जीवन की अनगिनत स्थितियों को अपने कथा साहित्य में अभिव्यक्त किया। जिसने मुझे 'और', 'और' पढ़ने के लिए उत्सुक किया। कॉलेज में जाकर कोर्स की किताबों में 'उसने कहा था' पढ़ी, पर उसका गहन अर्थ बहुत बाद में जाना था। जयशंकर प्रसाद की कहानी 'पुरस्कार' रोमांचित करती थी। प्रेमचंद की 'कफन' और 'शतरंज के खिलाड़ी' को भी अरसे बाद ही समझ पाई थी। जिस रास्ते पर चल रही थी, उसी पर पहला दृढ़ कदम था मेरी पहली कहानी 'तीन देवियाँ', जो 'नवभारत टाइम्स' में प्रकाशित हुए थी। उस समय मैं बी.ए. के दूसरे वर्ष में थी। इससे पहले की कहानियाँ स्कूल-कॉलेज की पत्रिकाओं में ही प्रकाशित और पुरस्कृत हुई थीं। फिर निरंतरता में लेखन होता रहा है। पढ़ने का क्रम भी चलता रहा, मोपांसा, सोमरसेट मॉम, इस्मत आपा, मंटो, शरतचंद्र, अमृता प्रीतम इत्यादि ने मुझे पूरी ईमानदारी, साहस और निष्ठा से लिखने का उत्साह दिया।

कहानी जीवन की विविधताओं, व्यक्तिगत, सामाजिक अथवा सार्वजनिक यथार्थ के अनजाने-अनदेखे क्षेत्रों में ले जाती है। जहाँ नए प्रश्नों में जूझते हुए हम

नई दिशाओं की तलाश करते हैं। यह तलाश भटकने की भी होती है और कुछ पा लेने की भी। आज हम रचनाकारों के सामने भी बाजारीकरण, उपभोक्तावाद, विज्ञापनवाद के वर्चस्व से जीवन में समीकरण बदल रहे हैं। इसलिए आपसी रिश्तों के विघटन की कहानियाँ भी लिखी जा रही हैं। तो भी हम अँधेरे में अपनी राह बनाने में समर्थ होते हैं। आज की त्रासद, विसंगतियों, विडंबनाओं, असंगतियों से बाधित भी होते हैं, पर उनका अतिक्रमण भी करते हैं। इस समय स्त्री अपने खिलाफ हो रहे अन्याय, असमानता और दी गई रूढ़ियों का विरोध कर रही है, जो कहानियों में दर्ज हो रहा है। पहले की पीढ़ी से अलग आज लिखी जा रही कहानियों में ढुलमुल रवैया नहीं है। हम स्त्रियाँ सामाजिक और व्यक्तिगत रूढ़ियों से टकराती हैं और रिश्तों को नया विमर्श देकर नैतिकता की कहानियाँ लिख रही हैं। स्त्री की अपनी कामनाओं, इच्छाओं, लालसाओं की वर्जना और उन्हें अपराध माने जाने के खिलाफ संघर्ष में प्रतिबद्ध है। साथ ही परिवार में हिंसा, मानसिक और शारीरिक भी, दोहरी आचार संहिताएँ और नीतियाँ, परिवार के सदस्यों का स्वार्थ और स्त्री के प्रति बेपरवाही के विरोध में अगर 'लव इन रिलेशन' को मान्यता मिले तो गलत कहाँ है। अथवा लैस्बिनिज्म कहानियों का विषय बने तो क्या?

इस संग्रह में अपने लगभग सभी छह कहानी संग्रहों से कहानियों का चुनाव किया है। लगभग ये सभी कहानियाँ किसी-न-किसी कारण से पाठकों और आलोचकों के बीच में चर्चा में रहीं। 'पार्टनर' कहानी 'विवाह' को आपसी पार्टनरशिप में देखे जाने के औचित्य की कहानी है। जहाँ लड़की का रूप-रंग, लेन-देन, जाति-धर्म का कोई अर्थ नहीं है। महत्त्वपूर्ण है कि वे एक साथ समझदारी से जीवन जीएँ। साँवली पर शिक्षित स्वावलंबी लड़की के लिए विदेश से आए एक गोरे-चिट्ठे एन.आर.आई. का शादी का प्रस्ताव लेकर आना समय का नया सूचांक है।

'जंगल' की स्त्री की स्वच्छंद जीवन-शैली को समाज स्वीकार नहीं करता। वह अपने निर्णय लेती है। कठिनाइयों में जीवन जीती है, पर उसकी बच्ची जो बिना विवाह के पैदा हुई थी, माँ के सामने अपने भविष्य को लेकर कई सवाल उठाती है, पर फिर 'पिता' की कायरता और बेपरवाही के सामने उसे माँ ही सही लगती है। व्यक्ति, स्त्री और समाज में स्त्री के विरोधाभास की कहानी है।

'एक झरना मेरे लिए' प्रेम संबंधों की कहानी है, पर आवश्यक है स्त्री को सम्मान और उसकी गरिमा के साथ प्रेम का दम भरना। प्रेम में झूठ, फरेब का स्थान नहीं, इसलिए प्रेमिका प्रेमी से 'पहाड़ पर फुदकता झरना लाने के लिए' कहकर उसे सच्चाई के असमंजस में धकेल देती है।

'वैलेंटाईन-डे' भी मार्मिक प्रेम संबंधों की कहानी है। जहाँ सांप्रदायिकता और धर्म-धर्मांधता की चपेट में दोनों प्रेमी एक-दूसरे से अलग हो जाते हैं। जुबेदा अदृश्य हो जाती है और संजय मानसिक रूप से जुबेदा के साथ जुड़ा रहता है। परंतु संजय की पत्नी, साधारण पर अपनी असाधारणता में, कर्मजीवी और कर्तव्यनिष्ठ स्त्री माँ, पत्नी और व्यक्ति के रूप में अकेली ही जीवन की राह पर चलती रही। अंततः संजय ही उससे क्षमाप्रार्थी होता है। 'कैटलिस्ट' कहानी भी पारिवारिक हिंसा से त्रस्त अकेली, उदास, अवरुद्ध और वर्जनाओं के साथ जीवन जीती स्त्री की कहानी है। परिवार और प्रकृति के अन्याय के सामने परास्त सी अपने में सिमट गई। पर उसके जीवन में उद्दीपन और कामनाओं को विश्वनाथ लौटा लाता है। इस रिश्ते में कोई सामाजिक समीकरण नहीं। बस वह स्त्री के भीतर की कामनाओं, इच्छाओं, लालसाओं, महत्त्वाकांक्षाओं को पुनर्जीवित कर देता है, ताकि वह साधारण व्यक्ति की तरह जी सके। 'के नाम है थारो' राजस्थान की पृष्ठभूमि में बाल विधवा के जीवन की त्रासदी के लिए नहीं, स्त्री के भीतर की जिजीविषा के लिए पढ़ी जानी चाहिए। गोपाल राय के कहे इस कथन से पूर्णतः सहमत हूँ।

'गुड मार्निंग मिस' भी एक तरह से 'जीवन में प्रेम' से, जीवन से खो गए आत्मविश्वास और आस्था को पा लेने का उजास है। 'गुड मार्निंग मिस' छोटे शहर से महानगर में दांपत्य जीवन की टूटन के बाद आई शिक्षित स्वावलंबी लड़की के संघर्ष को अभिव्यक्त करती है। उसका अकेलापन महानगर का अजनबीपन, आडंबर और त्रासद स्थितियों में उसे लगता है उसका जीवन 'एक शून्य से दूसरे शून्य' की यात्रा बन गया है। परंतु अपने ही दफ्तर में एक 'मि. परफैक्ट' (जिसकी एक टाँग नहीं है) पर नकली टाँग पर, उल्लसित, बेखौफ और पूर्ण जीवन जीता व्यक्ति, उसकी जीवनदृष्टि बदल देता है।

'घर-बेघर' कहानी रिश्तों की सुगबुगाहट और एन.आर.आई. के विस्थापन की पीड़ा की कहानी है। भौतिक समृद्धि और उपभोक्तावाद के अकेलेपन से घबराकर अपने देश में आकर बस जाने का असफल प्रयास किया। विकास का अँधेरा यहाँ भी तो घिरने लगता है। रिश्तों का विघटन स्वाभाविक है। 'अम्मा' आज की पीढ़ी द्वारा उपेक्षित घर में बुजुर्गों को जीवन निरर्थक लगता है, जो उन्हें अशक्त और निर्बल बना देता है। पर थोड़ा सा आदर और आत्मीयता उनमें उत्साह और जीवन जीने की इच्छा से भर देते हैं।

'काफिर' धर्म के नाम पर की जानेवाली अतार्किक हिंसा, जो संवेदनशील अंतस को कातर कर देती है। धर्मगुरुओं के दिए गए उपदेशों के प्रतीकार्थ को न

समझना और मूक प्राणियों की हत्या कर जश्न मनाया जाना, ऐसे ही चलता आया है, जो भीतर की आर्द्रता को सोख लेता है। व्यक्ति मूक निर्दोष जीवों की हत्या इसी मजहब के कारण करता है। 'अपराजेय' कहानी जीवन के प्रति गहरी आसक्ति और आस्था की कहानी है, जो विकटतम स्थितियों में भी व्यक्ति अजेय ही रहता है। उसके भीतर का स्फुरण कला और प्रकृति के प्रति आसक्ति भाव से कभी रिक्त नहीं होने देती।

'पिंडदान' कहानी पिता की लंबी बीमारी से बेटे के परिवार में रिश्ते, उसकी प्रमोशन, नौकरी, संचित धनराशि, प्रोविडेंट फंड—सब नष्ट हो जाता है। अंततः जीवित पिता का पिंडदान करके कर्तव्यमुक्त हो जाने की भयावह, पर मानवीय यथार्थ का उद्‌घाटन है।

'नालायक' में व्यंग्यार्थ निहित है। घर में पढ़ाई में कमजोर बच्चे को प्रताड़ना उसके आत्मविश्वास को नष्ट कर देती है। पर धीरे-धीरे उसके व्यक्तित्व के अन्य गुण अंततः उसे ही पिता का वारिस सिद्ध करते हैं।

'फासिल' कहानी पितृसत्तात्मक समाज की सामंतशाही में औरत की इच्छा, महत्त्वांकाक्षा और विचार-शून्य होकर फासिल हो जाने के विरोध में अप्रत्याशित कर सकने के 'प्रयास का उजास' है।

'लोकतंत्र' कहानी आज हमारे जीवन को राजनीति हर स्तर पर संचालित कर रही है। भ्रष्ट राजनीति के कारण आम व्यक्ति का जीवन त्रासद हो गया है। 'धारावी' जातिवाद, छुआछूत की अमानवीय व्यवस्था अंतरात्मा को झकझोर देती है।

इस तरह हर कहानी एक विशेष अनुभव-क्षण को जीवंत पात्रों और स्थितियों से अंस्पृक्त कर लेती है। सृजनात्मकता प्रकृति-प्रदत्त होती है। साथ ही बड़े साहित्यकारों की प्रेरणा और आशीर्वाद भी। जैनेंद्रजी ने मेरे पहले कहानी-संग्रह को पढ़ा था, लोकार्पण किया था और मुक्तभाव से 'बेटे' कहानी को श्रेष्ठतम कहानी कहकर मुझे और श्रोताओं को स्तब्ध कर दिया था। पर यह उनका आशीर्वाद था, 'कहानी लिखती रहना, रुकना नहीं…'।

अज्ञेयजी ने मुझे सृजन का सही अर्थ बताया था और रचनात्मक होने का मूल मंत्र दिया था। कमेलश्वरजी ने 'खोखल' को भीष्म साहनी की 'चीफ की दावत' के समक्ष कहकर मेरे अपने विश्वास को दृढ़ कर किया था। आज मेरी रचनात्मक निष्ठा और प्रतिबद्धता के लिए इन्हीं जैसे महान् लेखकों के आशीर्वचन हैं।

—कमल कुमार

अनुक्रम

अपना शहर

इतवार था। पाँच बज चुके थे, पर धूप वैसी ही चिलक रही थी। जाने के लिए राकेश अभी तैयारी में था और वह तैयार हो चुकी थी। बाहर घंटी बजी थी। रामसिंह राकेश से कह रहा था, ''साब, कोई है, आपसे मिलना चाहता है।''

''दफ्तर का आदमी है?''

''जी साब।''

''उसे कहो, दफ्तर में आकर मिले।''

रामसिंह फिर लौट आया था, ''साब, बोला उसे, तो भी कहता है दो मिनट को मिलना है। मेम साब को भी पूछ रहा है।''

''पूछोऽ नाम पूछो।''

रामसिंह आया तो राकेश बाथरूम में था।

''मेम साब कोई मिस्टर पाढ़ी हैं। साब की पिछली पोस्टिंग थी। कुछ नाम बताया था। भूल गया, वहीं से आया है।''

उसके दिमाग में एक धूल भरी आँधी सी उड़ी थी, विस्मरण की गर्द के नीचे से एक आकृति साकार हो गई मि. पाढ़ी···अक्षय पाढ़ी। वह अचकचा उठी थी और तेज कदमों से ड्राइंग-रूम में पहुँची थी। वह अभी भी बाहर लॉबी में ही खड़ा था। गरमी और लू से अस्त-व्यस्त···पसीने से तर-बतर। उसे देखते ही वह एड़ियों पर उचका था। उसके अभिवादन के लिए आगे बढ़ा था और फिर वहीं स्थिर हो गया था।

''मैडम, आप ही से तो···! सोचा, पता नहीं आपको याद भी होगा या नहीं।''

''क्यों नहीं याद होगा? आइए, भीतर आइए, बैठिए।'' वह भी उसके

सामनेवाले सोफे पर बैठ गई थी। तालाब में खिली जलकुंभी सी मुसकान से उसका सारा चेहरा रौशन हो रहा था।

"आपसे कहा था न, आऊँगा आपके शहर में तो आपसे मिलूँगा जरूर। लेकिन मैडम, इतना बड़ा शहर···मैं तो भूल-भुलैया में खो गया था। बड़ी कठिनाई से पहुँच पाया। एक वक्त तो निराश ही हो चला था। कोई भला जन था, सही रास्ते पर डाल गया।"

"साब कह रहे हैं, कल दफ्तर में आकर मिल लें आप।" रामसिंह था। वह उठ खड़ा हुआ था।

"आप बैठिए, मिस्टर पाढ़ी।" उसने घूमकर रामसिंह को कहा था, "इधर का ए.सी. ऑन करो और यह दरवाजा बंद कर दो। और सुनो, पानी लाओ और कुछ ठंडा··· ।"

"मैं चलता हूँ मैडम।" वह परेशान सा हो उठा था। उसके चेहरे का उजास बुझ गया था। खिली जलकुंभी मुरझा गई थी।

"आप बैठिए तो।" फिर उसने बात बढ़ाने की गरज से कहा था, "हाँ, बाहर के व्यक्ति के लिए जगह ढूँढ़ना मुश्किल हो जाता है।···अच्छा, आप अपनी···उसी बहन के पास ठहरे हैं न?"

"जी।"

"नीलांजना कैसी है? उसे भी ले आए होते साथ। कह भी रही थी वह तब··· ।"

"अरे कहाँ मैडम! मैं भी बस चला आया··· । आपसे मिलने का लालच था न। काम तो कोई खास था भी नहीं।"

रामसिंह से गिलास लेकर उसने स्वयं उसे दिया था। उसने संकोच से गिलास लिया था और फिर कहने लगा था, "नीलांजना का मन तो था, लेकिन बच्चों की देखभाल और···"

"आपसे कहा गया था कि दफ्तर में आकर मिलिए। तब भी आप यहीं बैठे हैं।" राकेश तमतमाया चेहरा लिये दरवाजे के बीच में प्रकट हुआ था।

वह भौंचक सा उठ खड़ा हुआ। शरबत की घूँट उसके गले में अटक गई थी।

"सॉरी सर!" उसने गिलास मेज पर वापस रख दिया था। उसके चेहरे पर राख सी पुत गई थी।

झिझकती सी आवाज में उसने कहा था, "जी मैडम, चलता हूँ। हाँ, यह डिब्बा लाया था। उस दिन तो रह गया था। सोचा, आया हूँ यहाँ तो आपको देता चलूँ।"

''डिब्बा वापस लेते जाओ।'' राकेश ने दूसरा विस्फोट किया था।

राकेश और पाढ़ी के बीच वह लाचार सी खड़ी थी।

पाढ़ी के बड़े हाथ में डिब्बा चिपककर रह गया था। वह स्तब्ध खड़ा था। उसे बढ़ा हाथ वापस समेट लेने का भी होश नहीं था। उसकी आँखें उसके चेहरे पर स्थिर थीं। वह जाने को उद्यत की मुद्रा से एक पल पहले क्षण में फ्रीज हो गया था। उसके भीतर कुछ घुमड़ा था। अपने को और उसे नगण्य होने में बचाने का संकल्प लिये एक उद्वेग भाव से बढ़कर उसने झटके से डिब्बा पकड़ लिया था।

''थैंक्स मिस्टर पाढ़ी···थैंक्स सो मच।'' राकेश के आदेश की धार को कुंठित करते हुए उसने कहा था।

''मैंने ही मँगवाया था। अब वापस थोड़े ही जाएगा।''

राकेश के 'कब', 'क्यों' जैसे सवालों की ध्वनि उन दोनों के इर्द-गिर्द टकराकर व्यर्थ सी हो गई थी।

पाढ़ी ने हाथ जोड़े थे। राकेश को मुखातिब हो एक बार फिर 'सॉरी सर' कहा था और दरवाजे से बाहर हो गया था। वह सादरपूर्वक बाहर तक उसके साथ गई थी। उसे विदा दी थी मौन भाव से। वह गेट खोलकर बाहर जा चुका था। उसकी पीठ नजर आ रही थी और उस पर पसीने से चिपकी आधी सूखी की आधी गीली बुश्शर्ट। पैंट की मोहरियों पर चिपटी धूल और चप्पलों पर लगी कीचड़। पराजित भाव से वह उसे जाता देखती रही थी।

सिकंदर ने पौरुष से पूछा था, ''तुमसे कैसा व्यवहार किया जाए?''

''जैसा एक राजा को दूसरे से···जैसा एक राजा को दूसरे से···जैसा एक राजा को दूसरे से···'' उसके जहन में घन बज रहे थे।

अपमान से क्षुब्ध और लाचारी से त्रस्त वह भीतर आई थी। राकेश उफनता खड़ा था।

''दफ्तर के कामों और दफ्तर के लोगों में दखल मत दिया करो। तुम्हें प्रॉटोकोल का भी ध्यान नहीं रहता।'' उसके शब्द व्यर्थ का शोर थे।

वह बेखबर ठंडी और खामोश आँखों से अपनी कल्पना में महानगर की नंगी और बेरहम सड़कों पर उसे बुझे चेहरे और थके कदमों से जाता हुआ महसूस कर रही थी।

□

छोटा सा स्टेशन था। उतरनेवाले और चढ़नेवाले अपनी-अपनी राह जा चुके थे। प्लेटफॉर्म लगभग खाली हो गया था। उसे लेने राकेश स्टेशन पर नहीं आया था

और न ही किसी को भेजा ही था। इस अप्रत्याशित स्थिति की वह कल्पना भी कैसे कर सकती थी। आने से दो ही दिन पहले तो उसकी राकेश के साथ फोन पर बात हुई थी। उसने अपना प्रोग्राम बताया था। राकेश का ट्रांसफर यहाँ हुए छह महीने हो चुके थे, पर तब से वह अकेला ही रह रहा था। उसके साथ आकर रहने का मौका ही नहीं मिल रहा था। बच्चों की पढ़ाई और उनकी परीक्षाओं की जिम्मेवारी सँभाले वह आ भी कैसे सकती थी। राकेश के लिए चिंतित होती तो वह फोन पर यही कहता था, ''मजे में हूँ। छोटे शहर की सारी सुविधाएँ उपलब्ध हैं। और फिर तुम जानती हो, मुझे अपने काम में ही मजा आता है।'' राकेश ठीक ही कहता था। सनक की हद तक दफ्तर के काम में डूबे रहना उसकी आदत थी। आज भी कहीं किसी वजह से रुकना पड़ गया होगा। पर कम-से-कम किसी दूसरे को तो भेज दिया होता। क्या उसने यहाँ आकर ठीक नहीं किया। नई जगह पर अजनबी सी खड़ी वह सोच रही थी। इतने दिनों बाद पति से मिलने की रोमानियत धीरे-धीरे मर रही थी और मन में खीझ भर रही थी।

कुली को सामान के पास खड़ा करके वह टेलीफोन पर पता लगाने के लिए गई थी। पता चला, स्टेशन मास्टर जा चुका था। एक ही फोन था, जो वह कमरे में बंद कर गया था। पब्लिक टेलीफोन पर 'आउट ऑफ ऑर्डर' की परची चिपकी थी। वह वापस लौटी। स्थिति का परीक्षण किया था। शाम सी घिरने लगी थी। प्लेटफॉर्म सूना हो चला था। इक्का-दुक्का लोग उखड़ी सी नजरों से उसके कार्यकलापों को देख रहे थे। असमंजस से उभरकर उसने स्वयं ही जाने का निश्चय किया। बाहर निकल आई थी। बड़ी अनिच्छा से सामान उठवाकर रिक्शे में रखवा लिया था। कोई दूसरी सवारी भी वहाँ दिखाई नहीं दे रही थी। चलने लगी तो फिर द्वंद्व में घिर गई। घर जाए या दफ्तर। उसने दफ्तर जाने का ही निश्चय किया था। उसे राकेश के ईमानदार और अनुशासनबद्ध अफसर होने पर गर्व है। उसकी योग्यता पर सरकार ने उसे सोने का मैडल दिया, पर साथ ही उसकी सख्त काररवाई से नाराज लोगों की पहुँच के कारण उसका तबादला इस पिछड़े इलाके में कर दिया। राकेश ने इसे चुनौती की तरह स्वीकारा था। वह दफ्तर पहुँची तो पता चला, 'साब इंस्पेक्शन पर गए हैं और लौटने में चार-छह रोज भी लग सकते हैं।' वह ठगी सी खड़ी रह गई। अब क्या करे? उसने अपना परिचय दिया था। दफ्तर में चारों तरफ धीमी आवाजें और फुसफुसाहटें उभर आई थीं। दो-चार चेहरे दरवाजे से झाँकते और लोप हो जाते। साब की पत्नी को देखने की उत्सुकता थी उनके मन में। इस अपेक्षित व्यवहार और अपमान की कड़वाहट

को वह कैसे और क्योंकर पिए?

उसने पूछा था, ''वापसी की ट्रेन कब जाएगी?'' वे एक-दूसरे का मुँह ताकते रहे।

''वर्तमान ट्रेन नाहिं।'' तभी उनमें से निकलकर एक व्यक्ति आया था। साफ हिंदी में उसने कहा था, ''मैडम, वापसी की ट्रेन तो अब आपको परसों सवेरे ही मिलेगी।''

वह कुरसी पर शिथिल हो गई थी। लगता था, वह नीचे की तरफ धँसती जा रही है।

''मैडम! मैं पाढ़ी। साब का पी.ए.। आप चलिए, घर पर चलिए।''

उसी ने सामान उठवाकर रिक्शा पर रखवा लिया था और वह स्वयं साइकिल पर उसके साथ-साथ आ रहा था। ''मैडम, आपके आने की सूचना नहीं थी साब को क्या?''

''तार दिया था।'' वह कुछ सोचकर बोली थी।

''ओ तभी। तार तो मैडम यहाँ चिट्ठी से भी ज्यादा देर से पहुँचता है। तार मिला होता तो कैसे जा सकते थे साब?''

वे लोग शायद पहुँच गए थे। गेट पर चौकीदार था। पाढ़ी ने उसे बताया था और उसने बंदूक नीचे टिकाकर सलाम ठोंका था। उसका सामान बरामदे में रख दिया था। पास पड़ी कुरसी खींचकर उसे बैठने को कहा था। उसके पहुँचते ही वहाँ हलचल सी मच गई थी। चार-छह लोग भाग-दौड़ रहे थे। एक-दूसरे से बतिया रहे थे। आउटर हाउस की खिड़कियों से चार-छह चेहरे उत्सुकता से बाहर झाँकने लगे थे। नंगे, अध-नंगे बच्चे घेरा सा बनाकर उसके पास खड़े हो गए थे। एक बारह-तेरह बरस की लड़की थी। छोटे बच्चे को गोद में उठाए सकुचाती सी आकर खड़ी ही गई थी कोने में। उसने सिर्फ एक धोती पहन रखी थी। उसी को आगे से फैलाकर अपना सामान ढक रखा था। गहरे काले रंग की और चंचल आँखोंवाली उस लड़की और बच्चे से वह बात करना चाह रही थी, ताकि वातावरण सहज हो। पर पाढ़ी आया था और सबको डाँटकर भगा दिया था। छोटे-बड़े बच्चे हिलकते-किलकते भाग गए थे। वह लड़की सहमी सी पीछे हट गई थी।

बँगले की चाबी भी राकेश के ही पास थी। दफ्तर के दो-चार लोग और आ गए थे। वे आपस में सलाह कर रहे थे। उनकी भाषा से मिले अंग्रेजी के कुछ शब्दों से वह जान रही थी कि तकरार ताला तोड़ने को लेकर है। थकान से शिथिल और हताशा से बोझिल उसने अपना सिर कुरसी के पीछे टिकाकर आँखें बंद कर ली

थीं। इस समय अपने को परिस्थितियों के भरोसे छोड़ देने के अलावा दूसरा उपाय उसके पास नहीं था।

वह जानती थी, राकेश से दफ्तर में लोग कटे-कटे ही रहते हैं। अपने से नीचेवालों के प्रति वे सख्त और बेमुरव्वत थे और ऊपरवालों के प्रति तटस्थ तथा निर्लिप्त। उनका व्यवहार कठोर ही रहता। किसी की चार्ज शीट, किसी की इन्क्वॉयरी और किसी का सस्पेंशन। ईमानदारी और भ्रष्टाचार के खिलाफ अभियान में वह अकेला रह गया था। इसी से बेहद चिड़चिड़ा और सनक की हद तक काम करने लगा था। यों ही पूरे मंत्रालय में उसकी प्रशंसा की तूती बजती थी, पर उनकी घरेलू और सामाजिक जिंदगी तिनका-तिनका होकर बिखर गई थी।

ऐसे अफसर की पत्नी के लिए किसके मन में सहानुभूति होगी और क्यों? दफ्तर के लोगों की आँखों में उसने बदले की भावना को पढ़ा था। 'चलो साब, नहीं तो उसकी पत्नी से बदला लो। आई है तो चली जाए या पड़ी रहे कहीं भी किसी होटल, बरामदे या लॉन में··· ।' उनकी आपसी चकचक में पाढ़ी को उसके सस्पेंड होने का भय दिखाया जा रहा था। वह जानती थी, राकेश ऐसा कर भी सकता था। आखिर वे सभी इसकी जिम्मेवारी पाढ़ी पर डालकर अलग हो गए थे। काफी जद्दोजहद के बाद कहीं जाकर ताला टूटा था। पाढ़ी सबको आदेश देता घूम रहा था। बँगले की सफाई के लिए, झाड़-पोंछ के लिए, चाय-नाश्ते के लिए। उसने देखा, वे सभी उसका आदेश मान रहे थे।

"मैडम, आप थकी होंगी। तब तक आप फ्रेश हो लें, बस चाय तैयार हुई जाती है।"

वह भीतर आई थी। दरवाजा बंद किया और बिस्तर पर लुढ़क गई थी। उसकी रुलाई छूट रही थी। राकेश जैसे दिमागी उठा-पटकवाले व्यक्ति के लिए उसका यहाँ आना कितना निरुद्देश्य और निरर्थक रहा। उसने निश्चय किया, वह उसके आने तक यहाँ नहीं रुकेगी। पाढ़ी ने साइट पर संपर्क करने के लिए कहा है। पर वह चली जाएगी, पहली उपलब्ध ट्रेन से। गरमी, सफर की थकान, भूख-प्यास सब उसके दिमाग से निकल गए थे। नहाने के खयाल से ताजगी के अहसास के साथ-साथ उसे लगा कि उसे जोरों की प्यास लगी है। वह बाथरूम में गई थी। पैरों से सैंडल निकालते ही कोई लिजलिजी चीज छू गई थी। उसने देखा सर-सर करता साँप था, दरवाजे की ओट हो गया था। वह बदहवास बाहर की तरफ भागी थी नंगे पैर।

"क्या हुआ मैडम?"

''बाथरूम में साँप है।''

''अच्छा, अच्छा,'' वह सहज ही था, ''अरे राबिया, नाली में ईंट नहीं फँसाई थी क्या? जा देख, डंडा लेता जा। साँप तो यहाँ बहुत हैं मैडम, पर कहते कुछ नहीं। यों सारे साँप जहरीले भी नहीं होते। यहाँ जहरीले साँप भी हैं वैसे तो। जंगल-ही-जंगल है बँगले के चारों तरफ।''

तभी राबिया मरा साँप डंडे पर लटकाए बाहर आया था।

''आप इत्मीनान से जाइए। ये लोग लापरवाही बरतते हैं। मैडम, आप खाना क्या पसंद करेंगी?''

''शाकाहारी में कुछ भी।''

''जी।''

भीतर गई तो साँप के आसपास से कहीं से भी निकल आने में डर सा लगा। उसने देखा, पुराना अंग्रेजों के वक्त का बना बँगला था। वैसी ही उसका रख-रखाव और सजावट थी। बड़े-बड़े चौड़े जमीन पर पसरे सोफे, बहुत बड़ी पूरे कमरे में घिरी खाने की मेज, उसके गिर्द लगी ऊँची-ऊँची कुरसियाँ। फायर प्लेस के ऊपर मैटर पर गोल्डन कामवाला पतले काँच का सज्जा का सामान। बड़े-बड़े कमरे थे। भारी-भारी परदे। दीवारों पर मरे या मारे गए जानवरों के सिर, सींग, मुँह फाड़े शेर, चीते, हिरण, फर्श पर बिछी जानवरों की खालें। बाहर हवा में साँय-साँय करते ऊँचे पेड़ और शीशों पर पड़ती रात के अँधेरे में गहराती उनकी परछाइयाँ। चारों तरफ एक खौफनाक खामोशी पसरी थी। उफ, कैसे रहता होगा राकेश यहाँ। वह भी कैसे रह पाएगी यहाँ?

वह नहा-धोकर बाहर निकली तो थोड़ा ताजा और अच्छा महसूस कर रही थी। उसने बरामदे में ही बैठना पसंद किया था। इस वक्त कई लोग दिखाई दे रहे थे। चीजों को व्यवस्थित किया जा रहा था। राबिया ने बगलवाले बेडरूम में पलंग के चारों डंडे सीधे करके मच्छरदानी फैला दी थी। रसोई में उठती पकते अन्न की गंध से उसको अपने भूखे होने की सुधि आई थी। सादी सी धोती में एक महिला को साथ लिये पाढ़ी आया था। कुछ सकुचाते हुए बोला था, ''यह मेरी श्रीमतीजी हैं, नीलांजना पाढ़ी। आपके साथ रहेगी तो आपको सुविधा रहेगी।''

उसने उसका स्वागत किया था। आज्ञाकारी बालक सी दिखनेवाली वह महिला थोड़ा अटपटा अनुभव कर रही थी। पाढ़ी के विपरीत वह टूटी-फूटी हिंदी ही बोल रही थी। उसने उससे घर-गृहस्थी की बात चलाई तो वह थोड़ा खुली थी। दो-चार घरेलू सवाल करके ऊँघने लगी थी। अत्यधिक थकी होने और सोने की प्रबल

इच्छा होने पर भी उसकी आँखों में नींद नहीं थी। तो भी वह आँखें बंद करके लेट गई थी।

कुछ देर झपकी आती और फिर किसी पक्षी की आवाज, दूर से आती सियार की हुआँ-हुआँ और हवा से उभरी गुमनाम आवाजों से वह चौंक उठती थी। बाहर और भीतर एक रहस्यमय नीरवता छाई थी। बाहर सभी कुछ अँधेरा लील गया था। अँधेरे में टिमटिमाते जुगनू झाड़ों पर लगे नन्हे-नन्हे बल्बों से दीख रहे थे। रहस्य और रोमांच से मिश्रित वातावरण था। उसने घड़ी देखी, तीन बजे थे। बाहर बरामदे में पाढ़ी की आवाज थी। वह हैरान हुई, इस वक्त किससे बात कर रहा था। उत्सुकतावश परदा खिसकाकर झाँका। वह बरामदे में कुरसी पर पसरा था और टेलीफोन उसकी गोद में पड़ा था। ओह! तो वह रात भर क्या राकेश को साइट पर संपर्क करने की कोशिश करता रहा था। उसने बताया था कि आम दिनों में ही नंबर मुश्किल से मिल पाता है इन पिछड़े इलाकों में और अब तो यों भी बारिशें शुरू हो गईं। वह हैरान थी, यह अनजान व्यक्ति क्यों रात भर उसके लिए हलकान होता रहा। उसे हर असंभावित स्थिति से उबारने की एकमुश्त जिम्मेदारी उसने अपने ऊपर क्यों ले ली है। वह भावोप्लावित हो उठी थी। वह उसे कहना चाहती थी कि अब साब से संपर्क करने की जरूरत नहीं। उसने जाने का निश्चय कर लिया है। पर वह बिना कुछ कहे फिर से बिस्तर पर लौट आई थी और सोने की कोशिश करने लगी थी।

धुली सवेर थी। खिड़कियों और दरवाजों के काँच पर बाहर के ऊँचे-ऊँचे पेड़ों से टूटकर उदय होते सूरज की किरणें झर रही थीं। सुनहरे रंग की छिटकी धार में रात का खौफ अँधेरे के साथ ही खत्म हो गया था। बँगले की हर चीज बड़ी अनोखी और भव्य लग रही थी। खिड़कियों के शीशों पर टकराती बेलें, काजू के झाड़ों पर लटके पीले फलों की चोंच पर बैठे तितली से काजू, पेड़ों से छनकर आती ठंडी हवा और फुदकते-चहकते पक्षियों का कलरव घर के सारे खिड़की-दरवाजों पर दस्तक दे रहे थे।

वह बाहर आई थी। कटी सँवरी घास का हरा गलीचा बिछा था। चारों तरफ फूलों की क्यारियाँ थीं, गलीचे की बॉर्डर सी। पत्तियों पर ओस की बूँदें इतरा रही थीं। हवा भीतर गुदगुदा रही थी। उसने जोर की साँस ली और हवा भीतर खींची थी। प्रकृति कितनी उदार है यहाँ। रात की पूरी नींद के बिना भी वह अपने को तरोताजा अनुभव कर रही थी। पाढ़ी ने दफ्तर की गाड़ी का प्रबंध किया था। वह ड्राइवर के साथ अगली सीट पर बैठा था। पीछे उसकी पत्नी और वह बैठी थी।

वह कह रहा था, ''आई हैं तो घूम ही लें यहाँ पर। यों देखने को खास कुछ नहीं है। एक पुराना महादेवजी का मंदिर है। यहाँ की स्थानीय कला का सुंदर नमूना है।

''यही मुख्य मंदिर है, इसके इर्द-गिर्द बनाए गए चारों मंदिर तो अब लगभग नष्ट हो गए हैं। पर इस मुख्य मंदिर से ही आपको यहाँ की कला का परिचय मिल जाएगा। 14वीं शताब्दी में बना यह मंदिर आज भी कला की श्रेष्ठता के कारण उत्कृष्ट समझा जाता है। प्रवेश द्वार पर लगे तोरणों और दीवारों पर खुदी प्रस्तर प्रतिमाओं में कलाकारों ने देवी-देवता, प्रेमी युगल, संगीतकार, नृत्यांगनाएँ, अनेकों पशु-पक्षी, युद्ध की, संहार की तथा प्रेम की घटनाएँ और मन की भावनाएँ राग-विराग, दु:ख, क्षोभ, हर्ष-विषाद इत्यादि का कैसा सजीव चित्र उकेरा है। छतों पर की गई नक्काशी देखिए··· । आगे आ जाइए, वेदी गृह में रखे इस विशाल काले संगमरमर के शिवलिंग के दर्शन कीजिए। वेदी के द्वार पर बनी मूर्ति से बाहर ही से शिवालय होने का पता चल जाता है। प्रवेश द्वार खंडित हो गया है, पर उस पर उकेरी गई प्रतिमाएँ अभी भी वैसी ही सजीव हैं। देखिए, इनकी कमनीय देह वल्लरी की लोच-लचक पत्थर से कैसे संगीत की तरह नि:सृत हो रही है। इनके चरणों के नूपुर, पायल और पैंजनी का एक-एक घुंघरू जैसे अभी बज उठेगा।'' वह अच्छे-खासे गाइड की तरह विस्तृत ब्योरे देता जा रहा था।

''पहाड़ी के शिखर पर बने इस स्तूप से आप पूरे शहर को देख सकती हैं।'' उसने देखा, पूरा क्षेत्र एक विशाल हरियाली थी। दूर किनारों पर नगर की पहचान की प्रतिरूप बस्तियाँ खिलौनों के घरों सी दीख पड़ रही थीं। यहाँ पर पहले एक नदी थी, लेकिन अब सूख गई है।

अब वे बाजार में आ गए थे। वहाँ की स्थानीय चीजों की भरमार थी। उनकी कलात्मकता से वह अभिभूत थी। उसने जमकर खरीदारी की। आगे बढ़े तो पटरियों पर दुकानदारी चल रही थी। अनेकों नंग-धड़ंग पुरुष और स्त्रियाँ बेच-खरीद रहे थे। स्त्रियाँ लगभग सभी एक धोती में थीं। उस बच्चीवाले तरीके से सामना धोती का छोर फैलाकर ढका था। पीठ, बाँहें सब नग्न थीं। पुरुष वर्ग मेले-कुचैले फटे अधोवस्त्र में थे। साथ-साथ कार्य करते, उठते-बैठते कहीं कोई लज्जा या अश्लीलता का भाव नहीं था। नारी देह को इतनी सहजता से स्वीकारा गया था इन लोगों द्वारा, जिन्हें हम पिछड़ा हुआ मानते हैं, जबकि बड़े नगरों में नारी का उत्पीड़न, शोषण सभ्य, शिक्षित व संस्कृत लोगों द्वारा भी होता है। इस विसंगति पर वह सोच रही थी। नीलांजना काफी खुल गई थी। मिली-जुली भाषा में वहाँ की खास-खास चीजों के बारे में बता रही थी। सड़कों पर, सड़कों के किनारे खोमचेवालों, रेहड़ीवालों,

झल्लीवालों का निरीक्षण करती वहाँ की विशिष्ट चीजें ढूँढ़ती रही थी। उसने छैना खाया था। कच्चा और मीठा पनीर जैसा। इस शहर की हरियाली में, वहाँ की प्रकृति में, वहाँ के लोगों में एक तिलिस्म था, जो अपने भीतर कैद कर लेता था। उसने पाढ़ी की पत्नी और बच्चों के साथ पूरा दिन मस्ती मारी थी। इनकी भाव-प्रवणता ने मन मोह लिया था। औपचारिकता का आवरण विदीर्ण हो गया था। उसने जाना था कि तूफान कैसे बंद लहरों में बदल जाता है। न कोई दुराव, न भेदभाव, न वर्ग का विभाजन। कितना विस्तृत और अथाह था इनका भाव-संसार। अनंत संवेदनाओं और मानवीय स्पंदनों से स्थापित। जिसके स्पर्श मात्र से उसकी विकट स्थिति मीठे आत्मीय रस से सिंचित उल्लास के क्षणों में बदल गई। इनकी सरलता व सहजता ने सबकुछ कितना सहज और स्वाभाविक बना दिया। इन क्षणों की भावकथा अगर समग्र जीवन-दृष्टि बन जाए तो जीवन इतना दरिद्र और बौना नहीं रहेगा। इतना शुष्क व नीरस भी नहीं। तब जीवन के सुखों में हम सूखते भी नहीं जाएँगे।

दिन ढले उसने विदा ली थी। शब्द नहीं मिल रहे थे कुछ कहने के लिए। "देखिए, आप लोगों के स्नेह और आत्मीयता के सामने तो जैसे मैं हार ही गई हूँ। अब क्या कहूँ।"

"मैं बताऊँ मौसी?" पाढ़ी का छोटा लड़का था।

"आपने सिकंदर और पोरस की कहानी पढ़ी है न। जब पोरस हार गया तो उसे सिकंदर के सामने पेश किया गया। उससे पूछा गया—अब बताओ तुम्हारे साथ कैसा सलूक किया जाए? तब पोरस ने कहा—वही जो एक राजा दूसरे राजा के साथ करता है···।" उसकी कहानी सुनकर हम सब हँसे थे। और वह वापस बँगले में लौट आई थी।

सुबह दस बजे की गाड़ी थी। लेकिन वह आठ ही बजे तक तैयार हो चुकी थी। पाढ़ी ने आश्वस्त किया था, "आप फिक्र मत कीजिए। यहाँ गाड़ी कभी समय पर नहीं पहुँचती। यहाँ के लोगों की तरह गाड़ी को भी जल्दी नहीं रहती।" उसकी बेचैनी को देखकर वे जल्दी ही स्टेशन के लिए चल पड़े थे। वह रिक्शा के साथ-साथ साइकिल पर आ रहा था बतियाता हुआ। सामने आता किसी सवारी के पीछे छूट जाता, पर फिर साथ आ जाता।

"मैं तब से यही सोच रही थी कि आप इतनी अच्छी हिंदी कैसे बोल लेते हैं मि. पाढ़ी?"

वह हँसा था। "आपने सवाल देर से पूछा। असल में मेरी माँ उत्तर प्रदेश की

थी। बचपन में काफी समय तक मैं वहाँ रहा और पढ़ाई भी वहीं की।''

''कौन सी जगह पर?''

''कानुपर में।''

''ओह, तभी तो।''

''क्या हुआ? रिक्शा क्यों रोक दिया?'' पाढ़ी ने ही बताया था।

''इधर की सारी सड़क टूटी हैं। घूम के जाना पड़ेगा। हम लोग इधर ही उतर जाते हैं। छोटे रास्ते से निकल जाएँगे।'' उसने सूटकेस उठाकर साइकिल पर रख लिया था और बैग उसने स्वयं उठा लिया था। थोड़ा सा ऊँचा-नीचा रास्ता था। पत्थर और रोड़ी बिखरी थी। उस पर चढ़ते हुए सैंडल पीछे की तरफ फिसल रही थी।

उधर पाढ़ी साइकिल को जोर लगा-लगाकर ऊपर चढ़ाने की कोशिश कर रहा था, पर ऊँचाई के कारण और बोझ से वह बार-बार पीछे को फिसल जाती। उसने उसे रोका था। साइकिल वहीं खड़ी करके उस पर से सूटकेस उतारकर एक हाथ में थामा और दूसरे में उसके हाथ से बैग लेकर वह भागता हुआ ऊपर चढ़ गया था। फिर उसी रफ्तार से नीचे उतरा। रेल की पटरियाँ पार करके प्लेटफॉर्म पर सामान रखकर लौट आया था।

''आइए, आप सामान की चिंता मत कीजिए। आप चाहें तो इसे यहीं छोड़ जाइए। अगली बार आएँगी तो लेती जाइए। कोई नहीं उठाएगा।'' सुझाव पर वे दोनों हँसे थे। वह उसके साथ-साथ चलने की कोशिश कर रहा था। उतरते ही रेलवे की पटरियों के बीच उसकी साइकिल का पहिया धँस गया था। उसने पीछे से धकेला था और पाढ़ी ने आगे से पकड़कर उठाया तो निकला था।

''बचपन में क्या आप हर्डल रेस के चैंपियन थे?'' वह ठहाका मारकर हँसा था।

उनसे पहले ही पैदल चलकर राबिया और दो-चार लोग प्लेटफॉर्म पर पहुँचे हुए थे। राबिया ने सामान उठा लिया था, ''गाड़ी थोड़ी देर ही रुकती है। आपको सिर्फ बैठना है अंदर जाकर, बाकी सबकुछ नहीं। हाँ, मैडम यहाँ की एक खास मिठाई है। इस शहर की सौगात, स्टेशन के बाहर ही दुकान है। मैं लेकर आता हूँ।'' इससे पहले कि वह कुछ प्रतिवाद करे, वह छलाँगता हुआ निकल गया था। राबिया ने कहा भी था कि वह ला देगा पर ''तू रहिजा, मूं जाउच्छी ले आसवि।'' कहता हुआ वह चला गया था। उसके जाते ही गाड़ी आ गई थी। राबिया ने सामान अंदर रख दिया था। वह बैठ गई थी। सिगनल डाउन हो चुका था। गाड़ी सरकने

लगी थी, लेकिन पाढ़ी का कहीं पता न था। इस वक्त उसका वहाँ न रहना उसे अच्छा नहीं लगा था।

राबिया गाड़ी से उतरकर खिड़की के सामने खड़ा था। दूसरे लोग भी हाथ हिलाकर विदा दे रहे थे। गाड़ी ने गति पकड़नी शुरू कर दी थी। तभी उसने देखा, पाढ़ी हाथ में डिब्बा पकड़े ट्रेन के साथ भागता आ रहा था। ट्रेन ने गति पकड़ ली थी, पर वह उसके साथ दौड़ रहा था। उसका दिल दहल रहा था कहीं, गिर पड़े तो···वह काफी समीप था। उसने अपनी पूरी बाँह बाहर निकालकर डिब्बा पकड़ने की कोशिश की थी, पर नहीं हो पाया··· । गाड़ी प्लेटफॉर्म लाँघ गई थी। वह पीछे छूट गया था। गाड़ी तेज रफ्तार से भागी जा रही थी। उसकी आँखें नम हो गई थीं। दिल भारी सा।

यहाँ पहुँचकर भी काफी समय तक उन अनोखी अमृत स्मृतियों के वृत्त बनते–फैलते उसे अपने में आवृत्त करते रहे थे, पर धीरे–धीरे···महानगर की व्यस्तता ने सब सोख लिया।

आज उसे लग रहा था, वह अभी भी तेज रफ्तारवाली गाड़ी में बैठी है और वह पटरी के साथ–साथ दौड़ रहा है। अपने शहर की सौगात लिए···वह नहीं जानता, इस शहर के लोगों के दिल खाली और दिमाग ठस होते हैं। यह शहर हमारी जड़ों में भूचाल और जलजले भरता है, भारी विस्फोटक भरता है, जिसके सम्मुख कुछ नहीं ठहरता।

□

लोकतंत्र

"अब आप यहाँ क्या करेंगे? मेरे साथ ही चलिए पिताजी। आप हमारे साथ परिवार में रहेंगे, बच्चे हैं, सविता है, घर की व्यवस्था है। यहाँ अकेले में आपको दिक्कत होगी।"

"नहीं बेटा! यहाँ कोई अकेला नहीं होता। इस देश की मिट्टी, पानी, हवा और धूप सब साझा करके एक-दूसरे को बाँध देते हैं।"

वह हँसा था, "वह तुम्हारी गुजरातन आंटी है न, आप चाहो या न चाहो, वह खाखड़े तो दे ही जाएगी। और यह पंजाबी मिसेज भाटिया, सर्दियों में हर हफ्ते या दस दिन बाद एक कटोरा साग तो भेज ही देती है। मना करो तो कहेगी, अरे भाई साहब, आपके लिए तो बनाया नहीं, घर में बना ही था। आप भी खाइए। फिर मेरे जैसा साग कौन बनाएगा! फिर अपने ही खेतों का है। बलविंदर जब भी आता है, ले आता है। भाई साहब, दो रोटी मक्की की भी हैं। अब साग है तो मक्की की रोटी भी होगी ही।" हँसती हुई आती है और हँसाकर चली जाती है।

"यहाँ सब अपने ही जैसे हैं। तुम चिंता मत करो, बेटा।"

"परंतु पिताजी अब आप रिटायर हो गए हैं। अकेले में समय काटना मुश्किल हो जाएगा।"

"ना-ऽ बेटा, डॉक्टर और टीचर कभी रिटायर नहीं होता, अगर वह चाहे तो भी! हमारा काम ही ऐसा है। अब मुझे पैसों के लिए तो पढ़ाना नहीं है। जिनको जरूरत हैं, पढ़ाई में कमजोर हैं, उन बच्चों को पढ़ाऊँगा।"

विवेक उनके तर्क के सामने निरुत्तर हो गया था। "ठीक है, पिताजी, आप अपना खयाल रखिए। जब आपका मन करे कुछ समय के लिए आ जाइए। मैं भी आता ही रहूँगा।"

"ठीक है बेटे! खुश रहो तुम सब। मेरा आशीर्वाद हमेशा तुम्हारे साथ है।" विवेक चला गया था।

मि. गुप्ता का अपना एक जीवन रुटीन था। सुबह सैर करने जाते। लौटकर नाश्ता वगैरह। कामवाली घर का काम कर जाती थी, पहले ही की तरह। फिर वह अकादमी में कक्षाएँ लेने चले जाते। मैथ्स और साइंस के बच्चों को हमेशा अलग से कोचिंग की जरूरत होती है। शाम को लौटते। चाय पीकर, थोड़ी देर पार्क में जाना होता तो चले जाते। घर लौटकर रात का खाना, थोड़ी देर टी.वी. पर खबरें और दिन निकल जाता।

उसने देखा, नीचेवाली पड़ोसी शर्मा आँगन की खुली जगह पर कमरा बनवा रहे थे। एम.आई.जी. फ्लैट्स में और दूसरी ग्रुप हाउसिंग में यह एक आम बात है। नीचे का प्लैट दो बेडरूम का था। इसमें एक और कमरा मिल जाता। कइयों ने जरूरत बढ़ने पर और कइयों ने एक कमरा और मिल जाता है, इसलिए इस खुली जगह को कवर कर लिया था। छत पहली मंजिलवालों को मिल जाती। जिसे वे खुली जगह पर बैठने, धूप सेंकने आदि के काम में लाते। यह व्यवस्था ऐसे ही चल रही थी। अरे, यह क्या? शर्मा ने कमरा बनवा लिया और साथ ही एक सीढ़ी लगवा ली। उस सीढ़ी पर चढ़कर तो कोई भी आसानी से उसके घर में घुस सकता था। वैसे भी इस कॉलोनी का डी ब्लॉक कॉलोनी के पीछे पड़ता है। जहाँ कबरिस्तान है। दिन में वहाँ असामाजिक तत्त्व घूमते रहते हैं। रात में असुरक्षा बढ़ जाती है। इसलिए कॉलोनी के अंदर वेलफेयर एसोसिएशन ने बिजली के खंबों से खराब बल्ब निकालकर नए लगा दिए थे। सुरक्षागार्ड को भी कहा गया था, पीछे चक्कर लगाया करे। शायद सुरक्षागार्ड खुद डरे रहते थे।

उसने शर्मा से कहा था, "यह सीढ़ी हटाइए, इससे हमारे घर की सुरक्षा को खतरा हो गया है। वैसे भी कानूनन आपका इस छत पर अधिकार नहीं। सीढ़ी लगाना और भी गैर-कानूनी है। यों तो यह कंस्ट्रक्शन ही गैर-कानूनी है। पर और लोगों ने किया तो आपने भी कर लिया। औरों ने छत पहली मंजिलवालों को दी। उन्होंने अपनी सुरक्षा का प्रबंध कर लिया। पर आप छत नहीं देना चाहते। ठीक है, यह सीढ़ी हटा लीजिए।" शर्मा ने कुछ नहीं किया। उसे शराफत से कई बार कहा गया। आखिर पुलिस में रिपोर्ट की गई। कुछ नहीं हुआ। शर्मा पत्रकार था और क्राइम बीट पर था। पुलिसवालों को जानता था। इसलिए फोन करने पर पुलिसवाले देखते, रिपोर्ट लिखते और चले जाते। उसने डी.सी.पी. से शिकायत की। कुछ नहीं हुआ, उसने पुलिस कमिश्नर को चिट्ठी लिखी। तब भी कुछ नहीं हुआ। उसने

आर.टी.आई. के अंतर्गत चिट्ठी लिखी है। उसके भीतर अकेले घर में रात को सोने में डर लगता था। पड़ोसी भी आते, सहानुभूति दिखाते। बहुत गलत है, सीढ़ी नहीं लगानी चाहिए। उसे कोई कुछ नहीं कहता। कहते, यह तो गुंडा है। क्राइम बीट पर काम करते हुए खुद भी क्रिमिनल हो गया है। वह सोच रहा था, उसका भी सुरक्षा का अधिकार है। वह मुख्यमंत्री को चिट्ठी लिखेगा। मास्साहब क्या करें, इस गुंडे से कोई भी पंगा नहीं लेना चाहता। लोग इसकी न्यूसैंस से डरते हैं। पर मैं तो नहीं डरता। जरूरत पड़ी तो प्रधानमंत्री तक जाऊँगा। आर.टी.आई. में चिट्ठी डाली है, इंतजार कर रहा हूँ।

कॉलोनी के पास ही छोटी सी मसजिद थी। उसने देखा, चार-पाँच महीने में ही किले की तरह ऊँची हो गई थी और इधर-उधर पसर गई थी। आस-पास की जमीन भी उसके घेरे में आ गई थी। जिनकी जमीन थी, उन्होंने विरोध किया। आमने-सामने की लड़ाई में खतरा था। लोगों का विरोध-प्रतिरोध असामाजिक तत्त्वों के कारण सांप्रदायिक रंग ले सकता था। कानून की लड़ाई ही लड़ी जा सकती थी। उसमें भी राजनीतिक अल्पसंख्यकों को लुभाने की नीतियाँ। कोर्ट में वर्षों एड़ियाँ रगड़ना। कुछ लोगों ने अपना भाग्य स्वीकार लिया था कि अब यह जमीन उन्हें नहीं मिलेगी। कुछ दूसरे कोर्ट में चले गए थे। मसजिद ऊपर उठ गई थी। सुबह-सुबह पाँच बजे अल्ला-हो-ऽऽ की ऊँची आवाज से शुरू हुई अजान दिन में पाँच बार दोहराई जाती। उसे तो न अल्ला से परेशानी थी और न ही मसजिद से। पर इस तरह दिन में पाँच बार लाउडस्पीकर पर अजान दी जाए, इसका क्या मतलब! यह तो ध्वनि प्रदूषण है। साथ ही आसपास के निवासियों की शांति भंग करना है।

जन्माष्टमी के दिन रात के दस बज चुके थे। मंदिरवालों ने लाउडस्पीकर लगा रखा था और भजन-कीर्तन की आवाजें आ रही थीं। उसने पुलिसवालों को फोन किया था। वे हिचकिचाए थे। उसने कहा था, ''आप सिर्फ लाउडस्पीकर हटवा दीजिए। बाकी माइक पर जो भी वहाँ बैठे, जैसा चाहे करें।'' पुलिसवाले मंदिर में नहीं जाना चाहते थे। उसने पंडितजी को फोन पर समझाया। ''देखो, कोई बीमार भी हो सकता है, बच्चे के इम्तहान भी हो सकते हैं।'' पंडितजी ने लाउडस्पीकर हटवा दिया था। उसने आसपास के लोगों से बात की थी। सब उसकी बात से सहमत थे। पर यह तो मसजिद की अजान है कुछ हो सकेगा, इसकी उम्मीद किसी को नहीं थी। तो भी रेजीडेंट वेलफेयर वालों से पहले कॉरपोरेशन के दफ्तर चिट्ठी लिख दी थी। फिर एक चिट्ठी मुख्यमंत्री को भी लिखी थी। पर कहीं कोई प्रतिक्रिया नहीं।

मि. सरीन बता रहे थे मास्टरजी कुछ नहीं होनेवाला। उन्होंने साकेत में ही एक घर बनाया था। उनके पिता सस्ते दिनों में एक तीन सौ गज का प्लॉट खरीद लिया था। खूब दिल से, सपने की तरह एक घर बनाया था वहाँ। पर वहाँ भी पाँच सितारा होटल से होड़ करती एक मसजिद थी। वहाँ भी वही सुबह पाँच बजे अल्ला-ऽऽ हो-ऽऽ शुरू हो जाता। क्योंकि हमारा घर उसी के सामने पड़ता था। इसलिए मेरी पत्नी सुबह पाँच बजे ही दहल जाती। लगता था, यह आवाज उन्हीं के घर के भीतर से आ रही है। सारी खिड़कियाँ बंद कर दी गईं। पर आवाज नहीं रुकी थी। मेरी पत्नी बरदाश्त ही नहीं कर पा रही थी। बहुत भागे-दौड़े, कहाँ-कहाँ नहीं गए शिकायत लेकर। जान-पहचान से प्रधानमंत्री तक चिट्ठी पहुँचाई गई। संविधान का वास्ता दिया गया। नागरिक अधिकारों की बात कही गई। आश्वासन दिया जाता, पर कुछ नहीं होता। छह महीने में ही पत्नी बीमार लगने लगी थी। कहती, ''मैं सारा दिन घर पर रहती हूँ। पाँच बार अजान सुनती हूँ। क्यों सुनूँ? मैं ऊँची आवाज में तो रेडियो, भजन, तुम्हारी बात तक नहीं सुन सकती। मैं क्या करूँ?'' आखिर फैसला लिया गया। दूसरी कॉलोनी में घर ढूँढ़ा गया और उस जी-जान से बनाए घर को बेच दिया गया। मास्टर साब, यहाँ वोट की राजनीति है। सरकार कोई भी हो, पार्टी कोई भी हो, वोट की राजनीति करेगी। आपने देखा नहीं, सामने हौजरानी कॉलोनी की सारी अवैध दुकानें, जब यह सड़क चौड़ी की गई तो उनको किसी ने नहीं छुआ। सड़क टेढ़ी हो गई, पर उनकी सारा अवैध निर्माण वैसा ही खड़ा है। यहाँ पाँच सितारा अस्पताल बने, मॉल बना, कोर्ट बना, कॉलोनी बनी। पर यह दो फर्लांग की सड़कें टेढ़ी-मेढ़ी वैसे ही आगे जाती है। ट्रैफिक जाम होता है। यहाँ की कॉलोनी के रहनेवाले परेशान हैं, पर कुछ नहीं हुआ। कुछ होनेवाला ही नहीं है।

तो भी इस तरह हिम्मत तो नहीं हारनी चाहिए। गलत का विरोध तो होना चाहिए। मास्टरजी ने हस्ताक्षर अभियान चलाया था। आस-पास की कॉलोनी के दो सौ हस्ताक्षरवाली चिट्ठी प्रधानमंत्री को भेज दी थी। उम्मीद थी कि कहीं कुछ तो होगा।

वह सुबह पार्क में जाने लगा था। देखता, स्कूल के बच्चे वहीं पार्क में घूमते या खेलते रहते या इधर-उधर बैठे रहते। उसे हैरानी हुई थी स्कूल यूनीफॉर्म में ये बच्चे स्कूल ही आए होंगे। उसने रुककर पूछा था, ''कौन से स्कूल के हो?''

''ये सामने भाई वीरभद्र स्कूल से हैं।''

''आप कौन सी कक्षा के हैं?''

बताया था, बच्चे नवीं, दसवीं, ग्यारहवीं और बारहवीं कक्षाओं में थे।

"आप लोगों को तो इस समय स्कूल में होना चाहिए। यहाँ पार्क में क्यों हैं आप?" एक ने कहा था, "अभी छुट्टी है, आधी छुट्टी।"

"पर आप लोग तो यहाँ बहुत देर से हैं। इतनी लंबी आधी छुट्टी तो नहीं होती। आप जाओ, स्कूल जाओ। स्कूल खत्म होने के बाद आकर खेलना।"

उन्होंने एक-दूसरे की तरफ देखा था, "वहाँ जाकर क्या करेंगे?"

"क्यों स्कूल में जाकर क्या करते हैं? पढ़ते हैं!"

"वहाँ कौन सी पढ़ाई होती है। कक्षाओं में बैठने की जगह भी नहीं हैं। हमारी क्लास में अस्सी-सौ बच्चे हैं और बैठने के लिए बेंच सिर्फ चालीस बच्चों के लिए हैं। बाकी क्या करें। नीचे क्यों बैठे! बैठ भी जाएँ, पर वहाँ टीचर नहीं आते हैं। उनसे जाकर कहो तो कहते हैं, आप चलो आता हूँ अभी! पर कभी नहीं आते।"

"आप लोग प्रिंसिपल से शिकायत क्यों नहीं करते।"

"कहा था उनसे भी। बोले—ठीक है, बुलाकर कह देंगे। पर तो भी टीचर नहीं आते।"

वह उस दिन स्कूल के अंदर चला गया था और प्रिंसिपल के कमरे में घुस गया था। प्रिंसिपल आठ-दस लोगों से घिरा था। उसने उसका ध्यान अपनी ओर खींचा था, "बैठिए आप, इंतजार कीजिए।"

"देखिए, मैं यहाँ अपने किसी काम से नहीं आया हूँ। आपका ही काम है, आपको बताने आया हूँ। आपके स्कूल के बच्चे यहाँ सामने पार्क में खेलते रहते है। स्कूल में कक्षाओं में नहीं जाते। कहते हैं, बैठने की जगह नहीं है और टीचर पढ़ाने के लिए क्लास में नहीं आते।"

प्रिंसिपल सकपकाया था, "आपका शुक्रिया। कोशिश करूँगा। पर हमारी अपनी समस्याएँ हैं। जगह की कमी है। दाखिले में ऊपर का प्रेशर है। फिर टीचर परमानेंट हैं, कहते हैं, पर क्या करें, लाचार हो जाते हैं। ठीक हैं, देखता हूँ, क्या कर सकता हूँ।" वह लौट आया था। वह उनको उसी तरह पार्क में खेलते, लड़ते, झगड़ते, गाली-गलौच करते देखा था। फिर उसे एक उपाय सूझा था।

"आप लोग अगर चाहो तो यहाँ बैठकर साइंस और मैथ्स की अपनी समस्याओं को मेरे साथ बैठकर सुलझा सकते हो।" बच्चे हैरान हुए थे। पर छह-आठ बच्चे तैयार हो गए थे। बाकी इधर-उधर खिसक गए थे। अब वह वहाँ उन्हें घंटा-दो घंटा पढ़ा देता। बच्चे दस-बारह आने लगे थे। उसे अच्छा लगता था। घंटा-डेढ़ घंटा उन्हें पढ़ाता और लौट आता। उसने देखा, कुछ बच्चे विषय में अच्छे थे और

पढ़ने के इच्छुक भी थे। तो भी अधिकतर बच्चे इधर-उधर घूमते रहते। पार्क के साथ ही मार्केट थी। वहाँ चले जाते। घर से एक कमीज बैग में ले आते। यहाँ आकर कमीज बदल लेते और सिनेमा में 'ए' फिल्में देखने चले जाते। वहीं मार्केट में शराब की एक दुकान थी। बच्चे उस दुकान में शराब खरीदते और इधर-उधर बैठकर पीते। उन्हें न कोई रोकता और न ही कुछ कहता या समझाता। वह मार्केट में था, घर के लिए कुछ सब्जी, दूध, मक्खन आदि लेना था। उसने शराब की दुकान पर खड़े बच्चों को देखा था। शराब खरीदने आए थे। उसने दुकानदार को रोका था। ''आप इन नाबालिग बच्चों को शराब क्यों बेच रहे हैं? आपको पता होना चाहिए, यह गैर-कानूनी है।'' पहले तो दुकानदार झेंपा था, फिर अकड़कर बोला था, ''आप अपना काम कीजिए। रास्ता नापिए।''

''अपना ही काम कर रहा हूँ। स्कूल का अध्यापक हूँ। बच्चों को सही रास्ता दिखाना हमारा ही काम है। आपका भी तो फर्ज यही है।'' उसने देखा, तीन-चार लड़के थे। आगे आए थे। उन्होंने उसे घेर लिया था। ''यह वही पगलेट मास्टर है, पार्क में भी बच्चों को पढ़ाता है।'' वे हँस रहे थे।

''हम पढ़ाते हैं इसे अब, दिखाते हैं इसे सही दिशा।'' एक लड़का आगे आया था, उसने उसके पेट में मुक्का मारा था। फिर तीन-चार लड़के उस पर झपटे थे। वह उन्हें रोक रहा था। भरसक कोशिश कर रहा था। पर एक लड़के ने पॉकेट से एक चाकू निकाला था और उसकी गरदन पर वार किया था। वह खून से लथपथ वहीं गिर गया था। चारों तरफ अफरातफरी मच गई थी। मार्केट के लोग आसपास इकट्ठे हो गए थे। लड़के भागने लगे थे। शायद किसी ने फोन कर दिया था। पुलिस आ गई थी। खून बह रहा था। एंबुलेंस बुलाई गई। उसे अस्पताल ले जाया गया। एमरजेंसी में रखा गया। गरदन पर घाव था, पर गहरा नहीं था। पुलिस स्टेटमेंट लेने आ गई थी। उसे दो-तीन घंटे बाद होश आया तो पुलिस पूछ रही थी, ''आप वहाँ शराब की दुकान पर झगड़ा क्यों कर रहे थे?''

''मेरा किसी से झगड़ा नहीं हुआ। न ही मैं वहाँ शराब खरीद रहा था।''

''तो यह मारपीट, चाकू-छूरी यों ही चल पड़ी क्या?'' उसने बताया था, ''स्कूल के चार-पाँच लड़के शराब खरीद रहे थे।'' पास खड़ा दुकानदार उसे आँखों के इशारे से रोक रहा था। ''उन्हें रोका था, शराब खरीदने से और बस। इस दुकानदार को भी मना किया था स्कूल के लड़कों को शराब बेचने के लिए। बस, इस बात पर वे मेरे ऊपर पिल पड़े।''

''आप उन्हें पहचानते हैं क्या?''

"हाँ, स्कूल के बच्चे हैं। ये सामने ही तो हैं।" दुकानदार इशारे से उसे रोक रहा था। पुलिसवाले ने दुकानदार से पूछा था, "क्या तुम जानते हो उन्हें? तुम्हारे ग्राहक हैं तो जानते ही होगे!"

"क्या पता साहब! इस मार्केट में कभी देखा नहीं।" पुलिसवाले ने हड़काया था, "नहीं साहब, मैं नहीं पहचानता।"

"और आप?" वह अब उससे पूछ रहा था। जरूर स्कूल के ही बच्चे थे। स्कूल के समय में भी यहाँ पार्क में मार्केट में, सिनेमा में घूमते रहते हैं। कमीज बदल लेते हैं, साथ लेकर आते हैं, अपने बैग में।

पुलिसवाले ने दुकानदार की तरफ देखा था, "बच्चे तो पकड़े ही जाएँगे, पर आपका भी लाइसेंस कैंसल हो सकता है। याद रखिए।" पुलिस पूछताछ करके, बयान दर्ज करके चली गई थी। दुकानदार उसे धमका रहा था, "आप भी बचेंगे नहीं मास्टरजी। इन लड़कों को आप नहीं जानते।" मार्केट के कुछ दुकानदार आ गए थे।

"आपको बीच में नहीं पड़ना चाहिए था, मास्टरजी। कोई कुछ भी करे आपसे मतलब। अब देखिए, आगे क्या होता है। आपकी जान को भी खतरा है। अब आप एक मेहरबानी करिए। वे लड़कों को पकड़कर आपके पास लाएँ तो पहचानने से इनकार कर देना। इस घटना के बाद तो आप समझ जाइए।" उसने देखा, किसी को उचित करने पर भरोसा नहीं था। सबको कुछ बुरा होने का भय सता रहा था। वह चार-पाँच दिन अस्पताल में रहकर घर लौट आया था। पड़ोस के कई लोग आए थे, "हमें तो पता नहीं चला। आपको हमें बताना चाहिए था। दिन में आप नहीं दिखते तो सोचते, आप पढ़ाने गए होंगे। पार्क में भी नहीं दिखे, सोचा, शायद नहीं आए होंगे। बस आज ही पता चला, गुंडों ने आपको घायल कर दिया। भला आप जैसे मनुष्य से किसी का क्या बैर!"

"वे गुंडे नहीं थे।" उसने बताया था, "स्कूल के ही बच्चे थे। गलत रास्ते पर चल पड़े तो फिर अच्छा-बुरा कुछ नहीं दिखता।"

मार्केट के दुकानदार थे, आपका हाल पूछने आ गए हैं। उसने शुक्रिया कहा था, पर वह उनकी मंशा जान गया था। "अब आप बेहतर हैं पहले से।"

"हाँ, ठीक हो रहा हूँ।"

"आप बच गए, किस्मत अच्छी थी। इन मवाली हुड़दंगियों का क्या भरोसा था।" शराब की दुकानवाला था, पास खिसक आया था, "अब आप मेहरबानी करें मास्टरजी, अगर वे उन लड़कों को पकड़ लाएँ तो आपको उन्हें पहचानने की

जरूरत नहीं। आपको दुबारा कहना जरूरी लगा था।''

''आप क्या मुझे धमकाने आए हैं?''

''नहीं-नहीं···ऽऽ···ऐसा क्यों सोचते हैं आप! अपनी सुरक्षा का तो ध्यान हमें रखना ही होता है।''

''जी, आप चिंता न करें मेरी। यहाँ आने का फिर से शुक्रिया!'' वे चले गए थे।

अरुण का फोन था, कह रहा था, वह दिल्ली आ रहा है। कुछ समय यहीं रहेगा। आप से मिलने भी आऊँगा।

वह उत्साहित था। उसे भी अच्छा लगा था। दो दिन बाद अरुण और नवीन दोनों आ गए थे। नवीन बता रहा था, ''मास्टर साहब, अभी तक नौकरी तो नहीं मिली, पर मैं पार्टटाइम एक अखबार के साथ काम कर रहा हूँ।''

''और अरुण तुम?''

''सर, नौकरी तो मैं भी ढूँढ़ ही रहा हूँ, पर मैं भी स्वतंत्र रूप से सामाजिक समस्याओं पर लिखता हूँ। यहाँ इंटरव्यू के लिए आया हूँ।''

''पर तुम तो वहीं अरुणाचल में, अपने घर-परिवार और अपने लोगों के बीच ही रहना चाहते थे।''

''वह तो ठीक है, मास्सॉब, पर काम भी तो चाहिए। वहाँ की हालत खराब है, दिनोदिन और खराब हो रही है। वहाँ बड़ी संख्या में आए शरणार्थी स्थानीय लोगों के लिए चुनौती बन गए हैं। इसके विरोध में आसाम, नागालैंड, मिजोरम और अरुणाचल के लोग परेशान हो रहे हैं। बाहर से आए लोगों को सरकारी मदद, खेती की जमीन और पहचान-पत्र आराम से दिए जा रहे हैं। हजारों शरणार्थी हैं, जिन्हें बसाया गया है। उन्हें बिजली, पानी, राशनकार्ड और दूसरी सुविधाएँ दी गई हैं। उन्हें लगता है, अशांत देशों के नागरिकों के लिए सबसे अच्छी जगह भारत ही है। विभिन्न देशों में अराजकता, गृहयुद्ध और शासन के अत्याचारों के कारण सीमावर्ती इलाकों में करोड़ों की आबादी आ गई है। विश्व भर में स्थायी शरणार्थी सबसे ज्यादा हमारे यहाँ हैं। सरकारें अपने नागरिकों पर कटौती करके उन्हें सुविधाएँ दे रही हैं। क्यों? उन्हें वे अपना वोट-बैंक मान रही हैं। पश्चिमी बंगाल में उन्हीं के बल पर पंचायत के चुनाव जीते! उन्हें नागरिकता प्रदान की गई है। बिना कोई शुल्क चुकाए उन्हें सब मिल रहा है। शरणार्थियों की आड़ में वे वोट-बैंक की राजनीति कर रही है। अपनी सत्ता निश्चित कर रही है। आप देखें तो हैरान हो जाएँ, मास्साहब, शरणार्थियों ने बड़ी-बड़ी कोठियाँ बना ली हैं।

"हमारे लिए अपने ही राज्य में नौकरी मिलना असंभव हो गया है। कई लड़के, जो मेरे साथ ही थे, यहाँ लौट आए हैं। छोटी-छोटी नौकरियाँ कर रहे हैं। मैकडॉनल, पीजाहट, डुमैनो जैसे खाने की जगहों में एक या दो शिफ्ट में काम करके या तो अपनी आगे की पढ़ाई कर रहे हैं या अपना गुजारा कर रहे हैं। मास्टरजी, नंदलाल और वैभव भी यहीं पर है।"

अब मास्टरजी के घर में अकसर हर दिन ये लड़के आ जाते थे। घंटों राजनीतिक-सामाजिक मुद्दों पर चर्चा करते। "नंदलाल, तुम किस समाचार-पत्र के साथ काम कर रहे हो?"

"मास्टरजी, नाम कोई बड़ा नहीं है, पर बड़ा ही निष्ठावान और प्रतिबद्ध अखबार है। जहाँ भी, कोई भी गलत हो रहा है, उसको उजागर करना ही इसका उद्देश्य है। फिर गलत कोई भी कर रहा हो, राजनेता ही क्यों न हो। आप देखिए—सौ, हजार, दस हजार की चोरी करनेवालों को जेल होती है, और करोड़ों की हेराफेरी करनेवाले ऊँची कुरसियों पर विराजमान हैं। हमारा अभियान इन्हीं के विरोध में है। सर, आपने हमें भारत निर्माण का इतिहास पढ़ाया था। देश के निर्माण में बालगंगाधर तिलक, नेताजी सुभाषचंद्र बोस, सरदार पटेल, राममनोहर लोहिया, अंबेडकर थे। भगतसिंह, चंद्रशेखर आजाद, गणेशशंकर विद्यार्थी जैसे देशभक्त शहीदों की सूची थी। लेकिन सर, यह आज की राजनीति में क्या हो रहा है? राष्ट्र-निर्माण का सारा श्रेय नेहरू और उसके परिवार को दिया जा रहा है। सर, 54 केंद्रीय योजनाएँ हैं, इनमें 18 राजीव के नाम पर हैं। कुछ नेहरू और इंदिरा गांधी के नाम पर हैं। इतना ही नहीं, राष्ट्रीय पुरस्कारों के नाम, हवाई अड्डों, विश्वविद्यालयों, संस्थानों, खेल परिसरों, सड़कों, स्टेडियम इत्यादि के नाम एक ही परिवार के नामों पर क्यों? लोकतंत्र के नेता तो तिलक, गोखले, राजेंद्र प्रसाद, मदन मोहन मालवीय इत्यादि भी थे। वे सब कहाँ गए? सन् 1950 के बाद पार्टी परिवार होती गई, फिर इंदिरा इंडिया हो गई। सरकारी योजनाएँ देश के करदाताओं से संचित कोष से चलती हैं। देश का राजकोष एक परिवार की संपदा कैसे बन गया? इस तरह समाज कल्याण की योजनाओं का परिवारीकरण बहुत गलत है सर, एक तरह से संवैधानिक अपराध है। स्वतंत्र देश में महत्त्वपूर्ण स्थानों, संस्थाओं के नाम, किन्हीं प्रतिभाशाली वैज्ञानिक या साहित्य, कला, दर्शन तथा अन्य क्षेत्रों की प्रतिभाओं के नामों पर हो सकते हैं। सर, आपने जो हमें स्वतंत्रता का इतिहास पढ़ाया था, वह गलत था क्या?"

नवीन ने कहा था, "मास्साहब, दुनिया बदल रही है, इसमें मीडिया की महत्त्वपूर्ण भूमिका है। सच्चाई को छिपाना अब आसान नहीं। क्या हम नहीं जान

रहे कि लोकतंत्र का इतिहास वह नहीं है, जो प्रोजेक्ट किया जा रहा है। कांग्रेस पार्टी की सरकार ने ऐसे चापलूसों से और दूसरे, पैसे के लालची लोगों को शिक्षा संस्थानों में नियुक्त किया, जो नेहरू परिवार की पीढ़ियों का गुणगान करें। दूसरे बड़े नेताओं को कमतर दिखाए। ऐसे ही लोगों को अकादमियों में ऊँचे पद दिए गए। उन्हें अंतरराष्ट्रीय फैलोशिप दिलवाया गया। उन्हें पुरस्कृत, विभूषित और उपकृत किया गया। सर, मैं आपको प्रो. मक्खनलाल की एक किताब दूँगा। अगली बार आते हुए ले आऊँगा। 'सेक्यूलर पॉलिटिक्स, कम्युनल एजेंडा' किताब है प्रो. लाल की, जिसमें उन्होंने नेहरू की राजनीति के षड्यंत्रों को उजागर किया है।

''सारी प्रादेशिक कमेटियों ने सरदार पटेल का नाम नामित किया था प्रधानमंत्री पद के लिए। पर नेहरू राजनीति, गांधी का 'ब्ल्यू आई बॉय', पटेल को अपना नाम वापिस लेना पड़ा। नेहरू ने अपनी पसंद-नापसंद में कितने गलत निर्णय लिये। भारत के लोग हैदराबाद और कश्मीर के बारे में नहीं जानते। नेहरू के हाथ में होता तो दोनों हमारे हाथ से निकल जाते। सरदार पटेल ने ही वहाँ सेनाएँ भेजी थीं। पाकिस्तान के हाथों में जाने से बचाया था। नेहरू पटेल से, उनकी प्रतिभा लौह व्यक्तित्व से डरते थे। पटेल की अंत्येष्टि में आदेश पारित किया था कि कोई अधिकारी सरकारी तौर पर वहाँ नहीं जाएगा।

आज भी इस पार्टी में वंशवाद की जड़ें गहरी फैली हैं। इसके सदस्य चापलूस और बौद्दे हैं। सब देखते हैं, कोई नहीं बोलता, क्योंकि दस साल से पार्टी सत्ता में है—निरंकुश हो गई है। सर, कहते हैं इतावली बड़े श्रूड और क्रुक होते हैं। होते हैं न सर! कैसे रिमोट कंट्रोल से सत्ता चलाई जा रही है। सब बेबस देख रहे हैं, कोई कुछ नहीं करता। पर सर, अब यह स्थिति ज्यादा देर रहनेवाली नहीं है।''

''ये सारा कुछ, विवादास्पद तुम्हारा अखबार छापता है, ऊपरी दबाव नहीं पड़ता। अखबार बंद नहीं हो जाता।''

नंदलाल हँस रहा था, ''पड़ता है सर! अखबार भी बंद हो जाता है। थोड़े दिन बाद दूसरे नाम से शुरू कर देते हैं, पहले 'राष्ट्रनिर्माण' फिर 'देश बचाओ', अब 'नवजागरण' है सर। फर्क यह है कि यह अखबार सरकारी मदद से तो चलता नहीं। एक स्वतंत्रता सेनानी का लड़का है, जो अमरीका में लगभग 80 प्रतिशत मोटल (रेस्तराँ) गुजराती चलाते हैं। खूब पैसा भी कमाते हैं। कहता है, मैं अपने पिता के ही काम को पूरा कर रहा हूँ। अपनी तरह से देश के लिए काम कर रहा हूँ। जब अखबार बंद हो जाता है। दूसरे नाम से फिर शुरू हो जाता है। सर्कुलेशन भी अच्छी है, सर!

"हमारा उद्देश्य जन जागरण है सर! उत्तर प्रदेश और बिहार में लोग इसे ढूँढ़- ढूँढ़कर पढ़ते हैं। यह मानो एक प्रति अखबार कम-से-कम दस लोग पढ़ते हैं। अगर इसकी सर्कुलेशन दो-ढाई हजार है तो पाठक तो दस हजार हो गए सर।"

नवीन ने कहा था, "ये 'नेशनल डेली' है सर, इनमें पंद्रह से बीस प्रतिशत न्यूज पेड न्यूज होती है सर! इकॉनोमिक टाइम्स में काम करता है राघव, रिपोर्टर है। रियल स्टेट कवर कर रहा है। सर, उसके पास पाँच सालों में दो मकान हो गए। है न कमाल सर। पेड न्यूज का कमाल है। इन बड़े अखबारों की विश्वसनीयता पर कोई सवाल नहीं उठाता। पर जो छोटे अखबार हैं, वे हमेशा शक के घेरे में रहते हैं। राजनीतिज्ञों के निशाने पर भी होते हैं।"

"तुम इतने चुप और उदास क्यों बैठे हो कपिल! कुछ भी नहीं बोल रहे?" उसका चेहरा और भी लटक गया था। आँखें छलछला आई थीं।

"कपिल, बहुत वर्ष हो गए। कश्मीरी पंडितों को कश्मीर छोड़ना पड़ा था।"

"हाँ सर, बहुत वर्ष हो गए। पर क्या किया हमारे लिए शासन या सरकार ने। सर, अभी मोदी ने अपने भाषण में अनुच्छेद 370 पर बहस की बात की थी। यह भी कहा था कि आम आदमी को इससे क्या फायदा हुआ सर! हम यहाँ भिखारी हो गए। मेरे पिता के पास बादाम बाढ़ी थी, सेब के सैकड़ों पेड़ थे। अखरोट के दरख्त थे। हमारा ड्राईफ्रूट का बिजनेस था। हमारी एक दुकान रेजीडेंसी रोड पर थी सर! वहाँ उम्दा कालीन थे, पशमीने की शॉलें थीं। अखरोट की लकड़ी का बेहतरीन सामान था। हमारे ग्राहक खास होते थे सर! आम ग्राहक तो इन चीजों पर खर्च नहीं कर सकता, पर सर, हमें यहाँ से खदेड़ दिया गया। वहाँ हम बड़ी-बड़ी कोठियों में, खुले घरों में और आँगन में रहते थे। यहाँ हमारा जो बेहाल हुआ, वर्षों कोई कंपंसेशन नहीं मिला। सर, मेरे पिताजी को जब किसी शॉल की दुकान में सेल्समैन का काम करना पड़ा तो वे मानसिक रूप से बीमार हो गए। हम छोटे-छोटे तीन भाई-बहन थे। माँ यों ही सारा दिन रोती रहती थी। इतना रुतबेवाला आदमी किसी के अधीन सेल्समैन का काम कब तक कर सकता था। आखिर उनका नर्वस ब्रेकडाउन हो गया। चल बसे। चाचा ने सँभाला परिवार को। उन्हें एक 4 फुट गुणित 6 फुट की एक गुमटी मिली थी। उन्होंने वहीं अपनी दुकान लगाई। उन्हें होजरी के काम का कोई अनुभव नहीं था। पर उन्होंने सीख लिया। चाची, उनकी दो बेटियाँ और हम चार लोग। सबका भार उन पर था। किशोर होते ही सर, प्राइवेट परीक्षाएँ इग्नू से दी हैं और मैकडॉनल में काम किया है। जूठे बरतन साफ किए, अब असिस्टेंट मैनेजर हूँ सर! पर अंदर से खुश नहीं हूँ। मैं मीडिया और

कम्यूनिकेशन का कोर्स कर रहा हूँ। मुझे बनना तो पत्रकर है सर! इस व्यवस्था की बखिया उधेड़नी है सर! सच को जनता तक लाना है।

"सर, आप सोचिए, देश के अन्य भागों में लागू कानून जम्मू-कश्मीर पर लागू नहीं होते। 370 का कितना दुरुपयोग हुआ है सर! इस राज्य को मिलनेवाली मदद का बड़ा हिस्सा किनके पास जाता है? उन्हीं चुनिंदा लोगों के पास। पैसा स्थानीय राजनीति के भ्रष्टाचार की भेंट होता है। कोई ऑडिट नहीं। बड़ा हिस्सा वहाँ की नौकरशाही वर्ग के जेब में जाता है। बाकी लोग वहाँ का आम नागरिक वैसा ही अशिक्षित, गरीब और अंधविश्वासों से घिरा दयनीय स्थिति में है।

"आपको पता है सर, सांप्रदायिक हिंसा कानून जम्मू-कश्मीर पर लागू नहीं होता। वहाँ हिंदुओं पर सर्वाधिक अत्याचार होते हैं। लोग इस अनुच्छेद के बारे में नहीं जानते। संविधान के इस प्रावधान का नाम आते ही लोग जिहादियों की तरह व्यवहार करने लगते हैं। क्या आज भारतवासी नहीं जानना चाहते कि यह प्रावधान क्यों? अस्थायी तौर पर बना यह प्रावधान स्थायी कैसे हो गया! संविधान के 21वें भाग में अनुच्छेद 370 को अस्थायी संक्रमणकालीन और विशेष प्रावधान के रूप में रखा गया है। पहले ये अनुच्छेद 360 ए पेश हुआ, फिर 370 के रूप में आया, पर अब स्थायी हो गया।

"यही पैसा अलगाववादियों के पास भी जाता है। जनता के विकास में काम नहीं आता। इस पर कोई बात नहीं करना चाहता। इसे संवेदनशील मुद्दा मानकर ठंडे बस्ते में डाल दिया जाता है।

"अनुच्छेद 370 के माध्यम से कश्मीर के मुद्दे पर कुछ बड़ी गलतियाँ हमने की हैं। जिनके बुरे नतीजे हम आज भोग रहे हैं। देर तो हो गई है, पर बेटर लेट देन नेवर, सर। सोचना तो चाहिए हमें। वहाँ के स्थानीय निवासियों की अवहेलना, उनके हितों और आकांक्षाओं की उपेक्षा और दमन। यह लोकतंत्र तो नहीं हो सकता। संवैधानिक दृष्टि से राष्ट्रपति जब चाहे, एक आदेश से इस अनुच्छेद को निरस्त कर सकते हैं। सर, देश में भी तो यह सब परोक्ष रूप से हो रहा है।

"अलीगढ़ विश्वविद्यालय को मुसलिम विश्वविद्यालय बनाने का राजनीतिक षड्यंत्र, जो कट्टरवादियों के पक्ष में था, पर क्या संसद् या जनता नहीं जानती कि विश्वविद्यालय भी सरकार की आर्थिक सहायता से चलता है और सरकार के इस पैसे पर अधिकार हर देश के हर युवक का है, क्योंकि यह धन भारत की जनता कर के रूप में देती है। मुसलिमों को खुश करने की राजनीति के पक्ष में तो भी माना जाता है, यहाँ का हर शिक्षक और छात्र मुसलिम संप्रदाय के हित में है। और छात्रों का

मुसलिम कोटा बढ़ा दिया जाता है। फिर पार्टी चुनाव की राजनीति की चाल चलती है और इसे मुसलिम विश्वविद्यालय घोषित करती है, पर कोर्ट ने इसे अस्वीकार किया और इसे अल्पसंख्यक घोषित करना भी असंवैधानिक बताया। क्या यही लोकतंत्र है। या यह इस लोकतंत्र की धर्मनिरपेक्षता है? इन सवालों पर भी विचार तो होना ही चाहिए सर!

''368 के अनुसार इसे निरस्त कर दिया जाना चाहिए। परंतु सर, यह प्रकिया अनुच्छेद 370 पर लागू नहीं होती। इस संदर्भ में दोहरी नागरिकता का प्रश्न भी आता है। दोहरी नागरिकता अलगाववाद नहीं है। परंतु सर, जम्मू और कश्मीर, भारत में रहते हुए स्वायत्ता प्राप्त कर सका। देश के अन्य भागों में लागू कानून यहाँ लागू नहीं होते। इसमें भी तो अलगाववाद को बढ़ावा मिला है। जम्मू-कश्मीर में पनपनेवाला अलगाववाद भी तो चिंता का विषय है। जम्मू-कश्मीर को जो लाभ दिए गए, उसकी कीमत रोज देश को चुकानी पड़ रही है।''

मि. गुप्ता का घर जैसे शाम को कॉफी हाउस में बदल जाता था। खूब बहस होती, चर्चाएँ चलतीं। पाँच-छह और कभी ज्यादा लड़के आ जाते। ये सभी यहाँ नौकरी की तलाश में आए थे। कुछ को छोटा-मोटा काम मिल भी गया था। पता नहीं क्यों इस पीढ़ी के युवकों में विद्रोह था। ये सभी पत्रकार बनना और मीडिया में कॅरियर चुनना चाह रहे थे। नंदलाल कहता था, ''मास्टरजी, हम एम.बी.ए., इंजीनियरिंग या डॉक्टरी नहीं कर सके। हो सका तो कभी आगे जाकर आई.टी. की पढ़ाई जरूर करेंगे।'' पर वे जागरूक थे। कुछ दिनों में एक लड़का बाबू भी आने लगा था। नवीन ने बताया था, ''सर, यह मुझे चौराहे पर कभी फूल, कभी झाड़न, कभी मोबाइल के चार्जर बेचता नजर आता था। पर वह औरों से अलग लगता था। एक दिन उसने बताया था कि वह इग्नू से बारहवीं की परीक्षा दे चुका है। बस परिणाम की प्रतीक्षा कर रहा है। कहता है 'मैं भी लिखता हूँ, इसे अखबार में छपवा दीजिए।' मैंने देखा था सर, अच्छा लिखा गया लेख था।''

''राजनीति का अल्पसंख्यकों के साथ किया गया राजनीति का खेल। कैसे वोट बैंक के तहत आरक्षण के नाम पर इन्हें सरकार ने अपनी जेब में डाला। पर उनके लिए जातिवाद और भेदभाव रहित प्रगति का मार्ग कहा?'' वह चुपा गया था। नवीन ने कहा था, ''बोल बाबू, मास्टरजी अपने हैं।''

उसने कहा था, ''कहीं नहीं, मास्टरजी, फ्लाईओवर के नीचे ही हमारा घर है। ऊपर छत मिल जाती है। धूप, बारिश और ठंड में कुछ बचाव हो जाता है। हम राजस्थान से आए हैं सर, नट जाति के हैं। शुरू से हमें कसरत करवाकर, हमारे

शरीर को लचीला बना दिया जाता है। हम इस छोटे से रिंग से पूरा शरीर निकाल लेते हैं। आपने सड़कों पर, चौराहों पर हमारे बच्चों को ये सब करते और कलाबाजियाँ दिखाते देखा होगा। मुझे यह नहीं करना होता था। बहुत मार खाई मास्टरजी, बापू मारता था, पूछता था, तू क्या करेगा?

''मैंने सर, चौराहों पर चीजें बेचनी शुरू कीं। समय निकालकर पढ़ने लगा। एक मेमसाहब ने मुझे इग्नू का पता दिया था। वहाँ गया था। सब ठीक लगा था। मेमसाहब ने फीस के पैसे भी दिए थे। किताबों के पैसे भी दिए थे। मैंने 12वीं कर ली है। अब क्या करूँ?''

''पर तुम क्या चाहते हो?''

''मुझे पता नहीं चल रहा सर! मैं आगे पढ़ना चाहता हूँ।''

''क्या पढ़ना चाहते हो?''

''सर, समझ नहीं आ रहा। पर जहाँ अच्छी नौकरी मिल सके सर! हमारे लिए, हम छोटी जाति के लोगों और आदिवासियों के लिए सरकार ने कुछ नहीं किया। हमें आज भी निचली श्रेणी का जीव माना जाता है। हम अपना कस्बा छोड़कर यहाँ आए थे। सूखा पड़ा था। यहाँ जो भी हो बस किसी तरह से रोटी का जुगाड़ हो जाता है। माँ और भाई-बहनें भीख भी माँगती है सर! कहने को चीजें बेचते हैं, लेकिन चीजें कोई नहीं खरीदता तो दयनीय मुद्रा में पैसे माँगते हैं। यह सच्चाई है मास्टरजी! बहिन की इज्जत भी अब खतरे में हैं। हम दोनों भाई उसकी रक्षा करते हैं। उसे एक अच्छी मेमसाहब अपने घर ले गई है। वह उसका बच्चा देखती है। मेमसाहब दफ्तर जाती है। उसने पीछे से घर देखना और बच्चे की देखभाल का काम सीख लिया है। वह पैसे दे देती है। गुजारा हो जाता है। कहती है, तू पढ़ ले, पढ़कर कुछ बन जा।''

''ठीक है, बारहवीं का नतीजा आ जाए। कोई प्रोफेशनल कोर्स एक साल का हो, दाखिला ले लो। प्राइवेट बी.ए. भी करो। ग्रेजुएशन जरूरी है।''

''ठीक है सर!'' वह सकुचाया था। ''वह मेमसाहब तो चली गई सर! उसने बहुत मदद की थी।''

''चिंता मत करो। अब तुम्हारी मदद मैं करूँगा। दाखिले के पैसे और हर महीने क्लास के पैसे भी दूँगा। किताबों के लिए भी पैसे दे दूँगा। तुम पढ़ो, मुझे बहुत सुख मिलेगा इसमें।''

''जी सर!'' वह झुका था, उसने मास्टरजी के पैरों में हाथ लगाया था। उसकी आँखें भर आई थीं।

मि. गुप्ता सोच रहे थे। यह कैसा लोकतंत्र है। राजनीति में कितना पतन हो

गया है। कहने को यह सरकार अल्पसंख्यकों, दलितों, आदिवासियों और पिछड़े वर्गों के लिए लुभावने वायदे और योजनाएँ घोषित करती है। आरक्षण के नाम पर उन्हें अपनी जेब में डाल लेती है। धर्मनिरपेक्ष, भेदभाव रहित प्रगति का मार्ग कहाँ है? गरीब और दलित वर्गों से आए नेता भी करोड़ों की संपत्ति के मालिक हैं। दलितों और गरीबों की स्थिति वैसी ही। नेताओं, मंत्रियों के करोड़ों के घोटाले, पर वे किसी-न-किसी बहाने से बाहर घूम रहे हैं। भाषण दे रहे हैं। उधर जेलों में 7890 कैदी वे हैं, जिनका ट्रायल होना है। नेताओं का अपराध सिद्ध नहीं हुआ, इसलिए वे स्वतंत्र हैं, पर आम आदमी, जेलों में रह रहा आम आदमी, जिन पर आरोप सिद्ध नहीं हुए, वर्षों से जेलों में रह रहे हैं। बहसें होती हैं। चर्चाएँ होती हैं मीडिया पर, सब सबकुछ जानते हैं, पर कहीं कुछ नहीं होता।

पूँजीवाद क्या सिर्फ आर्थिक होता है। यह राजनीतिक, सामाजिक और सांस्कृतिक स्तरों में होती हुई पूरी सोच और विचारों को प्रभावित करती है। पूँजीवाद का मतलब मुनाफा है। छोटे उद्योगों को नष्ट करना, लघु उद्योगों को जो जनसामान्य की आत्मनिर्भरता का आधार है। उन्हें आर्थिक संबल देते हैं, उनको भी कोई रियायत न देना, उनके विकास के लिए कुछ भी नहीं करना। आखिर वे अपने गाँव, कस्बे, शहर छोड़कर महानगरों में आकर झोंपड़पट्टियों में बस जाने को मजबूर होते हैं। मजदूर बन जाते हैं। दिहाड़ी के मजदूर हैं। घर-बार, उनका काम, खेत सब छूट जाते हैं। वह उसका दर्द महसूस कर रहा था। पर वह सिर्फ उसका दर्द कहाँ था। उसके जैसे हजारों का यही हाल था। तो भी! जितना कुछ कर सकूँ। उतना ही सही।

लड़के चले गए थे। वह सोच रहा था इस पीढ़ी को हमने क्या दिया? भ्रष्टाचार, वंशवाद, भ्रष्ट राजनीति, महँगाई, वोट की राजनीति, बदहाली! पर तो भी यह पीढ़ी असहाय महसूस करके भी आक्रोश से भरी है। इनका आक्रोश स्वाभाविक तो है, पर जरूरी भी! तभी कुछ हो सकेगा। परिवर्तन भी तो यही लाएँगे।

अँधेरा हो गया था। वह भीतर आया था। देखा, खिड़की में लगी शर्मा की सीढ़ी। कुछ नहीं हुआ था अब तक। हाँ, अभी कल इसी ब्लॉक में एक घर में चोरी हो गई थी। यहाँ चोरी के लिए तो कुछ नहीं होगा, पर जान का खतरा···वह काँप गया था। बाहर खिड़की से ऊँची आजान की आवाज अल्ला-ऽ हो-ऽ आ रही थी।

उसने खिड़कियाँ बंद की थीं। सात बज चुके थे। अभी खाने का समय नहीं हुआ था। वह उठा था, जूते पहनकर बाहर निकल आया था। थोड़ा घूम आता हूँ···मन सँभल जाएगा।

□

महक

सुरींद्र कौर बाहर खड़ी व्याकुल हो रही थी। कहीं कोई सवारी नहीं थी। उसने घड़ी देखी, बारह बज चुके थे। सतवीर की बस उसके वहाँ पहुँचने से पहले आ गई तो सड़क पर अकेला खड़ा घबराएगा। पर वह क्या करे। दूर से आता खाली स्कूटर देखा तो उसने आवाज दी थी।

''स्कूटर, स्कूटर, रोको!''

स्कूटरवाला रुका जरूर था, पर उसकी हाँक से नहीं। सुरींद्र कौर सड़क पार करके उसकी तरफ बढ़ी थी। इससे पहले कि वह कुछ कहे, स्कूटरवाला उपेक्षा से बोला था, ''खाली नीं गड्डी।''

सुरींद्र कौर को गुस्सा आया था, ''खाली तो है।''

''बोला न आपनूँ, गड्डी खाली नीं।'' स्कूटरवाला जैसे काटने को आया था।

सुरींद्र कौर अकुलाई थी। खाली स्कूटर खड़ा करके बैठा है और कह रहा है खाली नहीं। यहाँ तो यह आम बात थी। तकरार में न पड़कर वह दूसरी सवारी ले लेती, पर इस समय वह क्या करे, उसकी समझ में नहीं आ रहा था। सुरींद्र कौर ने फिर कोशिश की थी, ''मुझे जाना जरूरी है, किराया ज्यादा ले लेना।'' कहकर वह स्कूटर में बैठने को हुई थी।

''ओ नीं जाना? कहा न आपनूँ।'' वह ऊँची आवाज में झुंझलाया था।

सुरींद्र कौर के पैर वहीं ठिठक गए थे। उसने घड़ी देखी, सवा बारह बज गए थे। सड़क पर अकेले खड़े सतवीर की बात सोचकर उसे घबराहट सी हुई थी। उसने चारों तरफ नजर दौड़ाई, कहीं कोई सवारी आती-जाती दिखाई नहीं दे रही थी। वही स्कूटरवाला खाली स्कूटर लिये बैठा था। उसने उसकी तरफ देखा। बीच की उम्र का सरदार था। हरी पगड़ी पहने और शॉल की बुक्कल मारे माँजा लगी

डोर की तरह अकड़ा हुआ था। सुरींद्र कौर ने पल भर सोचा और फिर झटके के साथ उछलकर स्कूटर में बैठ गई।

''ओ बोला ना आपनूँ, नीं जाना। गड्डी वापस करनी अै टैम हो गया। खाना वी खाना अै।'' और स्कूटर स्टार्ट किया था, ''उतरो छेत्ती।'' स्कूटर शायद गेयर में था। झटका खाकर रुक गया था। सुरींद्र कौर ने देखा, वह पंजाबी में हिंदी मिलाकर बोल रहा था। उसने आखिरी कोशिश की।

''वीरजी, आप सीधे ही तो जाएँगे। चौराहे पर छोड़ देना, वहाँ से दूसरी सवारी मिल जाएगी। बहुत जरूरी जाना है।''

स्कूटरवाले ने गौर से उसकी तरफ देखा था और स्कूटर स्टार्ट करके चल पड़ा था।

''कित्थे जाना अै?''

''आप बस चौराहे पर छोड़ देना, वहाँ से दूसरी सवारी मिल जाएगी।'' उसने सोचा था, यहाँ खड़े रहना व्यर्थ है। चौराहे पर कुछ-न-कुछ मिल जाएगा, इसीलिए जबरदस्ती सी करते हुए स्कूटर में बैठ गई थी।

''फेर वी आपने जाना कित्थे अै?''

''आर.के. पुरम।''

''चंगा, बैठो आराम नाल।'' स्कूटरवाले ने गुरुवाणी की टेप लगा दी थी और साथ-साथ ताल भी दे रहा था। स्कूटर की रफ्तार तेज कर दी थी। सामने शायद कोई गड्ढा था। स्कूटर ने उठाला खाया था, ''जरा हौले।''

''आप चिंता न करो। आराम नाल बैट्ठो, राजी खुशी पहुँचावाँगा।'' चौराहे पर पहुँचते ही सुरींद्र कौर ने रोका था।

''बस, यहीं रोक दो।''

''हुण आप बैट्ठे रहो। इत्थे नहीं मिलती कोई सवारी।''

सुरींद्र कौर एकबारगी निश्चिंत हो गई थी। पीछे पीठ टिकाकर आराम से बैठ गई थी। हलकी बूँदाबाँदी शुरू हो गई थी। उसे फिर ध्यान आया, सतवीर की बस पहले आ गई तो सड़क पर अकेला खड़ा भीगेगा। उसने देखा, स्कूटरवाला शीशे से बार-बार उसकी तरफ देख रहा था।

''इदर का परदा डालूँ बारिश पड़ने लगी अै।''

उसके भीतर डर की एक लहर सी दौड़ गई थी।

''नहीं।''

परदा डालते उसने अपना हाथ खींच लिया था।''विचकार हो के बैठो, आप

गिल्ले हो जाओगे।''

थोड़ी देर बाद उसने पूछा था।

''पंजाब दे ओ बीबी आप?''

''हाँ।'' न चाहते हुए भी सुरींद्र कौर ने उत्तर दिया था।

''कौन सा पिंड अै आप जी दा?'' सुरींद्र कौर को लगा था, जैसे किसी ने कच्चे जख्मों को छील दिया हो। उसने अपने को जब्त किया था और तटस्थ होकर कहा था, ''सिंघवा।''

''सिंघवा?'' वह सीट से उछलकर पीछे की तरफ मुड़ा था।

उसने उसे समझाते हुए बताया था, ''हाँ, लुधियाना और जगराँवा के बीच में···।'' वह उसकी बात काटकर हो-हो कर हँसने लगा था। आश्चर्य से सुरींद्र कौर ने पूछा था, ''क्या हुआ?''

''मैं भी तो सिंघवा दा हूँ। आप मैंनू दस्स रए हो···।''

उसने बात खत्म करने के लिए कहा था, ''अच्छा।''

वह फिर बोला था, ''आप जी ने केस कटा लिये ताँहि नीं पहचाना आपनूँ।'' सुरींद्र कौर को यह व्यक्तिगत आक्षेप अच्छा नहीं लगा था, पर वह चुप रही थी।

''करिए वी की, परदेस है न। जैसा देस, वैसी बोली वैसा इ वेश। देक्खो 84 दे दंगों के बाद में वी दाढ़ी कटा लई। तै···।'' वह उदास हो गया था।

सुरींद्र कौर का मन चाहा, वह उससे पूछे, ते···फिर? पर पता नहीं क्यों उसकी उदासी देखकर या यह सोचकर कि किसी अपरिचित स्कूटरवाले से इस तरह आत्मीय बातचीत करना ठीक नहीं, अपनी उत्सुकता रोककर वह चुप लगा गई थी।

''ओत्थे घर कहाँ आप जी दा?'' सुरींद्र कौर को लगा था, इसके ये सवाल छुरियों की नोंक बनकर उसके कलेजे को गोद देंगे। उसने फिर अपने पर काबू पाया था।

''खालसा कॉलेज के आगे जाकर चौधरी रणजीतसिंह की हवेली।''

''आप जी दे पिता होए?''

''ना दारजी'' बीती घटना याद करके सुरींद्र कौर का कलेजा मुँह को आने लगा था। उसने अपने मन में सोच लिया था, अगर अब इसने यह बात आगे बढ़ाई तो वह स्कूटर रोककर उतर जाएगी, फिर जो हो सो हो।

''पिंड छोड़ कद आए आपजी दिल्ली?''

सुरींद्र कौर ने चैन की साँस ली थी, ''मैं तो बहुत पहले ही आ गई थी। शादी

के बाद से यहीं पर हूँ, पंद्रह बरस हो गए।'' खुंदक खाकर सुरींद्र कौर ने विस्तार से बताया था। सोचा, जो एक-एक करके सवाल पूछेगा, वह एक बार ही बता दे। बना ले जन्म पत्तरी जो बनानी है।

''चंगा···। साड्डे सरदार साब क्या करदे औं?''

वह समझ गई थी, ''मैं तो हिंदू के साथ ब्याही गई थी। ये प्राइवेट फर्म में हैं।''

''चलो चंगा औ बीबी। किरपा वाहे गुरु दी।''

उसने गरदन उठाकर अरदास सी करते हुए दोनों हाथ ऊपर उठाए थे, ''सुक्ख रखे वाहे गुरु।''

सुरींद्र कौर का मन मसोस रहा था, पर उसके सवाल का जवाब न दे, ऐसा भी उससे नहीं हो पा रहा था। वह फिर पूछ रहा था, ''बाल-बच्चे?''

''तीन हैं। बड़ी दो कुड़ियाँ हैं और सबसे छोटा काका है। उसी को बस स्टॉप से लेना है।''

''चंगा···।''

सुरींद्र कौर ने देखा, इस जगह बहुत बारिश हुई थी। उसे सतवीर की चिंता हुई थी। पर सतवीर बस से उतरकर सामने की दुकान की परछत्ती के नीचे खड़ा था। उसकी जान-में-जान आई थी।

''बस, यहीं रोक दो वीरजी।''

उसने स्कूटर मोड़कर बरामदे के साथ छज्जे के नीचे लगा दिया था। तभी सिपाही ने आकर टोका था, ''ऐ, स्कूटर स्टैंड पर लगाओ। यहाँ नहीं खड़ा करना।''

''आ हो पता औ। सवारी नूँ उतर लेने दो।''

पर सिपाही अकड़कर सामने आ खड़ा हुआ था।

''सुना नहीं, उधर ले जाओ स्टैंड पर गाड़ी।''

''ओए पुलिसिए! बारिश पड़ रही औ। सवारी नूँ क्या भीगने दें। मत्त मारी क्या?'' फिर वह सुरींद्र कौर की तरफ मुड़ा था, ''आप उतरो बीबी रानी, अराम नाल, रुको जरा इत्थे पानी औ, गड्डी अग्गै करता हूँ।''

''कोई बात नहीं।'' कहकर सुरींद्र कौर ने रोका था, पर वह नहीं माना था। मोड़कर स्कूटर बरामदे के साथ लगा दिया था।

''आप जाओ, लै आओ काके नूँ। मैं खड़ा हूँ यहीं।''

पता नहीं क्या सोचकर पुलिस का सिपाही कुछ बोला नहीं था। थोड़ी दूर पर चुपचाप खड़ा रहा था।

वह सतवीर को लेकर लौटी थी, उसे ध्यान आया था। उसने कहा था, ''वीरजी, अब आप चले जाओ, मैं यहाँ से दूसरी सवारी ले लूँगी। आपको स्कूटर जमा कराना था और खाना भी खाना था।''

''ओ आप जी बैट्ठो। काके नूँ लेके बारिश में कहाँ दूजी सवारी ढूँढ़ेंगी।''

उसने सतवीर की बाँह पकड़कर उठाकर स्कूटर की सीट पर बैठा दिया था और उसका बस्ता उसके पास रख दिया था।

''की नाँ अै पुत्तर तेरा?''

''सतवीर।''

''चंगा, जिंदा रऐ। बैठो बीबी रानी आप वी।''

उसने स्कूटर मोड़ा था, बचाके ताकि पानी की छपाके ऊपर न पड़ें।

''क्यों बीबी, पिंड तो जाना होता होगा आपदाँ?''

सुरींद्र कौर की छाती को फाड़कर एक जोर का होक्का निकला था। अब वह जब्त नहीं कर सकती थी और फूट पड़ी थी।

''वहाँ अब क्यों जाऊँगी मैं। कौन बैठा मेरा अब वहाँ। माँ, पिताजी और दोनों जवान जहान भाइयों को दिन-दहाड़े गोलियों से भून दिया जालिमों ने। किसी को नहीं बख्शा उन्होंने। सब खत्म कर दिया।''

वह सन्नाटे में आ गया था। सुरींद्र कौर ने कहा था, ''बस यहाँ रोक दो।''

वह उतरी थी, सतवीर को उतारा था। वह भी स्कूटर छोड़कर सामने आ खड़ा हुआ था। एक पल सोचकर बोला था, ''इत्थे रहते हो।''

''हाँ, यहीं सामने। अच्छा वीरजी। बहुत शुक्रिया।'' सुरींद्र कौर ने मीटर देखा था और एक दस रुपए का नोट बढ़ाया था।

''ना, शुक्रिया काहे का और यह रुपए आप रक्खो अपने पास ही।''

सुरींद्र कौर ने विरोध करना चाहा तो उसने रोका था।

''सुनो बीबी रानी, जरा रुको।'' उसने स्कूटर की पिछली सीट उठाकर बक्से से दो पोटलियाँ निकालकर उसको थमा दी थीं।

''ये रक्ख लो आप, पिंड तो अज सवेरे हरवैल सिंह आया सी, ते दे गया सी। कैंता था रात नूँ आके भाभी गुरमीत कौर दे हाथ का बना साग-रोटी खाएगा। ते हरभजन ते हरबंस नूँ पिंड दी कहानियाँ सुनाएगा। उसनूँ नी पता के 84 के दंगयाँ विच न गुरमीत कौर रई ति न रए हरभजन ते हरबंस। जिंदा जला दिया सी सबनूँ एक साथ। शाम नूँ घर आया सी, सबकुछ खत्म हो चुका सी। मैंने किसी को खबर नहीं दित्ती सी। फैदा वी की सी। पिंड विच लोग सुनदे ते इत्थे दी अग्ग ओत्थे तक

वलदी जाँ दी।'' एकाएक वह हो-हो कर हँसने लगा था।

''हुन क्या? कहीं पड़े रहो, कहीं खा लो। चंगा वो मरजी वाहे गुरुजी दी। जिवैं राक्खे ताँहि रहै ना।''

उसने सतवीर के सिर पर हाथ रखा था और जेब से पचास का एक नोट निकालकर सतवीर के हाथ में पकड़ा दिया था।

''तेरी मिठाई वास्ते पुत्तर।''

सुरींद्र कौर हतप्रभ सी खड़ी थी। उसने रोका था, ''ये क्या करते हो वीरजी। ऐसे नहीं...।'' उसने बीच में ही टोका था, ''ना बीबी रानी। ऐसा नहीं कैते हुण कदे न कैहना के पिंड विच मेरा कोई नईं। मैं हूँ न सिंघवा दा आपजी दा वीर। चंगा बीबी रानी। सुक्स रक्खे वाहे गुरु।'' वह स्कूटर मोड़कर तीर सा निकल गया था। सुरींद्र कौर अभी भी वैसी-की-वैसी खड़ी थी। फिर जैसे सपने से जागी हो, उसने पोटलियों को बाँह में लेकर कोहनी के बीच थाम लिया था और दूसरे हाथ से सतवीर की उँगली पकड़कर चल पड़ी थी। पोटलियों से उठती खेतों से तोड़े ताजे सरसों के साग की और घर की चक्की पर पिसी मक्की के आटे की ताजी महक उसके नथुनों से होती हुई भीतर-ही-भीतर उसके पूरे वजूद में समाती जा रही थी। सतवीर ने पूछा था, ''ये कौन था मम्मी?''

सुरींद्र कौर एक पल को रुकी थी। ''तेरा मामा था। अब चल जल्दी घर।'' सतवीर की उँगली थामे वह गेट खोलकर अंदर चली गई थी।

□

लहाश

उसे अभी-अभी मॉरचरी में रखा गया था। शाम हो गई थी। बाहर थोड़ी सी रोशनी थी, जो खिड़कियों के शीशों पर ठहरी हुई थी। यों भी यहाँ खिड़कियों के शीशे गँदले से थे, गर्द और गदंगी से सने। चाहे यह मॉरचरी भी अस्पताल का हिस्सा ही थी, पर अलग-थलग। फिर मॉरचरी ही तो थी। यहाँ किस वी.आई.पी. को आना होता है। जानेवालों की सुगबुगाहट से कुछ शब्द उसके कानों से होते हुए उसके दिमाग के भीतर घुस गए थे।

उसकी ड्यूटी अभी शुरू हुई थी। रात की ड्यूटी थी। यहाँ बारी-बारी रात और दिन की शिफ्ट होती है। पर रात की ड्यूटी कोई नहीं करना चाहता। कोई भी छुट्टी पर हो या काम पर न आए तो उसे पकड़ लिया जाता है, क्योंकि उसकी नौकरी अभी पक्की नहीं हुई थी। असहाय होकर वह दिन की ड्यूटी के बाद रात की ड्यूटी भी करता। उसके लिए जरूरी नहीं था कि वह मॉरचरी में ही बैठे। मॉरचरी से लगा एक कमरा था। वह वहाँ बैठ सकता था। अगर कोई नहीं आता तो वह सो भी लेता था। पर तभी तक जब तक कि कोई लावारिस लाश न आ जाए या किसी लाश का दावेदार न आए। पर कई बार वह वहीं बैठा रहता, कुरसी पर। जैसे आज बैठा था। अब उसे कुछ फर्क नहीं पड़ता था। अब तो वह लाशों की चीर-फाड़ में भी मदद करता था। लेकिन जब वह यहाँ आया था तो लाश देखकर उसकी रूह काँप गई थी। थरथराती टाँगों से, मुँह में उबकाई लिये वह भागता हुआ यादव के पास गया था। हाँफते हुए उसने कहा था, ''मुझसे नहीं हो सकेगी यहाँ···''

यादव ने उसकी तरफ देखा तक नहीं था, ''ठीक है, कल मत आना। अभी जाना हो तो जाओ।'' वह जाने के लिए मुड़ा था। ''सुनो'' यादव की आवाज से

उसकी तरफ घूम गया था, ''अपनी संदूकची और चादर-वादर उठा ले जाना।'' यादव तटस्थ था।

उसे यादव से ऐसी उम्मीद न थी। उसी के भरोसे यहाँ आया था। चार-छह दिन जब तक कोई दूसरी ओट नहीं मिल जाती। कम-से-कम तब तक के लिए तो रुकने दे सकता था। उसने आखिरी कोशिश की थी, ''लेकिन...''

वह भड़का था, ''लेकिन का-ऽ का लेकिन? धर्मशाला है हमार झुग्गी?''

वह थके कदमों से बाहर निकल गया था। बस भी नहीं ली थी। वह चलता गया, चलता गया, जैसे नशे में चल रहा था। उसकी झुग्गी के बाहर आकर बैठ गया था। पता नहीं यादव कब आया था और कब रात हुई थी। उसने कुछ खाया भी नहीं था। सुबह आँख खुली तो वहीं फर्श पर लेटा हुआ था। उठा था और बाहर जाकर पब्लिक नल पर नहा आया था। अपना गमछा छोपा, कपड़े पहने और धीरे-धीरे अंदर आया था। संदूकची खोलकर गीला गमछा अंदर डाल लिया था। बाहर निकलने लगा तो यादव ने टोका था, ''आ-ऽ चाय पी ले।''

वह पास आकर बैठ गया था और चाय पीने लगा था। प्लेट में रखी डबलरोटी का टुकड़ा भी निगल गया था। रात का भूखा था। उसे अपनी भूख का अहसास हुआ था। यादव ठीक कहता था। थोड़े दिन बुरा लगेगा, फिर तुझे पता भी नहीं चलेगा कि ये लाशें हैं या बीमार लेटे हैं। और वही हुआ भी। अब तो वह डॉक्टर के कहने पर पूरी चीर-फाड़ भी करता है। कई डॉक्टर तो हाथ भी नहीं लगाते, उसको बताते हैं और बाहर निकल जाते हैं। पहले दिन डॉक्टर ने जब चाकू लेकर लाश की छाती में घुसाया था तो वह बाहर भागा था। रात का खाया खाना मुँह में आ गया था। वह बाथरूम तक नहीं पहुँच सका था। अस्पताल के चौकीदार ने उसकी पीठ पर लात मारी थी।

उसने घड़ी देखी थी, सिर्फ छह बजे थे, पर सर्दियों की लंबी सूनी शामें कितनी लंबी हो जाती हैं। वह उठकर अभी-अभी लाई गई उस लाश के पास आया था। उसके चेहरे से चादर हटाई थी, औरत का चेहरा था। औरत भी क्या, लड़की जैसी ही थी। उसे लगा था, यह औरत मरी नहीं थी, जिंदा थी, अधखुली आँखों से निर्विकार कहीं देख रही थी। उसने चादर और नीचे खिसकाई थी। वह सोई हुई औरत थी, उसके दोनों हाथ दोनों तरफ फैले थे। उसका रंग गेहुँआ था, पलकें आधी खुली, आँखों पर झुकी थीं। उसके होंठ एक-दूसरे से जुड़े, जैसे उसने चुप रहने की कसम खाई थी। उसने उसकी फैली हुई हथेलियों को छुआ था, ठंडा पर कोमल सा स्पर्श था। लंबी और पतली उँगलियाँ थीं। कौन हो सकती है यह?

उसने फिर से उसका चेहरा देखना चाहा था। हाथ उठाकर बोर्ड के ऊपर की बत्ती जलाई थी। रोशनी सीधी उसके चेहरे पर पड़ी थी। उसे विश्वास होने लगा था कि यह औरत मरी हुई नहीं हो सकती। पच्चीसेक साल की उम्र मरने के लिए नहीं होती। उसने उसका माथा छुआ, उसमें गरमाहट थी। उसका भ्रम भी हो सकता था। उसने उसके गालों पर हाथ फिराया था। फिर होंठों को उँगलियों से छुआ था। पतले और कुछ गहरे पड़ गए होंठ थे। उसके गले पर फिसलता हाथ रुक गया था। लाल सूत, अभी तक उसके गले में था। कैसे रह गया यह? उसकी उँगलियाँ सूत के धागों से उलझ रही थीं। देखा उसमें एक छोटा सा सस्ती धातु का ओ3म का एक लॉकेट भी था। उसका हाथ धीरे-धीरे फिर से घूमता हुआ उसके जिस्म के उतार-चढ़ावों को टोह रहा था। उसकी गोलाइयों पर घूमते हाथ की पकड़ कस गई थी। उसके भीतर इच्छा जगी थी। उसका हाथ विद्या की छाती से उलझा था। विद्या ने धीमा प्रतिवाद किया था, ''ना-ऽ आज नहीं। बहुत थकी हूँ।'' एक पल के लिए उसके हाथ रुके थे। फिर उसने धोती सामने से हटाकर उसके ब्लाउज को खींचा था। टिच्-टिच् कर आगे के सारे बटन खुल गए थे। नीचे के दो हुक फंदे में फँसी थी। वह उठकर बैठ गई थी। फंदों से हुक निकालकर ब्लाउज निकाला था और ब्रा निकालकर चित्त लेट गई थी। वह कुछ देर तक उसके बदन से गरमी की चाहत में भटकता रहा, फिर गुस्से से खदबदाया था, ''लहाश की तरह लेट जाती हो ठंडी और बेजान।''

उसने आँखें खोली थीं और बंद कर ली थीं। हाँ-ऽ लहाश ही समझ लो। यही ठीक भी है। विद्या जब भी उसकी इच्छा का विरोध करना चाहती तो लाश की तरह लेटी रहती, बिना हिले-डुले, बिना किसी प्रतिक्रिया के। उसको भी आदत हो गई थी। वह कभी निपट लेता और कभी करवट लेकर सो जाया करता।

शुरू में उसके कंधों पर सिर रखकर रोती थी, सोने दो-ऽ, बहुत थक गई हूँ। सुबहसार उठकर तुम्हारे घर की तेरह जनों की चक्की से दिन भर पिसना है। उसके हाथ खुरदरे हो गए थे। हथेलियाँ फटी हुईं, उँगलियाँ और नाखून रूखे और मैले। उसकी धोती पर घी, तेल, हल्दी, सब्जी के दाग लगे रहते। उसके शरीर में रसोई की गंध बस गई थी। नहाने के बाद भी वह गंध नहीं जाती थी। उसे उस गंध से चिढ़ होती, गुस्सा आता था, पर फिर वह उसका आदी हो गया था। जब वह ब्याहकर आई थी तो दो दिन में सिर्फ एक बार वे आमने-सामने हुए थे। यों आस-पास से गुजरे कई बार थे। वह उसे देखकर दीवार के साथ चिपक गई थी। उसने चारों तरफ चोर नजर घुमाई थी और उसको अपने साथ सटा लिया था। उसकी

साँसें उसकी गरदन पर फिसल रही थी। उसके शरीर से कोई भीनी सी गंध उजस रही थी। उसकी नरम-नरम हथेलियों को अपनी हथेलियों में और उसकी लंबी-पतली उँगलियों को अपनी उँगलियों में उलझा लिया था। उसके पतले-पतले जुड़े हुए होंठों को अपने होंठों से खोलने के लिए उसने उसका घूँघट पीछे की तरफ उलट दिया था। वह उसे अपने में भींचता और दीवार के साथ दबाता जा रहा था। उसने उसकी किसी भी हरकत का विरोध नहीं किया था। उसके नाम की पुकार के साथ ही वह फुरती से छिटककर अपनी धोती और घूँघट सँभालती हुई बाहर निकल गई थी। दोनों दिन-रात में माँ के साथ सोई थी। उसे बरामदे में सोना पड़ा था। अगले दिन उसका भाई आकर उसे ले गया था। उसके बाद वह एक साल के बाद आई थी। माँ बाहर बरामदे में सोती थी। भाई-भाभी का एक छोटा सा कटा हुआ तिकोना कमरा था। दोनों छोटे भाई गरमी में कहीं भी और सर्दी में अनाज के भंडार में सो जाते थे। पिता और चाचा में से एक खेत पर रहता, दूसरा दुकान में सोता था। वह लौटी तो माँ के कहने पर एक दिन के लिए भाई ने अपना कमरा दे दिया था। उस दिन उसे ध्यान से और करीब से देखा था। दुबली-पतली, छरहरे बदन की, गेहुँए से रंगवाली विद्या उसे दुनिया की सबसे खूबसूरत औरत लगी थी। उसकी आँखों में चमक थी और उसका चेहरा नमकीन था। वह हद से ज्यादा शरमा रही थी। बड़ी मुश्किल से रात भर में दो-तीन वाक्य ही बोल पाई थी। पर जो कुछ भी वह कह रहा था, वह ध्यान से सुनती रही थी। जो कुछ भी उसने उसके साथ किया था, उसका जरा भी विरोध नहीं किया था। सुबह देखा, वह श्लथ सोई थी। उसका चेहरा उघड़ा था, धोती सामने से सरकी हुई थी और उसकी बाँहें दोनों तरफ फैली थीं। हथेलियाँ खुली थीं।

वह डरकर जल्दी से एक तरफ खड़ा हो गया था। लाश को चादर से ढक दिया था। बोर्ड की बत्ती बुझा दी थी। वह दरवाजा खोलकर बाहर आया था। बाहर ठंडी हवा उसाँस भर रही थी। वह बेचैनी से वहाँ खुले में चहलकदमी भी करता रहा। ड्यूटी पर चौकीदार एक कोने में दुबके सूखे पत्तों की आग सेंक रहे थे। वह लौट आया था। अंदर नहीं गया था। मॉरचरी के साथ सटे कमरे में घुसा था और बत्ती जलाकर बैठ गया था। पर मॉरचरी से जोर-जोर से आवाज आ रही थी। भीतर से आती आवाज उसे बुला रही थी। बिना उसका नाम लिये वह उसी को बुला रही थी। विद्या भी उसका नाम नहीं लेती थी, पर उसे बुलाती तो थी। कभी आँख के इशारे से, कभी हाथ हिलाकर और कभी सुनो-ऽ या जी-ऽ कहकर। वह त्वरा से उठा था। उसने दरवाजा धकेला और अंदर आया था। लाश का चेहरा

उघड़ा था। आँखें झिंपी सी और होंठ खुले हुए थे। उसे आवाज देते हुए खुले रह गए होंगे। वह उसके चेहरे पर झुका था। आवाज तो आई जरूर थी। उसने उसके चेहरे को दाएँ-बाएँ हिलाया था, पर नहीं हिला था। विद्या को भी जब गुस्सा आता तो प्रतिवाद करने के लिए चेहरा और जिस्म अकड़ा लेती। कितना हिलाओ, हिलती ही नहीं थी। यह उसका विरोध करने का तरीका था।

अगले पल उसे लगा था, यह विद्या की ही लाश थी। चेहरा कम रोशनी में बदला लग रहा था, पर वह जरूर विद्या ही थी। क्या पता घर से परेशान होकर उसे ढूँढ़ने शहर आई हो। उसे भी तो शहर आए दो साल हो गए थे। दो साल में उसने कितना पैसा भेजा था घर पर। सिर्फ तीन-चार बार चार-पाँच सौ रुपए। उतने रुपयों में क्या होगा। तीन सालों में दो बच्चे और घर भर के सदस्यों की जरूरतें। खेती में मुनाफा कहाँ था। फिर भी जैसे-तैसे उसे बी.ए. तक पढ़ाया गया था। इस उम्मीद में कि वही कुछ करेगा। जब शहर आने लगा तो सबके चेहरे पर चमक थी, जैसे उसके शहर आने से उनकी लॉटरी खुलनेवाली थी। गाँव से कोई आता-जाता बता देता था। सूखा पड़ा है इस साल। मनोज ने आत्महत्या कर ली। दूर के रिश्ते में हमारा भाई था। उसके खेत हमारे खेतों के साथ लगते थे। इस बार तुम्हारे घर में बीज खरीदने की बहुत मुश्किल हुई। बैंक से उधार लिया। घर का खर्चा चलाने के लिए और छोटे लड़कों की पढ़ाई के लिए पीछे की जमीन बेचनी पड़ी।

विद्या और बच्चों पर क्या बीती होगी। उनकी जरूरतें कौन पूरी करता होगा। वही आई होगी उसे ढूँढ़ने के लिए। कितना रोई थी उसकी छाती में सिर घुसेड़कर। उसे भी कैसे ले आता। अपना तो ठिकाना नहीं था। छोटे-छोटे दो बच्चे और उसका खर्चा कैसे उठाता। उसे समझाया था कि नौकरी लगते ही वह उसे बुला लेगा। पर नौकरी लगी भी तो यहाँ। वह भी कच्ची। तनख्वाह इतनी कि मुश्किल से महीना पार होता। पर विद्या मरी कैसे? किसने मारा इसे? वह जल्दी से पलटकर सिरहाने की तरफ आया था। बेड के साथ लटकी तख्ती को उलट-पलटकर देखा था। मौत का कारण नहीं लिखा था। लावारिस लाश थी, जो यहाँ लाई गई थी। वाहन दुर्घटना का केस भी नहीं था। उसने उसको इधर-उधर हिलाया था। देखा सिर के पीछे जख्म था, पर ज्यादा गहरा नहीं था। खून चारों तरफ जमकर नीला हो गया था। पट्टी अगर रही भी होगी तो उतर गई होगी। यह चोट लगी कैसे? किसी ने पीछे से वार किया सिर पर? बस से कूदी या कहीं ऊँचाई से गिरी। पर शरीर पर कहीं कोई चोट नहीं। कहीं खरोंच तक नहीं। चेहरा वैसा ही मासूम, खामोश और सोया हुआ। पर विद्या तुम घर से निकली क्यों? क्यों निकली तुम घर से? पता नहीं

तुम्हें, घर से निकलकर औरत लावारिस हो जाती है। जिंदा हो तो भी लावारिस होती है। समाज की मॉरचरी में चादर ढककर लाश सी लेटी रहती है, जब तक उसकी शिनाख्त न हो जाए। या उसकी बॉडी को कोई क्लेम न कर ले। फिर उसका दाह-संस्कार कर दिया जाता है।

पर यह तो हिंदू है, इसके गले में ओ3म का लॉकेट है। यह औरत विवाहिता थी या पच्चीस के आस-पास की उम्र तो रही होगी। मरने पर भी चेहरे पर उम्र तो छपी ही रहती है। वह सुबका था, यह क्या किया विद्या तुमने? क्यों आई शहर तुम? वह रोने लगा था और अपना आपा खो रहा था। घर पर तुम्हें किसने जलील किया था—मेरे भाइयों ने, माँ ने, पड़ोसियों ने, रिश्तेदारों ने? सभी ने किया होगा। पर सबसे बड़ा कारण रहा होगा उसका घर पर पैसे न भेजना। और सुनो-ऽ बच्चे? उसके दिमाग में बिजली कौंधी थी। बच्चों का क्या किया तुमने? घर पर ही छोड़कर आई थी न? पर कहीं साथ लेकर तो नहीं आई थी? तुम्हारी मौत के बाद बच्चे? क्या हुआ मेरे बच्चों को? उसका सिर घूम रहा था। बच्चे कहाँ गए, कहाँ गए होंगे वे, इतने छोटे-छोटे बच्चे। वह पागलों की तरह आपे से बाहर हो रहा था। लाश को झिंझोड़ रहा था, बच्चे कहाँ हैं? बताओ तो, बच्चे कहाँ हैं? जाता हूँ, अभी पी.सी.ओ. से फोन करता हूँ। रसवीर के घर पर फोन है। वह घर जाकर देख आएगा। लेकिन विद्या, तुम यहाँ अकेली आई क्यों? यों करने के लिए आई थी क्या? यह तुमने क्या किया? उसने लाश को कसकर अपनी बाँहों में घेर लिया था। वह उसे चूम रहा था, बेतहाशा। उसका चेहरा आँखें, माथा, गाल, उसके होंठ। उसकी हथेलियों को अपनी हथेलियों से ढककर उसकी उँगलियों में अपनी उँगलियाँ उलझा ली थीं। उसकी धोती हटाकर उसका ब्लाउज खींचा था। टिच्-टिच् करके सारे बटन खुल गए थे। नीचे की दो हुक फंदों में फँसी रह गई थी। उसने उसे खींचकर निकाला था। उसने चादर को अपने ऊपर ओढ़ लिया था और लाश पर औंधा लेट गया था। विद्या-विद्या-ऽ ओ-ऽ तुम थकी हो-ऽ सुबह तुमने तेरह जनों की गृहस्थी सँभालनी है। लेकिन सुनो-ऽ एक बार सुनो तो-ऽ।

□

कमलिनी

अब झुटपुटा गहराने लगा था। सड़क पर आने-जानेवाले कम हो गए थे। टूटी छतवाले बस स्टैंड के नीचे अब चार-छह लोग ही रह गए थे। जब वह यहाँ पहुँची थी तो काफी लोग खड़े थे, जो एक-एक, दो-दो करके आने-जानेवाली बसों में लोप हो गए थे। वह अगली बस का टाइम पूछना चाहती थी, पर नहीं पूछा था। अकेली औरत देखकर एक सवाल पूछो तो अगला चार सवाल और पूछता है, कहाँ से आई हो, कहाँ जाना है, अकेली हो··· । यों शाम के अँधेरे में अकेली खड़ी औरत को आस-पास के लोग संदेह से ही देखते हैं। वह अपने चेहरे पर कोई भाव नहीं लाना चाहती थी। बिल्कुल सहज दिखने का प्रयास कर रही थी। भीतर घिर आए भय से चेहरा क्लांत न हो, इसलिए सहज होना चाहती थी। लेकिन उसे वहाँ खड़े लगभग एक घंटा हो गया था। चाची ने बताया था, ''नीचे उतरते ही बस मिल जाएगी। यों वह रोकती रही थी, कल चली जाना दुली, इतनी जल्दी क्या है?''

''नहीं चाची, तुमसे मिलना था, मिल ली, कल ड्यूटी पर चली जाऊँगी।'' इस छोटे कस्बे में उसके पढ़े-लिखे होने का रोब था। सिर्फ इतना ही नहीं, वह शिक्षा मंत्रालय में स्कूल निरीक्षक के पद पर थी। इस जिले के सारे स्कूल उसके अंडर ही आते थे। शायद इसलिए उससे कोई बहस नहीं करता था, उसकी बात अंतिम हो जाती थी। चाची ने दो-तीन बार रोका था और बता दिया था। बाईं तरफ के बस स्टैंड से बस मिल जाएगी। ठेकरी से बेलगाँव की दूरी पच्चीस-तीस किलोमीटर ही होगी, पर सड़क इतनी टूटी-फूटी थी कि घंटा या घंटे से थोड़ा ऊपर तो लगेगा ही। लेकिन उसे तो यहाँ खड़े भी घंटा हो चुका था। उसने बस स्टैंड के कोने में बैठे अधेड़ उम्र के आदमी से हिचकते हुए पूछा था, ''निकल गई न बस।''

"आपके आने पर ही तो गई थी। पाँच बजे की बस थी। बस अब छह बजे की है, आखिरी बस है। छह-साढ़े छह तक आ ही जाती है, अगर आना हो तो।"

"मतलब?" उसका कलेजा मुँह को आ गया था।

"कई बार नहीं भी आती। सवारी पूरी न हो तो। या फिर ड्राइवर शराब के ठेके पर पहले से ही जाकर बैठ जाए।" वह दहल गई थी। उसने अपने चारों तरफ नजर घुमाई थी। दिन के उजाले में यह बस्ती, यहाँ की हरियाली तन-मन में रोमांच भरती थी। ढाक के पेड़ों का जंगल, जंगल की वादियों में सूखे पत्तों की खसर-खसर। पगडंडियों से सामने से निकल जानेवाले मोर। पेड़ों पर तरह-तरह के देखे-अनदेखे पक्षियों की चीटर-चीं-ऽ। प्रकृति इतनी उदार और मैत्रीपूर्ण, कॉलेज के दिनों में पढ़ी पंतजी की कविताएँ याद आ जाती थीं। यह जगह उसे स्वास्थ्य लाभ के लिए ठीक लगती थी। चारों तरफ हरियाली, स्वच्छ हवा और नीला आसमान। लेकिन वह जब भी यहाँ आई थी दफ्तर की जीप में ड्यूटी पर होती थी। थोड़ी देर, आधा घंटा, घंटा गाड़ी रुकवाती और चाची के घर पर चली जाती, चाय-नाश्ता करती। दोपहर होती तो खाना भी खा लेती और शाम होते-होते लौट जाती थी। यों भी अब घर में बचा ही कौन था। माँ-बाप कब के सिधार गए थे। भाई शहर चले गए थे। जितनी सेवा कर सकती थी उनकी की। भाइयों को पढ़ाया, लिखाया, उनकी सारी जरूरतें पूरी कीं। अब वे बड़े हो गए, अपने घर-बार के। उसी ने जिद्द करके शादी नहीं की थी। बापू अकेले पड़ गए थे। घर का खर्चा नहीं चलता था। वही सबसे बड़ी थी और बापू ने लाड़ भी खूब किया था, पढ़ाया-लिखाया था। उस कस्बे से बाहर लड़कियाँ तब कॉलेज कहाँ जाती थीं। सो उनका ऋण अदा किया था। शुरू-शुरू में भाई हाल-चाल पूछते थे। फिर रेत में गई जलधारा सा उनका संवेदन सूख गया था। ले-देकर चाची का घर बचा था। चाची के पास आती तो माँ, बापू, अपने घर, जमीन, भाइयों-बहिनों की यादों के साथ सबसे जुड़ जाती। चाची खूब बातें करती थीं, बीते कल की, आज की कम और आनेवाले कल की बिल्कुल भी नहीं।

वह चौंकी थी, वह आदमी बार-बार उसके पास आता और रुककर चला जाता। वह उसको टोह रहा था। उसकी आँखों में सवालों की चिनगारियाँ थीं। उसने अपने को समेटा था। अगर बस नहीं आई तो-ऽ, मान लो वापस ही जाना पड़े तो- ऽ, उसके कपड़ों के भीतर पसीने की धार बहने लगी थी। जंगल के बीच से पगडंडी से लौटना या घूमकर पूरी पहाड़ी की परिक्रमा करके पीछेवाली सड़क से ऊपर चढ़ना, जो वाहनों के लिए था, तीन-चार किलोमीटर तो होगा ही। उसने

आँख उठाकर सामने ढाक के जंगल को देखा था। पेड़ों पर उल्टी लटकी चमगादड़ें लकड़हारों की कुल्हाड़ी की आवाजों से या पेड़ों के हिलने से उचट जातीं और अजीब सी किकियाहट के साथ इधर-उधर उड़ने लगती थीं। कभी-कभार किसी के शरीर पर चिपट जातीं तो उसे गरम चिमटे से छुड़ाया जाता था। जंगल के बीच में पड़नेवाली छोटी सी तलैया में जंगली कमलिनी खिली रहती, पर पानी सड़ाँध मारता। कस्बे के लोग कहते थे, रात में इस जंगल से लगनिया की आवाजें आती हैं। सुना था, वह यहाँ डूब मरी थी। पर नहीं, कस्बे के ही दरोगा ने और आलुओं के आढ़ती ने, शाम को अकेली पड़ गई लगनिया को रौंदा था, फिर तलैया में धकेल दिया था। तीन दिन बाद उसकी नंगी लाश पानी के ऊपर तैरने लगी थी। अब लगनिया की मौत का सच बूढ़ी काकी कैसे जानती। पल्लू से चेहरा ढाँपकर बैठी सुबकती रही थी। दरोगा की पुलिस जाँच कौन करता। लगनिया तलैया में डूब गई और उसका पानी हमेशा के लिए सड़ाँध मारने लगा।

उसने देखा, वही आदमी था, उसके करीब आ गया था, बिल्कुल करीब। अँधेरा बढ़ गया था। बस स्टैंड पर दूसरा कोई नहीं था। सड़क पर दो-तीन लोग थोड़ी दूर पर खड़े थे। अभी-अभी गुजरे ट्रक के पहियों की धूल से बस स्टैंड डूब गया था। वह आगे बढ़ा था। उसके मस्तिष्क से होती हुई भय की एक लहर उसकी रीढ़ की हड्डी के निचले हिस्से में बिजली सी कौंधी थी। अपने अंत की आसन्न सूचना जैसी लगी थी। उसने अपनी कलाई की तरफ इशारा किया था, क्या बजा है? मेरी घड़ी रुक गई लगता है। कलेजा फाड़कर एक साँस निकली थी। 'छह बज चुके हैं।' उसके चेहरे पर तनाव था। हो सकता था, वह भी आखिरी बस के इंतजार में बैठा था। बुरा होने की संभावना बुरा होने से कम त्रासद नहीं होती। फिर औरत के साथ जो बुरा होता है। लगनिया की फूली हुई नंगी लाश उसकी आँखों में तैर गई थी। जंगल में पक्षियों की आवाजें कब की चुपा गई थीं। कस्बे की यह सड़क, पीछे ढाक का जंगल, जंगल की पगडंडी, बस स्टैंड के पास चार-छह दुकानें, जो अब मंद थीं। मद्धम सी रोशनी फेंकता लैंपपोस्ट। ठहरी हुई धूल-मिट्टी से पटी टूटी हुई सड़क, अँधेरे में रहस्यमय लग रही थी। उसके भीतर भी भय का रहस्यमय अँधेरा भर गया था। उसने देखा, सड़क के दूसरी तरफ खड़े चार-पाँच आदमी आपस में बातों में उलझे थे। पर तो भी वे बार-बार नजर उठाकर उसकी तरफ देख लेते। जैसे निश्चित कर रहे थे कि अभी वह वहाँ है? पर वह जाएगी कहाँ और कैसे? क्या वे कोई साँठ-गाँठ कर रहे हैं? उनके अलावा वहाँ और कोई नहीं था। अगर ये उसे पकड़ लें और मनमानी करें तो वह

क्या करेगी? चिल्लाए भी तो इस समय उसकी चीख-पुकार कौन सुनेगा। वे उसके साथ सामूहिक बलात्कार भी कर सकते हैं। फिर उसकी लाश को पहाड़ी के नीचे फेंक सकते हैं। किसी को क्या खबर होगी। चाची को भी पता नहीं चलेगा। उसकी रूह काँप गई थी। रात का अँधेरा सन्नाटा उसकी हड्डियों में कौंध रहा था। उसे लगा था, उसे उल्टी आएगी। उसका सिर चकरा रहा था। असहाय होकर वह बस स्टैंड पर टूटते-हिलते हुए पत्थर पर टिक गई थी। "सँभल के, पत्थर टूटा है।" वह आगे आया तो वह उचककर खड़ी हो गई थी। वह कोने में पड़ी फलों की पेटी खींच लाया था। "यहाँ बैठो, बहुत देर से खड़ी हो।"

वह वही फलवाला था, जो पहले बस स्टैंड के कोने में चादर बिछाकर फल रखकर बैठा था। बिना बिके फल उसने वापस पेटी में डाल दिए होंगे। चादर को उसने पेटी पर बिछा दिया था, "लो अब बैठो, पर कीलें हो सकती हैं। बचा के…ऽ"

वह क्यों ऐसा कर रहा है। संदेह की शूल उसके दिमाग में घुसी थी, पर वह बैठी रही थी। वह उसी चौकड़ी का था। वापस उन्हीं के पास चला गया था। फिर उसकी तरफ देखकर वे बातें करने लगे थे। उनकी हँसी सुनाई पड़ती थी, बातों की आवाजें तो आ रही थीं, पर शब्द स्पष्ट नहीं थे। वे षड्यंत्र भी रच सकते थे। पर अब वह कुछ नहीं कर सकती थी। उसे सारी स्थिति पर बहुत गुस्सा आया था। पढ़ी-लिखी, शिक्षा मंत्रालय में स्कूल निरीक्षक, पूरे जिले के स्कूल उसके निरीक्षण में और वह निश्चिंत होकर इस स्वतंत्र देश में इस कस्बे के बस स्टैंड पर क्यों नहीं खड़ी हो सकती। उसे किससे डर था, उतरती आती रात के अँधेरे से? अँधेरे में घुलते हुए रात के सन्नाटे से। इस ढाक के जंगल से, जिसकी पगडंडियों पर जन्म से लेकर बस्ती छोड़ने तक सैकड़ों बार वह आई-गई है। नहीं, फिर? वह इन अनपढ़े जैसे कस्बे के चार आदमियों से डर रही है। पर क्यों? क्योंकि आदमी औरत के लिए कभी भी बिना सींग और पूँछ के दोपाए से हिंसक चौपाए में बदल जाता है। उसने अपना बैग टटोला था। उसके बैग में फल काटनेवाला एक चाकू होता है। दोपहर में खाना खाने की बजाय वह कई बार फल ही खा लेती है। उसने पूरा हाथ अंदर डालकर बैग के कोनों में और चीजें हटा-हटाकर चाकू ढूँढ़ा था। पर चाकू नहीं मिला था। उसने एक लंबी साँस खींची थी, मिल भी जाता तो क्या होता। अब जो होना होगा वही होगा। वह कुछ नहीं कर सकती। खंभे से पीठ टिकाकर उसने टाँगें थोड़ी आगे को फैलाई थीं। बदन को ढीला छोड़ दिया था। मन-ही-मन उसने गायत्री मंत्र का पाठ किया था। ईश्वर भी उसके सम्मान की

रक्षा करेंगे। बस अपने मान-सम्मान के अलावा और उसके पास है भी क्या। उसके पर्स में तीन-चार सौ रुपए होंगे। आते हुए सौ का नोट चाची के पोते के हाथ में दे आई थी। घड़ी, सोने की चेन, कान के टॉप्स उसने सब निकाल लिये थे और एक रूमाल में बाँध लिये थे। पर्स से किराए के पैसे रखकर बाकी नोट भी रूमाल में ही रख दिए थे। इससे पहले कि कोई कुछ कहे, वह इशारा करते ही उसके हाथ में पकड़ा देगी। अपने में अंतर्धान हो गई थी। बस प्रभु, मेरी इज्जत बची रहे। बाहर की सारी आवाजें, अँधेरा, सन्नाटा, भय सब कहीं विलीन हो गए थे। वह अपने भीतर की सीढ़ियाँ उतर गई थी।

"उठो-ऽ, उठो-ऽ जल्दी करो।" वह बस रोके खड़ा था। आखिरी बस यही तो है। वह लटपट सी उठकर भागी थी। उसने उसे चढ़ जाने दिया था। फिर लपककर फुटबोर्ड पर चढ़ गया था। अंदर आकर सामने की सीट पर बैठ गया था। बस में थोड़ी सी सवारियाँ थीं। "पुरानी बस की इतनी खड़खड़ाहट नहीं सुनी? आपने हॉर्न भी नहीं सुना-ऽ?" वह पूछ रहा था। अपनी चाची के पास रुक जातीं रात को। अगर यह आखिरी बस न आती तो-ऽ इसी चिंता में बीरू रुका रहा था। वापस जाना पड़ता तो आपको पहुँचाकर ही जाता। अब मेरी ड्यूटी हुई आपको बेलगाँव तक पहुँचाने की। रात को तो वापस आना नहीं होगा। मैडमजी, वहाँ कोई रात को रुकने के लिए धर्मशाला तो होगी न। वह अँधेरे में आँखें फाड़कर उसकी तरफ देख रही थी। सुन्न पड़ गए दिमाग से सोच रही थी, क्या इसे रात में अपने घर में रुकने को कहे? लेकिन···वह उसे नहीं पहचान रही थी, जबकि वह उसके बारे में सब ठीक-ठीक कह रहा था। उसे इस तरह साथ चलने की क्या जरूरत थी? कहीं कोई साजिश तो नहीं···वह झुँझलाई थी। वह अब भी उसके जवाब के इंतजार में मुँह खोले उसकी तरफ देख रहा था। "देखती हूँ पहुँचकर वहाँ···" यही गोलमोल सा जवाब ठीक रहेगा। लेकिन उसके भीतर बस के हिचकोलों के साथ जैसे तलैया के तले में जमा हुआ गाद और सड़ाँधवाला पानी हिला था और साथ ही सफेद कमलिनी भी डोलने लगी थी। रुके हुए पानी में तो सड़ाँध आएगी ही। जब से लगनिया का हादसा हुआ, तलैया को साफ कराया ही नहीं गया। पहले बस्ती की लड़कियाँ और औरतें वहाँ जाती भी थीं। नहा-धो लेतीं, धोती, कपड़े पखार लेतीं। कहते हैं, इससे पहले तो पानी पीने के लिए भी काम आता था। वह म्यूनिसिपल कॉरपोरेशन और पर्यावरण विभाग से कहेगी। तलैया के भीतर की गाद-गंदगी निकल जाएगी तो सड़ाँध भी जाती रहेगी।

बस से उतरकर वह उसके पीछे-पीछे आ रहा था। बस स्टॉप से क्वार्टर

ज्यादा दूर भी नहीं। उसने क्वार्टर का गेट खोला था। अंदर आई थी पर्स से चाबी निकालकर दरवाजे पर लटका ताला खोला था। ''क्या नाम है भैया तुम्हारा?''

''जी-ऽ गणेशी!''

''ठीक है, तुम रुको यहीं।''

वह भीतर जाकर अंदर से घूमकर दाईं ओर के दरवाजे से बाहर आई थी।

''आ जाओ-ऽ गणेशी भैया। अच्छा-बड़ा सरकारी क्वार्टर है। मैं तो अकेली ही रहती हूँ।'' उसने साथ का कमरा खोल दिया था। ''आराम से रात को सोओ। चाहे तो सुबह नाश्ता करके चले जाना।'' चारपाई पर गोल करके रखा बिस्तर उसने खोल दिया था।

भीतर जाकर पानी का लोटा और गिलास लाकर वहाँ सिरहाने आले में रख दिया था। गणेशी सुकड़ा सा टाँगें मोड़कर चारपाई के कोने में बैठा था। उसका मुँह अब भी खुला था¨।

□

काफिर

उस दिन करीम के साथ जावेद भी ड्यूटी पर था। बहुत सालों बाद वे मिले थे। जावेद करीम से पिछले सालों के किस्से जानने को बेकरार था। अचानक बढ़ते आते शोरगुल को सुनकर वह चुप और चौकन्ना हो गया था। उसने करीम को चेताया था, ''तैयार हो जा करीम। थोड़ा पीछे हटकर खड़ा हो। लगता है, कुछ गड़बड़ी हुई है जरूर। इन सालों को छोड़ूँगा नहीं।'' जुलूस में आदमी कतारों में चल रहे थे। ऊपर से सब ठीक था, परंतु भीड़ के भड़क उठने की आशंका थी। दोनों वर्गों के लोग एक ही दिन झाँकी और ताजिया निकाल रहे थे। किसको रोका जाए और क्यों और कैसे, यह बड़ा टेढ़ा सवाल था। सुरक्षा के पूरे इंतजाम किए गए थे। स्थानीय पुलिस कदम-कदम पर खड़ी थी। सादे कपड़ों में बी.एस.एफ. के जवान साथ चल रहे थे। रेडियो, टी.वी. और अखबारों को पूरी हिदायतों के साथ चेतावनी भी दी गई थी। रेडियो और टी.वी. पर उन्हें दोहराया जा रहा था। फिर भी निश्चित रूप से कुछ भी कहा नहीं जा सकता था। करीम निश्चिंत था, ताजिया और झाँकी एक साथ निकल ही जाएँगे। सिर्फ दो फर्लांग का रास्ता है, जहाँ वे आमने-सामने होंगे और फिर अपनी-अपनी विपरीत दिशा में चले ही जाएँगे।

अब तक तो सब ठीक ही चल रहा था। अचानक जुलूस में खलबली सी मची थी गली में। मकानों की छतों से ईंट, पत्थर और सोडे की बोतलें फेंकी जाने लगी थीं। जुलूस की कतारें भीड़ में तब्दील हो गई थीं। अपने बचाव के लिए लोग इधर-उधर भागने लगे थे। जावेद ने अपनी बंदूक सँभाली थी और हड़बड़ाया था। ''उठा करीम, बंदूक उठा, ये दूसरे वर्ग के लोग हैं, निशाना साध और दाग दे। देख साले, मकान की छतों पर चढ़े खड़े हैं, दबा टिगर···'' करीम ने देखा था, गली के दोनों ओर मकानों की खिड़कियों में और छतों पर लड़के, औरतें, आदमी, छोटे-

बड़े सभी गली में ताजिया और झाँकी का नजारा देखने को झुके थे। पत्थर कहाँ से आए थे, पता चलना मुश्किल था। उधर नीचे ताजिया में शामिल लोगों ने अपने कुरतों में छिपाए हथियार निकाल लिये थे। देसी कट्टे, कटारें, पिस्तौलें और हथगोले। उनके पास पूरा असला था, जिसे लेकर वे ताजिए में शामिल हुए थे। जावेद जोश में था, ''करीम सोच क्या रहा है? मार सालों को।''

''लेकिन जावेद,'' करीम परेशान था, ''किसको मारूँ? देख, छोटे-बड़े बच्चे, औरतें और निहत्थे आदमी हैं यहाँ तो। पता नहीं पत्थर और बोतलें कहाँ से आ रही हैं? कौन फेंक रहा है? तुझे कुछ समझ आ रहा है?''

''इसमें समझने जैसा क्या है?'' करीम चिल्लाया था, ''अपने लोग तुझे नजर नहीं आ रहे क्या?''

''अपने और परायों की बात मत कर। हम ड्यूटी पर हैं। और ड्यूटी का फर्ज निभाना है।'' तभी उसकी नजर जुलूस पर गई थी, वह घबराया था। ''जावेद, ये सब तो हथियारों से लैस हैं, देख, देख जावेद। इन्होंने जेबों से कट्टे निकाल लिये हैं। अरे रोको! जावेद, चल जल्दी इनके बीच चलकर इन्हें रोकते हैं।''

''पागल हुआ है क्या?'' उसने उसे पीछे खींचा था, ''पहले अपनी जान बचा।''

''देख, अभी करता हूँ इनको तितर-बितर,'' धाँय-धाँय-धाँय की आवाज के साथ छत से झाँकते दो-तीन चेहरे पलटकर मुँह के बल नीचे सड़क पर आ गिरे थे। गली में भीड़ ने जो हाथ में आया उससे ऊपर निशाना साधा। मकानों की खिड़कियाँ खड़ाक-खड़ाक बंद होने लगी थीं, छतों पर भगदड़ मच गई थी। ''यह तुमने क्या किया जावेद?''

''ठीक किया, ये देख, अब देख,'' उसने दोनाली फिर तानी थी और सड़क पर भागने में पीछे रह गई औरतों और बच्चों पर गोली चला दी थी। करीम घबराया सा था। ''क्या हो गया है तुम्हें, क्या कर रहे हो।'' वह आगे बढ़ा था और उसके हाथ से बंदूक झपट ली थी। जावेद गुस्से से काँपता हुआ उसकी ओर बढ़ा था, ''तेरी आँखें खराब हो गई हैं क्या? देख नहीं रहा, ये हमारे लोग नहीं थे।'' उसने अपनी बंदूक वापस खींच ली थी। ''तो क्या हुआ?'' करीम हैरान और परेशान था। ''वे बेकसूर थे तो क्या हुआ?''

''क्या हुआ, कुछ नहीं हुआ क्या? मौका खो दिया। आठ-दस को तो मार गिरा सकते थे। तेरी वजह से हुआ यह।'' उसने उसे धकियाकर अपनी बंदूक खींच ली थी, ''साला काफिर। ''और आगे बढ़ गया था।''

'काफिर, काफिर,' गुजरे वक्त की गुफा से आवाजें आ रही थीं। बड़े अब्बू की काफिर··· । पीठ पर जमाल की ठोकर का दर्द उभर आया था काफिर। करीम पूछ रहा था, ''आपने अज्जी के गले में फूलों की माला क्यों पहनाई?'' सब हँस रहे थे, पर उसकी आँखें गोलियों जैसी गोल-गोल घूम रही थीं सबके चेहरों पर। ''भाईजान, आपने इसको फूलों की माला क्यों पहनाई?''

''पहनाते हैं, ऐसा ही किया जाता है। समझे।''

''ऐसा, क्यों होता है भाईजान।''

जमाल ने जान छुड़ाने के लिए कहा था, ''खुदा से माफी।''

''क्यों? किस बात की माफी?''

जमाल चिढ़ सा गया था और अंदर चला गया था। जो भी हो, करीम को वह बकरी अज्जी बहुत अच्छी लगी थी। दिन भर वह उसके साथ खेलता। कभी उसकी पूँछ पकड़ता, कभी उसके थनों में मुँह लगा लेता। उसे हरी पत्तियाँ खिलाता तो कभी रोटी के टुकड़े एक-एक करके उसके मुँह में डालता। दोनों में गहरी दोस्ती हो गई थी। अज्जी उसकी आवाज सुनकर ही उछलती और अपने दोनों पैर उसके कंधों पर रखकर उसके हाथ से पत्तियाँ खाती। पत्तियाँ खत्म हो जातीं तो वह उसके सींग पकड़कर उसे कंधे से नीचे उतार देता।

सुबह अजान की आवाज के साथ शहर जाग गया था। आज सभी में त्योहार का उत्साह था। अल्लाह हु अकबर की आवाज के साथ घरों, मसजिदों और दूसरी जगहों पर कुरबानी की रस्म अदायगी पूरी की गई थी। करीम आँखें मलता हुआ उठा था। उनकी आवाजों से बेखबर उसने खिड़की से बाहर झाँका था और आवाज लगाई थी—''अज्जी-अज्जी।'' हर रोज की तरह बकरी दौड़कर नहीं आई थी। वह पलंग से कूदकर फर्श पर आया था और दरवाजा खोलकर इधर-उधर देखा, फिर घर के पिछवाड़े की तरफ भाग गया। अज्जी वहाँ भी नहीं थी। वह अगल-बगल, सब जगह ढूँढ़ रहा था। जहाँ उसे बाँधा जाता था, वह वहाँ भी नहीं थी। उसकी गले की रस्सी और घास-पानी का तसला पड़ा था खाली। घर के सभी लोग नहा-धोकर नए लिबास में तैयार थे। मामू ने डाँटा था। करीम जल्दी कर, अभी तक नहाया भी नहीं तू। ऐसे ही खड़ा है। पर वह उनकी डाँट से बेखबर पूछ रहा था, ''अज्जी कहाँ गई, भाईजान?''

करीम ने उसे झिंझोड़ा था, ''अबे जा, अभी तक वैसा ही खड़ा है। नमाज का वक्त हो गया है।'' अंदर से खाला आई तो जमाल उसकी टाँगों से लिपट गया था, ''बड़ी अम्मी, अज्जी कहाँ गई?''

हमीदा ने दोनों हाथ आकाश की ओर उठाए थे, ''अल्लाह की मेहरबानी। बड़ी खुशनसीब थी तेरी अज्जी। चल, अब जा नहा-धोकर तैयार हो। नमाज के लिए जाना है। सब तैयार हो गए हैं।''

''लेकिन बाजी,'' उसने हमीदा का हाथ पकड़कर खींचा था, ''अज्जी है कहाँ, बताइए न।''

हमीदा ने करीम की मासूम सूरत देखकर तरस सा खाया था। ''मसजिद में है।'' वह उछलकर दरवाजे तक पहुँच गया। ''मैं मसजिद जाकर पहले अज्जी को ले आऊँ।''

''पागल हो गया है यह, रोको इसे।'' जमाल ने उसे बाँह से पकड़कर खींचा था। हमीदा उसे नहलाने के लिए अंदर ले गई थी। घर के सभी लोगों के साथ करीम भी नमाज पढ़ने गया था। नमाज खुले में थी। वह अगल-बगल अज्जी को ढूँढ़ता रहा था। नमाज पढ़ते हुए भी उसका मन अज्जी में लगा हुआ था। नमाज खत्म हुई, सभी आपस में ईद मिल रहे थे। बच्चे उछल-कूद करने में लगे थे। ईद की खरीदारी कर रहे थे। वह उन सबके साथ तो था, पर उसकी निगाहें अब भी अज्जी को ढूँढ़ रही थीं। उसने न खिलौने खरीदे और न ही मिठाई ही खाई। दोपहर को बड़ा दस्तरखान बिछाया गया था। खानदान के मुखिया बड़े अब्बू, छोटे अब्बू के साथ बड़ी अम्मी, छोटी अम्मी, बड़ी खाला, फूफी-फूफा, मामू-मुमुआनी, चाचा-चाची, फूफीजाद और खालाजाद, भाई और बहिनें सभी बैठ गए थे। छोटे बच्चों को माँओं ने अपनी गोद में बैठा लिया था। सब खुशी से चहक रहे थे। बड़े-छोटे सब खुश थे और जोशोखरोश में थे। करीम ने फिर पूछा था, ''अम्मी, आप बताइए न, अज्जी कहाँ है? उसने तो सुबह से कुछ खाया भी नहीं है।'' पहले किसी ने उसकी बात पर तवज्जो नहीं दी, पर करीम बार-बार अलग-अलग सबसे पूछ रहा था। उसे हँसाने के लिए जमाल ने कहा था, ''ये देख, हमारे सबके पेट में गई तेरी अज्जी।''

''पेट में?'' उसका पूरा वजूद एक सवाल में तब्दील हो गया था। रकाबी में पड़े गोश्त के टुकड़ों की तरफ इशारा करके जमाल ने कहा था, ''यह तेरी अज्जी की टाँग मेरी प्लेट में, सलीम की प्लेट में उसकी गरदन है। अब्बू की प्लेट में, फूफी-फूफा, खालाजान और बाकियों की प्लेटों में उसके धड़ के टुकड़े हैं।'' जमाल की बात पर सब हँसने लगे थे, लेकिन करीम दहशत में आ गया था। उसकी आँखें फटी-की-फटी रह गई थीं और सबको खाता देख रही थीं। ''आपने अज्जी को काटकर पकाया? उसका गोश्त खा रहे हैं आप?'' करीम झट से उठा

था और दीवार की तरफ मुँह करके उसने उल्टी की थी। वह पेट पकड़कर उकड़ूँ बैठ गया था और गुहार लगाई थी, ''हाय अज्जी!''

''मेरी अज्जी।···''

सबके चेहरों पर हैरानी थी। उनके हाथों में पकड़े निवाले मुँह तक आने से पहले ही रुक गए थे। जमाल का गुस्सा भड़क उठा था। वह दस्तरखान से उठा था और करीम की तरफ झपटा था। उसका कान पकड़कर उसे उठाया था और उसकी कमर में दो-चार मुक्के मारे थे।

''तुझे क्या हुआ? आज बकरीद है, खुशी का दिन है। सुबह से यह मनहूस अज्जी की रट लगाए है। चल जा, दफा हो, काफिर कहीं का।''

हमीदा ने जमाल को रोका था। ''अभी ही तो बाहर से आया है छोटी खाला के साथ। मत मार, इसे छोड़ दे। बच्चा ही तो है। वक्त आने पर समझ जाएगा। अगले साल इसको सब सिखाना पड़ेगा। गुनाह है यह। मजहब की तौहीन है।''

''इतनी बड़ी-बड़ी बातें मत कर जमाल। करीम नादान है। हमीदा खाला ने समझाया न तुम्हें अभी।''

छोटी खाला जाहिरा करीम की अम्मी उठी थी और करीम को लेकर दूसरे कमरे में चली गई थी। अगले साल तक करीम एक क्लास और आगे चला गया था। अब वह तीसरी जमात में आ गया था। उसका कद एक इंच बढ़ गया था। वह पूरा साल दूसरे बच्चों की तरह खेलता-कूदता, खाता-पीता रहा था। उसे नहीं पता चला कि साल कब बीत गया। फिर बकरीद आई थी। घर के पिछवाड़े में एक बकरा लाकर बाँधा गया था। उसके गले में हार पहनाए गए थे। करीम पहले की ही तरह उससे खेलने लगा था। हरी पत्तियाँ खिलाता। रोटी के टुकड़े अपने हाथ में खिलाता। उसके गले में बाँहें डालकर झूलता। कभी उसकी पीठ पर सवार हो जाता। स्कूल से आते ही वह उसके साथ तरह-तरह के खेल खेलने में लग जाता। कल की ईद का ऐलान हुआ। सुबह सब घर के पिछवाड़े में इकट्ठे हुए। बकरे को जिबह की तैयारियाँ की गईं। फैजू यह काम करेगा। इस फैसले पर सबकी रजामंदी हुई। इस बार लंदन से हुसैन चचा भी आए थे। अब्बू ने पूछा था, ''हुसैन, तुम करोगे इस बार कुरबानी की रसम पूरी?''

''नहीं, मैं नहीं।'' उसने फैजू की कटार पर हाथ रखा था एक पल के लिए और फिर अपने कमरे में चले गए थे। अलस्सुबह मसजिद के लाउडस्पीकर से अजान के स्वर हवा में गूँज रहे थे। अल्लाहो अकबर···अल्लाहो अकबर, अशदुन ला इल्लाह इलल्लाह, ऊँघते शहर ने आँखें खोली थीं। आशुदो अनला इल्लाह

इलल्लाह है या लस्सलाह आदेश था सबको उठने और नमाज के लिए आने का। आज बकरीद थी। अल्लाह हू अकबर की आवाजें के साथ ही सैकड़ों पशु हलाल होने थे।

बड़े अब्बू और छोटे अब्बू फैजू के साथ खड़े थे। घर के सभी बड़े-बूढ़े भी अगल-बगल थे। बच्चे अगली कतार में थे। करीम को लेकर जमाल सबसे आगे खड़ा था। उसे पिछले साल का अपना वायदा याद था। अब्बू ने कहा था कि घर के लोगों की तादाद के मुताबिक अभी एक बकरा तो मसजिद में भी देना होगा। फिर कुछ सोचकर कहा था, ''पर अब ठीक है, अपनी औकात भी देखनी चाहिए।'' फिर फैजू से कहा था, ''इसके तीन हिस्से कर लेना। एक हिस्सा गरीबों में बाँट देना और दो हिस्से घर के लोगों और रिश्तेदारों के हो जाएँगे।''

फजर की नमाज के बाद फैजू की कटार बिजली की तरह हवा में उछली थी और भक् से बकरे की गरदन पर रेंग रही थी। गरदन धड़ से अलग नहीं हुई थी पर एक तरफ लुढ़क गई थी। धड़ और सिर कुछ समय तक जमीन पर उलट-पुलट होते हुए शांत हो गए थे। लाल लहू की छोटी-छोटी बूँदें सामने की कतार में खड़े लोगों के सामने रुक गई थीं। लहू की धीमी धार पक्के चबूतरे पर से बहती हुई कुछ दूर गई, फिर मिट्टी में समाती गई थी।

करीम ने फैजू की कटार की भक् के साथ ही जोरदार चीख मारी थी और जमाल की मजबूत पकड़ से छूटकर फर्श पर उकड़ूँ बैठ गया था। वह उल्टी-पर-उल्टी कर रहा था। जमाल अपने पैर बचाता हुआ पीछे हटा था, पर पजामे में पहुँचे सन ही गए थे। बड़ी अम्मी आगे आई थी। ''हे खुदाबख्श, इसको क्या हुआ?'' छोटी खाला जाहिरा बदहवास सी उसको अपनी गोद में लेकर बैठ गई थी, ''क्या हुआ? करीम आँखें खोल मेरे बच्चे। क्या हुआ?'' जमाल ने आगे बढ़कर करीम को खाला की गोदी से खींचकर फर्श पर पटक दिया था। उसकी पीठ पर ठोकर मारी थी। ''काफिर है तू।'' फिर जाहिरा को कहा था, ''इस पर आप रहम मत करें खाला। जैसा भी हो, इसे समझा। यह गुनाह है। बंदों को खुदा का हुक्म मानना सीखना ही चाहिए।''

जाहिदा समझने की कोशिश कर रही थी। उसे ध्यान आया था कि क्यों करीम अपने बाबा का हाथ कसकर पकड़ लेता था, जब कसाई मीट काटकर देता। वही करीम सब्जी मंडी से गुजरते हुए रंग-बिरंगी फल और सब्जी के ढेरों को देखकर उछलकूद करता, खेलता जाता और सब्जियों को उलट-पलट करता खेलता रहता था। जाहिदा ने रुककर कहा था, ''जमाल, हम अगले हफ्ते वापस हिंदुस्तान

चले जाएँगे। बात को यहीं खत्म करो।''

अम्मी ने रोका था, ''अपना देश और खानदान छोड़कर जाने की कोई जरूरत नहीं है। यों भी अब वहाँ जाकर क्या करोगी? करीम के अब्बू की मौत के बाद तो…''

''नहीं आपा, वहीं की पैदाइश है हमारी। करीम भी वहीं पैदा हुआ। वहाँ हमारी जमीन-जायदाद और अपने मकान हैं। वहाँ जुवैदा का परिवार है। फिर जहाँ हम रहते हैं, वे भी अपने ही जैसे हैं। वहाँ की मिट्टी, हवा-पानी में पले-बड़े हुए हैं।'' सबके रोकने पर भी करीम जाहिदा के साथ लौट आया था। करीम वर्तमान में लौटा था। वह जावेद को जाता हुआ देख रहा था। उसे लगा था जमाल था वह। उसने आँखें बंद करके खोली थीं, जमाल ही था, उसे विश्वास हो गया था। एक ही जमाल थोड़े ही है। ऐसे बहुत से जमाल हैं। वहाँ के पाकिस्तान में और यहाँ भी हैं।

□

नालायक

चौधरी का पारा चढ़ गया था। हाथ में पकड़ी रिपोर्ट को उन्होंने मेज पर पटक दिया था। गोपी को आगे-पीछे धकेलते हुए उसके सिर पर, पीठ पर, मुँह पर, जहाँ हाथ जाता थप्पड़ मारते जा रहे थे। शांति पहले तो चुप रही, फिर जल्दी से उठी थी। बाप-बेटे के बीच में आ गई थी। चौधरी के हाथों से गोपी को छुड़ाने के लिए दाएँ-बाएँ हो रही थी। चौधरी ने एक जोर का थप्पड़ उसकी गुद्दी पर मारा था और उसे धकेल दिया था—'नालायक'।

शांति ने गोपी को अपनी गोदी में भर लिया था।

'बच्चे को सिर पर मार रहे हो? गुद्दी पर क्यों मारा? इससे बच्चे की अक्ल कम होती है।'

चौधरी व्यंग्य से बोला था, 'अक्ल होगी तो कम-ज्यादा होगी न। यह सबसे बड़ा और सबसे नालायक। वे तीन भी तो इसी के भाई हैं। इसी के स्कूल में पढ़ते हैं। उन सबके अच्छे नंबर आए। अपना देवी तो पहले नंबर पर आया है। हरि और शंकर के नंबर भी अच्छे हैं। इसी को भगवान् की मार पड़ी है। हिसाब में तो फिर से फेल हो गया। मास्टर ने साफ लिखा है। बाकी विषयों में पास है। इसलिए इस बार तो अगली क्लास में किया जा रहा है। पर अगली कक्षा दसवीं में बोर्ड की परीक्षा होगी। तब हम कुछ नहीं करेंगे।'

'चलो जी-ऽ बच्चा पास तो हो गया। अगली क्लास में भी आ गया। साल पड़ा है अभी तो। मेहनत कर लेगा, सब ठीक हो जाएगा।' शांति गोपी को लेकर अंदर चली गई थी। उसका मुँह-हाथ धुलाया, पुचकारा, 'ले थोड़ा दूध पी ले।' गोपी आज्ञाकारी बच्चे सा उसका कहा मान रहा था। 'थोड़ी मेहनत कर लेना बेटा! अभी पूरा साल पड़ा है। जो ना समझ में आए, पूछ लिया कर।'

'अच्छा माँ-ऽ'। सामान्य होकर वह खेलने चला गया था।

पर बात यहाँ खत्म कहाँ हुई थी। तिमाही और छमाही परीक्षाओं में भी गोपी के हिसाब में अंक अच्छे नहीं थे। बाकी तीनों भाइयों की परीक्षा के परिणाम बहुत अच्छे थे। शांति ने तिमाही की रिपोर्ट तो चौधरी को दिखाई ही नहीं थी। छमाही परीक्षा की रिपोर्ट देखकर वह फिर आग बबूला हुआ था। शांति ने समझाया था, 'यों मारने-पीटने से क्या होगा। एक विषय है, जो बच्चे को नहीं आता। आप खुद क्यों नहीं उसे पढ़ा देते अपने पास बैठाकर।' चौधरी को सुझाव बुरा नहीं लगा था। वह दुकान से आता, हाथ-मुँह धोकर नाश्ता करके गोपी को अपना बस्ते लेकर आने के लिए कहता। गोपी चौधरी के आते ही इधर-उधर होने की कोशिश करता। पर कैसे? उसके चेहरे का रंग उड़ जाता। उसका गला सूखने लगता। कभी-कभी तो उसे हल्का बुखार भर हो जाता। बेबस सा वह बस्ता लेकर आता और धीरे-धीरे कॉपी-पेंसिल-किताब निकालता। चौधरी उसे अनमने भाव से पाँच-छह सवाल कॉपी पर लिखवाते—'चल अब कर इन्हें। ध्यान से।'

गोपी आँखें गड़ाकर, पूरा दिमाग लगाकर सवालों के जवाब तलाशता बैठा रहता। दिन भर के थके-माँदे चौधरी आधे सोए, आधे जागे एकाएक पूछते, 'अबे हो गया?'

उनकी आवाज से उसकी रूह काँप जाती, कभी उसके हाथ से कॉपी छूट जाती, कभी पेंसिल।

नींद का एक झोंका लेकर वह फिर आवाज देते, 'ए गोपी-ऽ कितने सवाल हो गए?'

गोपी खाली पृष्ठ पर यों ही पेंसिल रखकर बैठा रहता। जैसे ही चौधरी पूरे जागकर उठकर बैठते, वह अपनी कनपटियों पर हाथ रखकर पिटने की मुद्रा में आ जाता। वे कभी पीटते और कभी ऊँची आवाज में उसे 'नालायक' करार कर उठकर चले जाते।

चौधरी दुकान से आए तो खुंदक में थे। लेनेवाले सिर पर सवार रहते और माल लेकर गए लोगों का पता ही नहीं चलता। माल की खरीद का ऑर्डर आज दो-तीन दिन के लिए टालना पड़ा था।

शांति उनका सूखा सा चेहरा देखकर ही समझ गई थी, जरूर देनदारों का ही रफ्फड़ होगा। उन्हें नाश्ता देते हुए उसने अपनी तरफ से कहा था, 'भगवान् पर भरोसा रखो जी-ऽ, सब ठीक हो जाएगा। बिजनेस में यह सब तो होता ही रहता है।' वह उन्हें नाश्ता कराके अंदर चली गई थी। चौधरी ने गोपी को आवाज दी

थी। गोपी कहीं दिखाई नहीं दिया था। वार्षिक परीक्षा में कुल एक महीना बचा था। 'इस समय कहाँ है यह लड़का?' शांति ने भीतर से कहा था, 'अभी आ जाता है। आज शनिवार है। कल इतवार की छुट्‌टी है। दूसरे बच्चों के साथ बाहर खेल रहा होगा। चाहो तो रहने दो आज। तुम्हारा जी भी ठीक नहीं।'

'तू बुला उसको। परीक्षा सिर पर आ गई है। तेरे साहबजादे अभी बेफिक्र खेल रहे हैं।'

गोपी आया था। डरा-सहमा सा बस्ते से कॉपी, किताब, पेंसिल निकालने लगा था। उसने ज्योमैट्री बॉक्स खोलकर कंपस निकाली थी और सोचा था, उसी में से पेंसिल निकाल ले। देर लगती देख चौधरी आपा खो बैठा था और छिटककर चारपाई से उठा था। गोपी समझ गया था और मार खाने की मुद्रा में अपनी हथेलियों को कनपटियों पर रख लिया था। चौधरी का करारा हाथ जैसे ही पड़ा, वे उछलकर दूर हटे थे। उनके हाथ से खून की धार फूट पड़ी थी। गोपी ने वैसे ही कंपस पकड़े-पकड़े हाथ कनपटियों पर रख लिये थे। कंपास की नोंक चौधरी की हथेली में खुभ गई थी। चौधरी की चीत्कार सुनकर शांति आई थी। 'ओ हो-ऽ यह क्या हुआ? इतना खून। यह तो रुक ही नहीं रहा।' शांति ने आवाज दी थी, 'अरे हरि, शंकर, देवी कोई है क्या? आओ तो जरा।'

हरि पानी ले आया था। शांति ने धोती फाड़कर पट्‌टी गीली करके उस पर बाँधी थी। पर खून रुक ही नहीं रहा था। कितने देर तक हथेली नलके के नीचे भी रखी। खून तब भी नहीं रुका। 'अरे हरि, पड़ोस से डॉक्टर चाचा को तो बुला ला। हुआ क्या? यह तो बताओ।' शांति परेशान थी।

चौधरी ने बढ़कर सहमे हुए गोपी को दबोच लिया था। उसकी मुट्‌ठी में अभी भी कंपस वैसी ही पकड़ी हुई थी। उन्होंने उसे नीचे गिरा दिया था और पैरों की ठोकरों से उसकी धुनाई करने लगे थे, 'ये इससे पूछ।' शांति बेहाल थी। किसी तरह चौधरी को मारने से रोका था। गोपी बेदम फर्श पर ढील गया था।

हरि भागा-भागा गया था। डॉक्टर को ले आया था। डॉ. सुभाष आ गया था।

'अरे चौधरी भाई, क्या हो गया?'

उन्होंने फिर से नलके के नीचे हथेली रखी। फ्रिज से बर्फ लाने को कहा। बर्फ की डली चोट पर रखी। दो-चार मिनट में ही खून बंद हो गया था। डॉक्टर सुभाष ने दवाई लगाकर पट्‌टी बाँध दी थी।

'चौधरी भाई, यह कोई नुकीली चीज चुभी है। हुआ क्या?' पल में सबके चेहरों पर सन्नाटा छा गया था। शांति ने बात सँभाली थी। 'कुरसी के हत्थे की

कील निकली थी। देखा नहीं इन्होंने। धम् से कुरसी पर बैठ गए और कील हथेली में चुभ गई।'

'सुबह क्लीनिक में आ जाइए, टेटनेस का इंजेक्शन लगा दूँगा। आ जाना भाई साहब जरूर। पता नहीं कैसी कील थी। जंग लगा होगा। पर ऐसे कैसे पकड़ लिया आपने हत्था इतनी जोर से। कुरसी थी भाईजी या उड़नखटोला।'' शांति न चाहते हुए भी हँसी थी।'

'अब जो समझ लो सुभाष। जो होना था हुआ। आपको भी तकलीफ दी।'

'कैसी बात करती हैं भाभी। अच्छा-ऽ चलता हूँ। कोई खास बात नहीं है। फिर भी दर्द हो तो यह गोली दे देना।'

सुभाष चला गया था। शांति बाहर दरवाजे तक साथ आई थी। हरि, शंकर और देवी उनको घेरकर बैठ गए थे। शांति आई थी। 'चलो बच्चो, आओ खाना खाओ-ऽ। आप यहीं लेटो। भिजवाती हूँ आपके लिए यहीं पर।'

हरि खाना ले आया था थाली में डालकर। शंकर भाग-भागकर गरम रोटी रसोई से लाता जा रहा था। देवी कह रहा था, 'बाबूजी, हाथ दुःख तो नहीं रहा? मैं खिला दूँ? आपका दायाँ हाथ है।'

'चल शैतान कहीं का।'

'नहीं बाबूजी मजाक, नहीं कर रहा। सच कह रहा हूँ।'

'अब ठीक है। तुम जाओ, जाकर खाना खाओ। अपनी माँ को भेज देना।' तीनों चले गए थे। शांति ने उन्हें खाना भी खिला दिया। उसे ध्यान आया—अरे-ऽ गोपी ने तो खाना खाया नहीं। कहाँ है गोपी। वह हड़बड़ाकर उठी थी। पूरे घर में एक चक्कर लगा आई। गोपी कहीं भी नहीं था। शांति घबराई सी उसे सारे घर में ढूँढ़ रही थी।

'आपने गोपी को कहीं देखा-ऽ'

चौधरी ने सवालिया आँखें उठाई थीं। 'गोपी कहीं नजर ही नहीं आ रहा।' तभी शांति की नजर पड़ी थी। दरवाजे के पीछे कोने में दो जोड़ी पैर दिखाई दिए थे। शांति धीरे से आगे बढ़ी थी। दरवाजा खोला, गोपी कोने में सिकुड़ा बैठा था। शांति ने उसे उठाया था। 'आ-ऽ उठ यहाँ से। यहाँ बैठा-बैठा क्या कर रहा है? सारे घर में ढूँढ़ रही हूँ तुझे। चल आ-ऽ अब।' वह उठ नहीं रहा था।

'गोपी आ-ऽ' शांति रसोई में चली गई थी।

गोपी ने देखा, बाबूजी के हाथ में पट्टी बँधी है। वह आधी बंद आँखों से लेटे छत को ताक रहे थे। उसने धीरे-धीरे कदम बढ़ाए थे। 'बाबूजी। बाबूजी।'

एक क्षीण सी आवाज से चौधरी का ध्यान टूटा था। पहले तो लगा था उनका भ्रम था। देखा, सामने गोपी खड़ा था—उसने अपने दोनों कान पकड़ रखे थे। वैसे ही जैसे सजा देते समय बच्चों से पकड़वाए जाते हैं। या माफी माँगने के लिए दोनों कान पकड़कर फिर गलती न दोहराने की कसम खाई जाती है। चौधरी को विश्वास नहीं हुआ। गोपी के रूखे-सूखे चेहरे पर आँसू की धारियाँ थीं। जैसे दर्द का दरिया बह रहा हो। वे उठ बैठे थे, गोपी दोनों कान पकड़कर उठक-बैठक कर रहा था। निष्कपट-निर्मल आँखें, जिनमें आँसू थर-थर कर रहे थे। चौधरी ने रोका था, 'गोपी-ऽ मत कर।' शांति फिर गोपी को ढूँढ़ती हुई अंदर आ गई थी। गोपी अभी भी कान पकड़े खड़ा था। 'चलो माफ कर दो बच्चे को। देखो, आपसे माफी माँग रहा है।' चौधरी के भीतर झन् से कुछ टूटा था—इतनी मार का कोई मलाल नहीं। अपने पर शर्म आई थी उन्हें। वे उठे थे, उसे बाँहों में भर लेंगे। पर शांति घबराकर गोपी को भीतर ले गई थी। 'खाना खिला दूँ इसे भी। बाकी सब तो खा चुके।'

वार्षिक परीक्षा में तीनों भाई प्रथम श्रेणी में पास हुए थे। देवी बोर्ड की परीक्षा में स्कूल भर में प्रथम आया था। गोपी फिर हिसाब में रह गया था। बाकी विषयों में भी नंबर कम थे। वह दसवीं पास नहीं कर सकता था। देवी के बोर्ड में सबसे ज्यादा अंक लेने के लिए बधाई देनेवाले घर पर आ रहे थे। हरि और शंकर भी प्रथम श्रेणी में उत्तीर्ण हुए थे। घर भर में खुशी का माहौल था। गोपी का क्या हुआ। किसी को याद ही नहीं आया था। जिन्हें ध्यान आया, आश्वासन दे गया था—'कोई नहीं, अगले साल पास हो जाएगा। अब पाँचों उँगलियाँ तो एक बराबर नहीं होतीं। चाहे चारों भाई हों, पर हैं तो अलग-अलग ही।' गोपी सबकी खुशी में खुश था। मिठाइयाँ बाँटी जा रही थीं। गोपी जरा ला तो-ऽ प्लेट पकड़ा दे। गोपी ला-ऽ बुआ को पानी पिला दे। गोपी दूसरे कमरे से एक कुरसी खींच ला। गोपी भाग-भागकर सब कर रहा था। अपने फेल होने का उसके चेहरे पर कोई रंज नहीं था। भाइयों की सफलता को लेकर कोई द्वेष नहीं था। वह सबके साथ खुश था। गोपी अलग से भी कोई है—इसका इसे पता ही नहीं था। इसके साथ ही गोपी की पढ़ाई का पन्ना यहाँ बंद हो गया।

एक बार फिर से क्रम शुरू हुआ तो चलता ही गया। हरि, शंकर, देवी एक के बाद दूसरी कक्षाओं में जाते रहे। देवी ने 12वीं में भी टॉप किया था। हरि और शंकर भी प्रथम श्रेणी में आए थे। देवी पर स्कूलवाले भी विशेष ध्यान दे रहे थे। उसने कई कोर्सों के लिए प्रवेश परीक्षाएँ दी थीं। आखिर उसे अमेरिका में शिकागो यूनिवर्सिटी में दाखिला मिल गया था। पहले सैमिस्टर की फीस भरनी थी। आने-

जाने का किराया था। चौधरी ने रोका, यहाँ किसी कॉलेज में दाखिला ले लो। पर वह नहीं माना। चौधरी ने गाँव की जमीन का एक टुकड़ा बेच दिया था। क्या करता? हरि और शंकर ने कॉलेज में दाखिला ले लिया था। गोपी सबसे बेखबर था। माँ कहती, 'गोपी जा, जरा सब्जी ला दे बेटा, घर में सब्जी ही नहीं है।' गोपी थैला उठाकर बाजार भाग जाता। 'अरे-ऽ आटा खत्म हो गया गोपी।' गोपी चक्की पर जाता, अपने सामने आटा पिसवाकर ले आता। 'अरे गोपी, देख तो फ्यूज उड़ गया लगता है।' गोपी मीटर बॉक्स खोलकर खड़ा हो जाता। एक-एक कटआउट निकालता जाता और डालता जाता। फिर फ्यूज तार निकालकर नई तार लगा देता। 'अरे गोपी, देखना हरि और शंकर का कमरा उनकी किताबें कैसी बिखरी पड़ी हैं, जरा आ तो-ऽ।' वह माँ के पीछे-पीछे बछड़े की तरह घर में घूमता रहता। 'गोपी तेरे फूफाजी आ रहे हैं। बेटा जा, स्टेशन चला जा।'

'जी-ऽ माँ।'

घर में तो ठीक था, पड़ोस के घरों में भी गोपी को आवाजें पड़तीं। 'गोपी-ऽ बेटा, जा बहिन को स्कूल छोड़ आ, आज रिक्शावाला ही नहीं आया।' 'गोपी जा तो बेटा-ऽ यह दवाई ला दे बाजार से, मुन्ना के पापा तो अभी तक दफ्तर से नहीं आए⋯।'

जो जब चाहे, गोपी सदा उपस्थित रहता। फिर गोपी की माँ को ही लगने लगा था कि वह सब ज्यादती है। कोई पूछता तो बाहर से ही टाल देतीं, 'गोपी नहीं है घर पर, गया है।' 'गोपी सोया है, सिर दुःख रहा है उसका, अब दुपहर में नहीं जाएगा वह।' कुछ ने मुँह भी फुलाया, पर उसने परवाह नहीं की थी। गोपी को समझाया था, 'तू फालतू काम न किया कर सबके।'

'तो क्या करूँ माँ?'

'कह दिया कर, मेरी तबीयत ठीक नहीं।'

'झूठ बोलूँ क्या?'

माँ ने बढ़कर उसे गोद में भर लिया था, 'तू तो संत-फकीर है।' उसका माथा चूमा था।

'जैसे भी हो, टाल जाया कर, अच्छा-ऽ समझा तू। सतयुगी कहीं का-ऽ'

चौधरी की अचानक तबीयत खराब हो गई थी। सुभाष चाचा ने उन्हें अस्पताल भेज दिया था। पूरा चैक अप हो जाए तो ठीक है। सात दिन दुकान बंद रही। देवी तो बाहर ही था। हरि और शंकर के इम्तहान थे। शांति और गोपी ने सब सँभाला था। गोपी भाग-भागकर अस्पताल जाता। डॉक्टर परची देता, वह भागकर दवाई

लाता। दिन में माँ अस्पताल में रहती तो रात में गोपी वहाँ रहता। बाबूजी की टट्टी और पेशाब का पैन तक उसने बेहिचक उठाया था। डॉक्टर ने दिल की तकलीफ बताई थी। चौधरी को आराम की सलाह दी थी। घर भेज दिया था। चौधरी को होश आया तो दुकान का खयाल आया था। हरि और शंकर को कहा तो उन्होंने कहा था, 'बाबूजी, पढ़ाई के बीच में कैसे होगा?' अब क्या किया जाए? आखिर शांति ने ही कहा था, 'गोपी बैठ जाएगा दुकान पर।'

'गोपी बैठेगा–ऽ' चौधरी ने हैरानी से दोहराया था।

'तो और कौन बैठेगा? घर का बच्चा है। वे तीनों तो अब नहीं आ सकते। गोपी ही है यहाँ। गोपी के अलावा क्या किसी दूसरे पर भरोसा करोगे।'

'लेकिन–ऽ'

'आप फिक्र मत करो। वह कुछ न भी करे, पर दुकान खुली देखकर ग्राहकों को गलतफहमी तो नहीं होगी।'

गोपी दुकान पर चला गया था। चौधरी ने समझाया था—उन्हें पता था, वह कुछ नहीं समझेगा। पर फिर भी बार-बार समझाया था। रेटलिस्ट देख लेना। माल का खुदरा भाव देख लेना। सौदा कोई तय मत करना। ग्राहक को लटकाकर रखना। मैं ठीक हो जाऊँ···बस।

गोपी दुकान पर गद्दी पर बैठा था। विनम्र और हँसमुख नौजवान को बैठा देख नए ग्राहकों का आना हुआ था। गोपी उन्हें इज्जत-मान से बैठाता था। चाय-पानी को पूछता था। ऐसा तो यहाँ कभी हुआ ही नहीं था। उसने ग्राहकों की बात बड़े ध्यान से सुनी थी। फैक्टरी से पता लगाया था कि माल तैयार है या नहीं। माल कई दिनों से तैयार रखा था। क्योंकि माल का ऑर्डर तो चौधरी ने ही दिया था। चौधरी ने सौदा करने से मना किया था, पर अब गोपी असमंजस में था। अगर उसी भाव पर सौदा हो रहा है, जिस पर बाबूजी ने तय किया था तो हर्ज क्या है? नहीं तो ग्राहक हाथ से निकल जाएगा। उसे चुप देखकर ग्राहक ने सोचा, नौजवान अपने बाप से भी आगे है। फिर माल तो उन्हें तुरंत चाहिए था। ग्राहक ने दो टके की बढ़त की। गोपी चौंका। पर समझ गया कि ग्राहक जरूरतमंद है। माल तुरंत चाहिए उसे। स्टोर भी अँटा पड़ा था। उसने जल्दी ही माल निकलवाया और सौदा पक्का किया। ग्राहकों से नगदी ली और ट्रक में माल रखवाकर रुखसत किया। 'अब हमारी जिम्मेवारी नहीं। ट्रक में माल लदवाने तक की जिम्मेदारी हमारी है, सही तौल और सही चीज की। फिर आगे का आप जानो।'

चौधरी ने कभी इतनी दूर की सोची ही नहीं थी। कई बार इस मामले में

धोखा खाया था। ग्राहक तैयार हो गया था।

चौधरी डरे रहते। शांति दिलासा देती। अपनी जान से ज्यादा तो कुछ नहीं। फिर अपना बेटा है, अपना खून है, भरोसा रखो।

घर आकर गोपी बाबूजी को दिन भर की खबरें सुनाता। क्या खरीदा, क्या बेचा, कितना माल आया, कितना गया। ऑर्डर कितने मिले। उससे लाभ की राशि कितने प्रतिशत की है। आज फैक्टरी में कच्चा माल पहुँचा था। तैयारी में कितना समय लगेगा। चौधरी बाल की खाल उतारते पूछते जाते। उनकी हैरानी का ठिकाना नहीं था, जब उन्होंने देखा कि गोपी ने एक हफ्ते में जो कमाया था, वह तो उनकी महीने भर की कमाई से ज्यादा था। चौधरी ने इसे भगवान् की मेहर माना था। शांति ने गोपी के सिर पर हाथ फिराया था। समय पड़े पर खोटा सिक्का ही काम आता है। चौधरी कुछ सुधरे तो फिर दुकान पर आने लगे थे। उन्होंने गोपी को टोका था, 'ग्राहकों से हँसकर बात मत किया करो।' गोपी चुप रहा था। चौधरी की अनुपस्थिति में दुकान का बाहरी रूप-रंग काफी बदल गया था। आनेवालों के लिए एक लड़का पानी के गिलास ट्रे में लिये आता। उनसे ठंडे या गरम के लिए पूछा जाता, चाय और ठंडा दिया जाता। चौधरी आया तो हैरानी और गुस्से से बोला था, 'फिजूल का यह खर्च क्यों? दुकानदारी में इस मेहमानदारी की क्या जरूरत?' गोपी चुप रहा था।

चौधरी दुकान पर आने लगे तो गोपी फिर से घर पर माँ के साथ छुटपुट कामों में लग गया था। ग्राहक जो भी आता, चौधरी को गद्दी पर बैठा देखकर भी गोपी के बारे में पूछता। कुछ ग्राहक वापस चले गए थे। चौधरी परेशान हुआ था। महीने भर में ग्राहकों की आदत इस लौंडे ने बिगाड़ दी। ऐसे बिजनेस कैसे होगा।

गोपी ने कहा था, 'बाबूजी, आजकल बिजनेस ऐसे ही होता है। आपकी दुकान में चार दुकानें छोड़कर छेदीलाल की दुकान देखिए। एक साल में कहाँ पहुँचा उसका कारोबार। ग्राहक को थोड़ा दुलारना-फुसलाना भी तो होता है।' छेदीलाल को लेकर चौधरी के मन में भी आशंका थी, इतनी जल्दी हमारे ही धंधे में यह हमसे आगे कैसे निकल गया। चौधरी ने उसके बाद ग्राहक को ठंडा-गरम दिए जाने का विरोध नहीं किया था।

फिर भी वे गोपी पर विश्वास नहीं करते थे। रुपए-पैसे को लेकर उसे दूर रखते। उसे छोटे-छोटे कामों में लगाए रहते। उसे माल लेने, पहुँचाने, देनदारों से तकाजा करने जैसे कामों में लगा देते।

पहले गोपी घर पर रहता था। सैकड़ों अदृश्य से कामों को पूरा करता। घर

में सब जगह होकर भी वह कहीं नहीं था। अब वह चौधरी के साथ दुकान पर भी जाने लगा। वहाँ भी सैकड़ों छोटे-छोटे कामों के लिए दौड़-धूप करता। पर उसका बैठने का कोई निश्चित स्थान नहीं था। दिनों, महीनों, सालों के क्रम से समय बीतता गया। बीच-बीच में हरि, शंकर और देवी ने अपनी पढ़ाई पूरी की। देवी ने एक विदेशी लड़की से शादी कर ली। वह अमेरिका में ही रहने लगा था। हरि और शंकर दूसरे शहरों में चले गए थे। उनकी भी शादियाँ हुईं। रिश्तेदारों, सगे-संबंधियों, दोस्तों के समूह के बीच देवी की प्रतिभा का गुणगान किया जाता। हरि और शंकर के बारे में शांति और चौधरी जब बताते, उनके सिर गर्व से ऊँचे रहते। उनके चेहरे खिले रहते। वे उनके बारे में बात करते तो लगता, जमीन से दो फुट ऊपर उठ गए हैं।

बीच-बीच में कोई रिश्तेदार गोपी का जिक्र कर देता तो चौधरी बुझ जाता। शांति उस बात को आगे नहीं बढ़ने देती। कुछ वर्ष पहले गोपी के विवाह की भी बात चली थी। गोपी सबसे बड़ा था। चौधरी ने बात को दबा दिया था। उसकी शादी कैसे होगी? न पढ़ा, न लिखा, अपने पैरों पर भी नहीं खड़ा। नालायक औलाद हो तो कोई क्या करे। बात वहीं दफन हो गई थी। चौधरी दिल की बीमारी के कारण चौतरफा दबाव नहीं सह सकते थे। चौधरी ने हरि और शंकर को कहा था, जैसे भी हो बिजनेस में उनका हाथ बटाएँ। हरि और शंकर ने एक स्वर में कहा था, 'वाइंड अप, अगर आप नहीं कर सकते।' थोड़े दिनों बाद हरि की चिट्ठी आई थी। उसे पैसे चाहिए थे। दोनों बच्चों को उसने हॉस्टल में भेजना था। उसने जवाब नहीं दिया था। फिर फोन आया था। शांति को आगे कर दिया था। बच्चों की पढ़ाई कितनी जरूरी है। हरि ने जिद पकड़ ली थी। आखिर चौधरी ने पैसे दिए। उसके बाद शंकर पीछे पड़ गया था। उसके बच्चे को बाहर की यूनिवर्सिटी में दाखिला लेना था। उसके लिए पैसा चाहिए था। चौधरी ने मजबूरी बताई थी, पर शंकर जिद कर रहा था। 'हरि के बच्चे मेरे बच्चे से ज्यादा हैं आपके लिए। मेरे बच्चे ने क्या कसूर किया?' हर रोज फोन पर किच-किच होती। तंग आकर चौधरी ने गाँव की जमीन का एक टुकड़ा और बेच दिया था, तो कहीं जाकर उसकी माँग पूरी हुई।

इस बीच चौधरी फिर बीमार हुआ। शांति का ऑपरेशन हुआ। गोपी भागता-दौड़ता रहा। अस्पतालों में और डॉक्टरों के सैकड़ों चक्कर लगाए। बिना थके और बिना रुके वह दिन-रात उनके साथ रहा था। वह कब खाता, कब सोता किसी को पता नहीं था। शांति बीच-बीच में पूछती। 'माँ, सब ठीक है। तुम क्यों फिक्र करती हो।' हरि और शंकर को कई बार फोन किया, पर वे नहीं आए। ऑफिस से छुट्टी

ही नहीं मिलती। 'काम का बहुत प्रेशर है। यहाँ बंबई में उसे अकेला कैसे छोड़ें। अलका की तबीयत ठीक नहीं है, तो आप लोगों की देखभाल क्या करेगी वह।' देवी तो परिवार से लगभग कट ही गया था। पाँच-छह महीने गुजर जाते उसका कभी फोन नहीं आता। फोन करो तो फोन पर मशीन पर अंग्रेजी में आवाज आती, संदेश छोड़ दो। अवसर मिलते ही बात होगी। पर बात हुई ही नहीं।

चौधरी दुःखी था, 'शांति, इन तीनों को पढ़ाया-लिखाया, इनकी पढ़ाई पर और शादी-ब्याह पर खर्च किया। जब-तब इन्हें जरूरत पड़ी पैसे दिए। लेकिन हमारी बीमारी तक में ये आकर खड़े नहीं हुए।'

शांति ने सांत्वना दी थी, 'नौकरी-पेशा है। मजबूरी रही होगी। छुट्टी नहीं मिली होगी।' पर भीतर से उसका मन भी टीस रहा था।

'बिजनेस का क्या होगा?' चौधरी परेशान था।

शांति ने समझाया था, 'गोपी सँभालेगा काम। वही जाएगा अब दुकान पर।'

पर चौधरी को तसल्ली कहाँ, 'गोपी कैसे सँभालेगा?'

'जो जैसा भी करेगा। घर का बच्चा है। अपनी तरफ से ठीक ही करेगा। तुम भगवान् पर भरोसा रखो। सब ठीक हो जाएगा।'

चौधरी ने अपने इसी बिजनेस से परिवार को पाला-पोसा था। मकान बनवाया। बच्चों की पढ़ाई पूरी की, शादियाँ कीं और सौ तरह के खर्चे सब इसी से तो हुए। कुछ भी हो। चौधरी पुराने खयालात का आदमी था। वह चाहता था हरि या शंकर कोई एक नौकरी छोड़कर उसका बिजनेस सँभाले। उसने उनसे फिर से कहा था। उन दोनों ने चौधरी को एक स्वर में कहा था, 'कैसी बात करते हो बाबूजी। मल्टीनेशनल की नौकरी छोड़कर आपकी इस दुकानदारी में आऊँ। अपना भविष्य चौपट कर लूँ। मेरे बस का नहीं।' अब गोपी फिर दुकान पर जाने लगा था। डॉक्टर ने चौधरी को किसी भी तरह की टेंशन लेने से मना किया था। 'बेहतर है, आप आराम करें। घर पर रहें और अपने खाने-पीने का ध्यान रखें।' चौधरी मजबूर हो गया था। मुंशी को बार-बार घर बुलाता। उससे तरह-तरह के सवाल पूछता। छोटे-छोटे खर्चे का विस्तार से जवाब चाहता। निकाली गई रकम के हर मद पर उँगली रखकर घंटों उस पर जवाब-तलब करता। मुंशी ने एक दिन कहा था, 'चौधरी, आपके साथ चालीस साल से हूँ। इसलिए आपकी रियायत करता हूँ। वरना कभी का काम छोड़ देता। लेकिन अब आगे के लिए ऐसे नहीं चलेगा। आप अपना इंतजाम कर लें। यों गोपी भैया हैं, सब सँभाल लेंगे।'

चौधरी असहाय हो गया था। कुछ कहते नहीं बना था। मुंशी चला गया था।

जाते-जाते कह गया था, 'मेरा हिसाब कर देना चौधरी। तुम्हारे चक्कर नहीं लगाऊँगा। जो जितना बने, घर पर भिजवा देना। यों मैं तुम्हारा मान करता हूँ। कहोगे तो आकर ले भी जाऊँगा।' गोपी ने हिसाब-किताब के लिए एक कंप्यूटर खरीद लिया था। कंप्यूटर पर काम करने के लिए एक आदमी रख लिया था। उसके साथ बैठकर वह खुद भी काम सीखने लगा था। पुरानी बहियों से भरी अलमारियाँ हटवा दी थीं। फालतू चीजें फिंकवा दी थीं। दुकान की शक्ल ही बदल गई थी। ग्राहक भी बदल गए थे।

चौधरी को लगने लगा था, अब वह ज्यादा दिन नहीं जिएगा। अच्छा है, अपने जीते जी अपनी वसीयत लिख दे। बहुत सोच-विचार किया। शांति से पूछा। शांति ने अपने अंदाज में कहा था, 'अभी जल्दी क्या है? लिख देना बाद में आराम से।' चौधरी की बात से वह घबरा गई थी।

'तुम नहीं समझ रहीं शांति।' उसने गोपी से पूछा था, 'गोपी, बोल बेटा, तुझे क्या चाहिए।'

'मुझे क्या चाहिए?' गोपी ने हैरानी से पूछा था।

'क्यों, तेरे भाइयों को पढ़ाया-लिखाया, उनका शादी-ब्याह किया, उनकी और उनके बच्चों तक की माँगें पूरी कीं। तेरे लिए तो कुछ भी नहीं किया। बोल बेटा।'

'बाबूजी, हिसाब-किताब तो मुझे आया ही नहीं। आप तो जानते हैं, पर मैं तो खूब मजे में हूँ। आप हैं, माँ है, मेरे साथ और क्या चाहिए मुझे?'

चौधरी की आँखें भर आई थीं।

सप्ताह भर बाद ही चौधरी को दिल का दौरा पड़ा था। और उसकी मृत्यु हो गई थी। देवी को बहुत फोन किया, पर वह नहीं आया था। हरि और शंकर आए थे। शंकर अकेला आया था। बच्चे अकेले थे, उनके इम्तहान थे, इसीलिए अलका भी नहीं आई थी।

हरि और शंकर को लौटने की जल्दी थी। वे रुकना ही नहीं चाहते थे। चौथे के बाद से ही शोर मचा दिया था। तेरहवाँ भी नहीं होने दिया था। वकील और घर के सदस्यों के सामने चौधरी की वसीयत खोली गई थी। लिखित वसीयत के साथ चौधरी की आवाज की रिकॉर्डिंग की एक कैसेट थी। 'मेरे बाद मेरा बेटा ही मेरे मकान और दुकान का वारिस होगा। मेरे बाद वही अपनी माँ और भाइयों की देखभाल कर सकता है। वही मेरा असली वारिस है। यह मकान और दुकान, बैंकों में मेरे खातों में जमा राशि, गाँव की जमीन और मेरी सारी जमा पूँजी मैं पूरे होशो-

हवास में उसके नाम कर रहा हूँ।' सबके चेहरे पर उत्सुकता थी, आँखों में जलता हुआ सवाल था। 'यह बेटा कौन है?' हरि और शंकर उखड़ से रहे थे और उनके चेहरे रोष से धुँधला रहे थे। आधा मिनट की टेप खाली चली थी।

'इस वसीयत में लिखे और कहे को वह अपना फर्ज मानकर पूरा करेगा। इसका मुझे पूरा विश्वास है। गोपी, मेरा नालायक बेटा।'

□

जंगल

सुमन का टेलीफोन था। उसने तुरंत बुलाया था। उसकी आवाज पहचानने में देर लगी थी। कमजोर आवाज, दूर कहीं किसी घने जंगल के कुहासे में डूबती-उतराती आवाज थी, 'आ सकती हो? प्लीज आ जाओ ऽ ऽ।' फिर सोचने के लिए क्या बचा था। यूनिवर्सिटी में एक ही क्लास थी। क्लास लेकर वह निकल गई थी। बीच में अपने को कई बार टोका था, धीरे चलाओ गाड़ी-ऽ। पता नहीं सुमन कैसी होगी? क्यों बुलाया उसने। इतनी अवश कैसे हो गई वह। सवालों से घिर गई थी। मानसिक दबाव में ध्यान ही नहीं रहा। देखा स्पीडोमीटर की सुई अस्सी पर थी। उसने अपने को चेताया था।

'सुमन, धीरे चला गाड़ी। देख तुम्हारे स्पीडोमीटर की सुई अस्सी को छू रही है।'

'तो क्या हुआ?' वह बेपरवाह थी।

'सड़क पर ट्रैफिक तो देख।'

'मत देख ट्रैफिक। तू मेरी तरफ देख न।'

'और वह देख ट्रैफिक पुलिसवाला।'

सुमन ने गाड़ी बाईं तरफ लगाकर रोक दी थी। वे दो थे। पास आए थे।

'क्या हुआ?' सुमन ने मासूमियत से कहा था।

'मैम, आपने येलो लाइन जंप की है।'

'मैंने? कैसे? मैं तो गाड़ी चला रही हूँ···कौन सी लाइन? लाइन कैसे जंप करूँगी?'

'आप मजाक मत कीजिए। लाइए, लाइसेंस दीजिए।'

'लाइसेंस तो इस वक्त नहीं है। असल में जल्दी में दूसरा बैग उठा लाई।'

वह नाराज हुआ था। 'आप बहुत बातें करती हैं···। उतरिए आप गाड़ी से, नीचे उतरिए।'

वह दरवाजा खोलकर नीचे उतरी थी। 'देखो भैया, बात यह है कि तुम पुलिसवाले हो···हाथ हिलाने का खाते हो···है न···ऽ मैं यूनिवर्सिटी में प्रोफेसर हूँ, इसलिए बातें करने की रोटी खाती हूँ।' उन दोनों ने एक-दूसरे की तरफ देखा था। बड़े वाले ने कहा था, 'लेकिन चालान तो आपका कटेगा—लाइए, दो सौ रुपए दीजिए।'

'ओह-ऽ···आपसे बताया था न कि दूसरे वाला बैग ले आई हूँ···इसमें तो पैसे हैं ही नहीं···ऽ'

उन्होंने फिर एक-दूसरे की तरफ देखा था।

'इस बार जाने दीजिए। आगे से ध्यान रखूँगी।' सुमन ने भोलेपन से कहा था।

'ठीक है जाइए,' छोटेवाले ने कहा था। वह झट से गाड़ी में बैठ गई थी। गाड़ी स्टार्ट की और चल दी थी।

सुमन हँसी थी। वही बिंदास हँसी।

सुमन ने हवा में बाँह उठाकर चूड़ियाँ खनखनाई थीं, 'फिर इतनी सारी चूड़ियाँ पहन आई हो। प्रिंसिपल ने देख लिया तो। क्यों पंगा लेती हो तुम उससे।'

'अगर नहीं भी देखा अलका, तो भी उसे दिखाऊँगी। कुंठित औरत है यह नन। नन मीन्स नन अर्थात् कोई नहीं, कुछ नहीं। मतलब जिसका कोई न हो, जिसके पास कुछ न हो।'

'क्या परिभाषा की है तुमने नन की।'

'सुन, मुझे कहती है क्लास में चूड़ियाँ पहनकर मत जाया करो, क्योंकि टीचर को क्लास में सॉबर होना चाहिए। पूछो इस नन से कि सॉबर होने में और चूड़ियाँ पहनने में कोई विरोध है क्या? कहीं किसी शब्दकोश में लिखा है क्या ऐसा?'

सुमन मस्तमौला थी। सारा समय हँसी की हिलोर में झूमती रहती। वह हँसती तो लगता अमलतास हवा में झूल रहे हैं। गुलमोहर खिल उठे हैं। लाल पलाश चटख गए हैं।

हँसते-हँसते लोटपोट होती जाती और बताती रहती, 'सुनो अलका, आज एक घोंघा मिला था। लाइब्रेरी में, साला किताबों के रैक के पास खड़ा होकर मुझे घूर रहा था। पूछा, क्या है? बोला, 'तुम दुनिया की सबसे सुंदर किताब हो। पढ़ना चाहता हूँ तुम्हें···।' मैं तनकर उसके सामने खड़ी हो गई थी, 'पढ़ो-पढ़ो कहाँ से पढ़ना शुरू करोगे? ऊपर से या नीचे से।' भाग गया दुम दबाकर।

'सुन, एक मिला था साला ढक्कन। कहने लगा, लैट्स गो फॉर लंच। मैंने कहा नो, वी विल गो फॉर डिनर। उसने थोड़ा सोचा था, फिर कहा, ओ के। डिनर के लिए चलेंगे। मैंने कहा, डिनर के बाद? डिनर के बाद कहाँ चलोगे? उसकी आँखें फटी-की-फटी रह गईं। वह भाग गया था। साठ की स्पीड से।'

सुमन खिलखिलाती, लगता हरियाली की तरफ की खिड़की खुल गई हो। पर कॉलेज में लोग उसे पसंद नहीं करते थे। वह अपने अस्सी प्रतिशत और अच्छी इंटरव्यू के बल पर आई थी। पैंतीस कैंडीडेट थे जब उसका चुनाव हुआ था। उनमें एम.फिल. और पी-एच.डी. भी थे और वह सिर्फ एम.ए. थी। हाँ, छात्राएँ उसे हमेशा घेरे रहतीं। कोई उसके कपड़ों की तारीफ करती, कोई उसकी कॉस्ट्यूम ज्वैलरी की, तो कोई उसकी सुंदरता की।

वह पहली थी, जो कॉलेज में सलवार-कमीज पहनकर आई थी। प्रिंसिपल ने उसे बुलाकर कहा था, 'प्लीज कम इन साड़ी।'

'पर क्यों?'

प्रिंसिपल को इस 'क्यों' की उम्मीद नहीं थी।

'कम इन साड़ी फॉर टीचिंग।'

'नो मैम। दिस इज ऑवर ड्रैस। वी आर पंजाबी। और फिर यह बिना सिर्ली साड़ी क्लास में खिसक गई तो?' उसने ठहाका लगाया था।

उसके बाद वह काफी समय तक साड़ी ही पहनकर आती रही थी। नेवल के नीचे बाँधी गई साड़ी। टखनों को छूता हुआ पल्ला और बिन बाँहों का स्ट्रैपवाला ब्लाउज। आज यह कोई खास बात नहीं लगती, लेकिन बीस-बाईस साल पहले यह आसान नहीं था।

वह भागती हुई उसके पास आई थी हँसी से बेदम। बोली, 'प्रिंसिपल कहती है, तुम सलवार-कमीज और दुपट्टे में आ सकती हो।'

□

सुमन उदास थी। पूछा था, 'क्या हो गया, हॉस्टल में क्यों रहना चाहती हो? तुम्हारा घर है। फिर तुम्हारे डैड हैं। उन्हें बुरा नहीं लगेगा।'

'मुश्किल डैड ने ही कर रखी है। देर से क्यों आती हो? कहाँ जाती हो? क्यों जाती हो? किसके साथ होती हो? क्या मैं बच्ची हूँ?'

'लेकिन उनके लिए तो बच्ची ही हो न।'

'छोड़ यार, तुम भी उनकी तरफदारी करने लगी हो। अच्छा, आज रात को 'घुँघरू' में आ जा। पर तू कैसे आएगी? बेचारी अलका। अच्छा, तू यह बता, तेरी

शादी को पाँच साल हो गए।'

'हूँ ऽ···' अनमने भाव से उसने हामी भरी थी।

'दो बच्चे भी हैं। चलो, यह भी ठीक है। पर यार, तू एक ही आदमी से, दिन-रात घिरी रहती है, बोर नहीं होती क्या?' वह खिलखिलाई थी। पर उसने कहा था, 'कुछ समझी नहीं मैं।'

'सब समझती हो। तुम्हें मेरी बात से कल्चरल शॉक लगा है और कुछ नहीं।'

एक दिन कर्नल चोपड़ा ने घर पर बुलाया था। कॉलेज में एक नोट उसके नाम से कोई दे गया था। 'प्लीज सी मी सून।' फोन भी आया था, कर्नल चोपड़ा की आवाज थी, पर पहले जैसी नहीं, 'अलका, क्या तुम आ सकती हो? जरूरी बात करनी है सुमन के बारे में। ड्राइवर तुम्हें कॉलेज से ले आएगा।'

वह गई थी। कर्नल चोपड़ा बेचैन से थे, 'अलका, सुमन तुम्हारा बहुत मान करती है। सुमन की माँ नहीं है,' उनकी आँखें नम थीं। 'पंद्रह साल की थी जब से मैंने इसे माँ और बाप दोनों बनकर पाला है। लेकिन मैं माँ बनकर भी नहीं बन सका। सुमन का रात को देर से आना मुझे बहुत परेशान करता है। तुम समझाकर देखो। शायद···' वह रुक गए थे। 'जी, मैं कोशिश करूँगी।' पर वह जानती थी कि सब व्यर्थ था सुमन से कहना। मैंने कहा नहीं था, पर मन कसैला हो गया था। कर्नल चोपड़ा की तकलीफ का अनुमान वह लगा सकती थी। कर्नल चोपड़ा की आँखों में चिंता, ममता, भय और अवशता एक साथ गहरा रही थी। वे शायद उससे आश्वासन चाहते थे, पर वह जानती थी कि वह भी उन्हीं की तरह कहीं सुमन के बहुत समीप होकर भी उससे बहुत दूर थी। सुमन की इच्छा के विरुद्ध उसे कुछ भी करने से रोकना मुट्ठी में समुद्र की लहर को बाँधकर रखना था।

सुमन ने हॉस्टल में शिफ्ट कर लिया था। रात को वह अकसर देर से लौटती। आधी रात के बाद। वह शराब भी पीने लगी थी।

'यह ठीक नहीं है, सुमन। इस शहर की सड़कों पर तुम सुरक्षित भी नहीं हो।'

'कोई माई का लाल मेरी इच्छा के बिना मुझे छूकर तो देखे।' वह तनकर खड़ी हो गई थी।

□

सुमन आई थी, 'चल अब तू, मेरी फादर फिगर, खुश हो जा। मेरा पी-एच.डी. में रजिस्ट्रेशन हो गया। तीन-चार साल जरा डटकर काम कर लूँ। गए मेरे मौज-मस्ती के दिन।'

'तुम्हारा निदेशक कौन है?'

'डॉ. अजित राय चौधरी।'

सुमन गंभीर लगी थी। क्लास के बाद वह लाइब्रेरी में चली जाती। एक दिन मिली थी, 'रिसर्च का काम कैसा चल रहा है?'

'अच्छा··· डॉ. चौधरी इज ब्रिलिएंट।'

'और तुम्हारे डैड कैसे हैं?'

वह हँसी थी। 'वे सुधरनेवाले नहीं हैं। आजकल एक नया राग छेड़ा है उन्होंने। शादी कर लो। रोज किसी-न-किसी का फोटो और परिचय लेकर आ जाते हैं। यह इंजीनियर है किसी फॉरेन फर्म में। यह मेजर है। इसके परिवार को मैं जानता हूँ।···यह मैनेजर है सी.टी. बैंक में···' सब के सब ढक्कन।

'इसमें बुरा क्या है, सुमन। तुम्हें शादी से कोई ऐतराज तो नहीं है न।'

'लेकिन इस तरह के ढक्कनों से शादी···' वह पहले के से मूड में आ गई थी। 'इस संडे को डैड किसी डैस्परेट को हॉस्टल में लेकर आ गए थे। बताया नहीं था मुझे कुछ भी और उसकी ट्यूटरिंग करके लाए थे। पर पता नहीं उसके शक्ल देखते ही लगा, यह मच्छर शहीद होने आया है। डैड ने मेरा परिचय कराया था। फिर उसका परिचय देने लगे। मैं अपने को रोक नहीं सकी थी। सोडे की बोतल की तरह भक् से मेरी रोकी हुई हँसी निकल आई थी और मुँह में भरी चाय की घूँट फव्वारे की तरह बाहर उछल गई थी। चाय की छीटें उस पर भी पड़ी थीं। डैडी ने सॉरी बोला था। वे चले गए थे।'

'दिस इज नॉट फेयर, सुमन।'

'छोड़ यार। चल कैंटीन में चलते हैं, बड़ी भूख लगी है।'

सुमन कई-कई दिनों तक नहीं मिलती थी। सोचा, अपनी रिसर्च में व्यस्त होगी। यों हम दोनों का टाइम टेबल भी चार दिन अलग ही था। वह दोपहर बाद की क्लासें लेती थीं। मेरी सुबह की क्लासें होती थीं, ताकि जल्दी घर पहुँचकर बच्चों को देख सकूँ।

एक दिन कॉरिडोर में टकरा गई थी, 'कैसी हो सुमन?'

वह खुश लगी थी, 'ठीक हूँ।'

'तुम्हारा गाइड तुम्हें तंग तो नहीं करता? श्रुति बहुत परेशान है। समय देकर भी विभाग में नहीं रहता। जो लिखकर देती है, उसे देखता तक नहीं। तीन साल हो गए, अभी तक उसका पहला चैप्टर ही हुआ है।'

'नहीं, डॉ. राय चौधरी इज कमिटिड एंड वैरी मैच्योर।'

'ही इज ब्रिलिएंट।' उसने जोड़ा था और हँसी थी।

'ऑफकोर्स ही इज।'

सुमन कॉलेज में कम ही दिखाई देती थी। सोचा, अपनी रिसर्च में व्यस्त होगी। एक दिन कॉलेज में धमाका हुआ था। कॉलेज की दीवारें हिल गई थीं। पता चला, सुमन प्रेगनेंट है। कोई पूछता तो कहती, 'हाँ हूँ।'

'लेकिन तुम्हारी शादी? शादी तो हुई नहीं।'

'प्रेगनेंट होने के लिए शादी का सर्टिफिकेट चाहिए होता है क्या? एक अदद मनचाहा, मनभाया आदमी चाहिए होता है।'

कॉलेज में यह खबर जंगल में लगी आग सी फैल गई थी। टीचर्स से छात्राओं में और फिर प्रिंसिपल तक बात पहुँची थी। प्रिंसिपल ने सुमन को बुलाया था। वह गई थी। प्रिंसिपल ने उसे ऊपर से नीचे तक जाँचा था। फिर हिचकिचाते हुए, पर दृढ़ता से पूछा था, 'आर यू प्रेगनेंट?'

'यस मैम। आई एम।'

'लेकिन तुम्हारी तो शादी नहीं हुई है।'

'तो क्या हुआ। आई लव द मैन एंड दैट्स ऑल।'

प्रिंसिपल हतप्रभ सी उसकी तरफ देख रही थी। 'तुम ऐसा नहीं कर सकतीं। बिना शादी किए…'

'लेकिन यह मेरी अपनी जिंदगी का फैसला है।'

'नहीं, यह सिर्फ तुम्हारी जिंदगी का फैसला नहीं है। यह मेरी समस्या भी है। कॉलेज की रैपुटेशन का सवाल है। जानती हो, छात्राओं पर इसका क्या असर पड़ेगा? यह छात्राओं के भविष्य का सवाल है। कॉलेज में टीचर्स की भावनाओं का सवाल है।'

'इससे मुझे कोई फर्क नहीं पड़ता। मेरी जिंदगी का फैसला मेरा है।'

'लेकिन तुम्हारी जिंदगी के फैसले से हम सबको फर्क पड़ता है।'

'उन सबको समझाइए कि वे मेरी ओर ध्यान न दें।'

सुमन दरवाजा खोलकर बाहर आ गई थी। सप्ताह भर बाद उसे टर्मिनेशन लैटर मिला था। सुमन आई थी, 'यह कैसा न्याय है? मेरी निजी जिंदगी में किसी को दखल देने का अधिकार नहीं है।' वह परेशान थी। उसने उसे समझाया था। 'सुमन, हम एक समाज में रहते हैं। उसकी कुछ मर्यादा होती है। जो भी व्यक्ति है, जिसे तुम प्यार करती हो, उससे शादी कर लो। वह भी तो तुम्हें प्यार करता होगा। बस, सारी समस्या ही खत्म। आखिर प्यार करने की भी एक जिम्मेवारी होती है।'

'नहीं, मैं उससे शादी नहीं कर सकती। उसका अपना एक सुखी परिवार है।

उसने मुझसे पहले ही कह दिया था। पर यह बच्चा मैंने चाहा था। अपनी मरजी से।'

'पागल हो गई हो, सुमन। बच्चे की जिम्मेवारी समझती हो?'

'तुम उस थ्रिल को जानती हो, जो माँ बनने में मिलता है। जरूर जानती होगी। दो बच्चे हैं तुम्हारे।'

'इसीलिए माँ बनने की जिम्मेवारी और खुशी दोनों को जानती हूँ। तुम अकेली पड़ जाओगी, सुमन। समझो, यह नादानी मत करो।'

सुमन के डैड को पता चला था तो उन्हें दिल का दौरा पड़ा था, चार दिन आई.सी.यू. में रहे। कमरे में शिफ्ट किया तो सुमन और वे आमने-सामने थे। जरूर प्रिंसिपल और उसके साथ की गई बात ही दूसरे शब्दों में दोहराई गई होगी। कर्नल चोपड़ा ने अंत में आवेश में कहा था, 'सारी संपत्ति, घर और रुपया-पैसा ट्रस्ट को दान कर दूँगा। मैं तुम्हें अपनी बेटी मानने से इनकार करता हूँ। आज से तुम मेरे लिए नहीं रहीं। जाओ ऽ···ऽ···जो मन में आए करो। मैं भी वही करूँगा, जो मुझे ठीक लगेगा।'

कर्नल चोपड़ा ने अपनी पत्नी के नाम से बनाई गई एन.जी.ओ. और ट्रस्ट में अपनी सारी प्रॉपर्टी ट्रांसफर कर दी थी। पूरे साजो-सामान के साथ घर, जमीन और यहाँ तक कि प्रॉविडेंट फंड के पैसे तक ट्रस्ट के नाम कर दिए थे। अपनी आखिरी इच्छा और उसकी कॉपी वकील, ट्रस्ट और रिश्तेदारों को भेज दी थी। एक कॉपी सुमन को भी मिली थी और दो दिन बाद उनकी मृत्यु का समाचार भी।

सुमन नहीं आई थी। अंतिम संस्कारों में भी शामिल नहीं हुई थी। उसे समझाया था, पर वह नहीं मानी थी। 'वह व्यक्ति मेरे लिए हमेशा अजनबी रहा। उसने कभी मेरे भीतर झाँककर नहीं देखा। दूसरों की छड़ी से मुझे नापता रहा। मेरी इच्छा को नहीं जाना। मेरी जरूरत को नहीं समझा और जाते-जाते क्या किया उसने? जाने दो अलका।' वह बुझ गई थी।

सुमन से संपर्क कम हो गया था। पता चला था, उसने एक बच्ची को जन्म दिया है। उसे हॉस्टल भी छोड़ना पड़ा था। इस शहर में उसे नौकरी कहीं भी नहीं मिली थी। उसका फोन आया था, 'अलका, कल जा रही हूँ। मुझे हिमाचल प्रदेश के एक कॉलेज में नौकरी मिल गई है। सुना है, बहुत खूबसूरत सी जगह है। ऐसा बड़ा शहर तो नहीं, पर लोग भी वहाँ इतने छोटे नहीं हैं। हो सके तो शाम को आना मिलने।'

सुमन का कभी-कभार फोन आ जाता था। शुरू-शुरू में उसने चिट्ठी भी लिखी थी। बहुत खुश लगी थी, पर अपने से ज्यादा अपनी बेटी के बारे में कहती

और लिखती थी। उसका नाम शिल्पी रखा है। ऐसी लगती है, ऐसे हँसती है, रोती है तो ऐसे कि बस, अब बैठने लगी है, थोड़ा-थोड़ा चलने लगी है। यहाँ के लोग अच्छे हैं। एक-दूसरे के काम आते हैं। बीच के बारह साल पता नहीं कैसे निकल गए थे। सुमन से संपर्क भी टूट गया था। अपने जीवन की व्यस्तताओं में उसकी कमी भी महसूस नहीं की थी। हाँ, अपने पीछे वह एक न भूल जानेवाली दास्ताँ छोड़ गई थी। जिस पर हर व्यक्ति जो चाहे कह सकने में स्वतंत्र था। धीरे-धीरे यह गर्द भरी आँधी भी थम गई। धूल ठहर गई थी।

अचानक एक दिन सुमन का फोन आया था, 'बड़ी मुश्किल से तुम्हारा फोन नंबर मिला। खैर, वापिस आ गई हूँ। यहाँ कॉलेज में नौकरी मिल गई है। शिल्पी की पढ़ाई के लिए आना पड़ा। चाहती हूँ कि किसी अच्छे स्कूल में पढ़ाई पूरी करे।'

वह जब भी मिलती थी, बाहर किसी रेस्तराँ में ही मिलती थी। सुमन बदल गई थी। उसके चेहरे पर संघर्ष की काली छाया साफ दिखाई देती थी। आर्थिक, सामाजिक और अकेलेपन के विरुद्ध लड़ाई का मैदान जैसा था उसका जीवन। उसने शिल्पी को एक पब्लिक स्कूल में दाखिल कर दिया था। किराए का एक मकान ले लिया था। वह गई थी उसके बुलाने पर। सँकरी सी गली से होकर दूसरी मंजिल पर दो कमरों का घर था। सुमन को पहचानने में देर लगी थी। वह हँसी की हिलोर समुद्र की लहर की तरह रेत में खो गई थी।

'आओ-आओ।' वह मुसकराई थी। फिर हँसी थी जैसे अपना बचाव किया हो। घर, बच्चों के बारे में पूछती रही।

उसने पूछा था, 'शिल्पी नजर नहीं आ रही।'

स्कूल के बाद ट्यूशन के लिए जाती है। दसवीं के बोर्ड एग्जाम हैं इस साल। अभी घंटा भर बाद आएगी। अलका के भीतर तूफान की तरह सवाल घूम रहा था। कौन है वह। पर जुबान पर लाने का साहस नहीं होता था। हम दोनों के बीच यह मर्यादा शुरू से रही थी। जो जितना कोई कहना और बताना चाहे, उतना ही सुना जाएगा, और बस।

'क्या पीओगी?'

'जैसी सुविधा हो।'

कुछ देर रुककर अलका लौट आई थी। लगा था, सुमन ने अपने को एक किले में बंद कर रखा है। उसके समीप पहुँचना संभव नहीं रहा था। शिल्पी बड़ी हो रही थी। बचपन में मासूम सा सवाल होता था, 'मम्मा, मेरे पापा कहाँ हैं? वह

हमारे साथ क्यों नहीं रहते?' किसी तरह से वह यह सवाल खिसका देती थी। कई बच्चों की माँ नहीं होती, कई के पापा नहीं होते और कई ऐसे भी होते हैं, जिनके दोनों नहीं होते। मैं ही तुम्हारी माँ और पापा दोनों हूँ।

एक दिन शिल्पी बिल्ली की तरह सतर्क सी आई थी।

'मम्मा ऽ ऽ,' वह सुबह के लिए लैक्चर तैयार कर रही थी। उसने ध्यान नहीं दिया था।

'मम्मा ऽ ऽ'

'हाँ बोलो, कुछ चाहिए क्या?'

'मम्मा,' वह अटकी थी, 'आप विडो हैं या डाइवोर्सी?'

उसके हाथ से किताब गिरते हुए बची थी। उसने अपने को सँभाला था। सख्त आवाज में पूछा था, 'इससे तुम्हें क्या फर्क पड़ता है? जाओ अपना काम करो।'

स्कूल में, पास-पड़ोस में, बाहर कई जगह शिल्पी विकट सवालों का सामना करती और आकर माँ पर बरसती। सुमन सोचती, शिल्पी थोड़ी और बड़ी हो जाए। समझ सकने के योग्य हो तो वह उसे सब बता देगी। सुमन कोशिश करती कि शिल्पी और उसके बीच दूरी न रहे। संवाद बना रहे, पर हर रोज किसी-न-किसी बात पर शिल्पी नाराज हो जाती। सुमन जानती थी, उसकी नाराजगी के कारण घर से बाहर थे, पर जहर घर के भीतर घुलता था।

शिल्पी बारहवीं का इम्तहान दे चुकी थी। कॉलेज के दाखिले का फॉर्म हाथ में लिये खड़ी थी। 'मम्मा ऽ ऽ,' उसकी आवाज में तल्खी थी।' मेरे पिता कौन हैं?' उसने हमेशा की तरह सवाल को टालना चाहा था। व्यस्त होने का नाटक किया था। अचानक आगे बढ़कर शिल्पी ने अपनी अठारह साल की मजबूत गिरफ्त में जकड़कर सुमन को कुरसी पर बैठा दिया था।

'मेरे पिता कौन हैं? कहाँ हैं? मैं बालिग हूँ और मुझे जानने का अधिकार है कि मैं किसकी बेटी हूँ।'

वह फड़फड़ाई थी कुरसी से उठने के लिए। उसने बलपूर्वक उसे उठने से रोका था।

'सुना है, आपने शादी नहीं की। तो भी मेरे पिता कौन हैं?'

'ठीक है,' सुमन तनकर बैठ गई थी, 'हाँ, मैंने शादी नहीं की। तो क्या हुआ। जानना चाहती हो? जरूर जानना चाहती हो तो सुनो, डॉ. अजित राय चौधरी तुम्हारे पिता हैं।' शिल्पी की पकड़ ढीली पड़ गई थी। उसने अपने बैग में सामान

डाला था। वह उसे चुपचाप सब करते हुए देख रही थी। 'मैं उनसे मिलना चाहती हूँ। रात की ट्रेन की बुकिंग है। सुबह पहुँच जाऊँगी।'

शिल्पी घर का पता हाथ में लिये भटकती हुई अजित राय चौधरी के घर पर पहुँची थी।

घर के बाहर की प्रो. अजित राय चौधरी के नाम की पट्टी देखकर उसने एक लंबी साँस ली थी। आखिर वह पहुँच गई। घंटी पर उँगली रखते हुए उसके भीतर की सारी ऊर्जा जैसे उँगली के पोर में केंद्रित हो गई थी। अगले पल को प्रतीक्षा में वह साँस रोके खड़ी थी।

दरवाजा खुला, सामने लगभग उसी की उम्र की एक लड़की खड़ी थी, 'कहिए'।

शिल्पी अकबकाई थी, 'प्रो. अजित राय चौधरी?'

उसने रास्ता बनाते हुए अंदर की तरफ इशारा किया था।

'आइए, अंदर आइए।'

दरवाजा आँगन में खुला था। भारतीय परिवार के आँगन का एक पूर्ण परंपरावादी दृश्य था। एक बुजुर्ग सफेद बालों में एक कुरसी पर स्थापित था। उसके हाथ में एक किताब थी। एक बुजुर्ग महिला चारपाई पर बैठी, बच्चे को गोद में लिये थी। दो-तीन छोटे लड़के-लड़कियाँ वहाँ खेलकूद में लगे थे। एक तरफ रस्सी पर हर उम्र के प्राणी के कपड़े सूख रहे थे। भरे-पूरे परिवार का आँगन था। 'दादू, आपसे यह मिलने आई है?'

'दादू···' शिल्पी ने भूकंप के झटके महसूस किए थे। बुजुर्ग ने अपनी आँखों से चश्मा उतारकर एक तरफ रखा था और किताब में बुकमार्क रखकर किताब बंद कर दी थी।

'कहो,' अजनबीपन और अपरिचय की आँधी सी में पहचानना मुश्किल लग रहा था।

शिल्पी लड़खड़ाई थी। आँगन घूम रहा था या उसका सिर चकरा रहा था। उसे समझ नहीं आ रहा था। चारपाई पर बैठी बुजुर्ग स्त्री, उसकी हमउम्र लड़की का बुजुर्ग को दादू कहना, भागते-दौड़ते हँसते-खेलते बच्चे और सफेद बालोंवाला प्रो. अजित राय चौधरी। इनमें क्या रिश्ता है।

प्रो. चौधरी ने शिल्पी को सामने पड़ी कुरसी पर बैठने का इशारा किया था। दोहराया था, 'कहो···'

शिल्पी बैठी नहीं थी। पूरे रोष और वितृष्णा से भरकर उसने कहा था, 'मैं

डॉ. सुमन चोपड़ा की बेटी शिल्पी हूँ।' बुजुर्ग व्यक्ति ने काँपते हाथों से किताब एक तरफ सरका दी थी। वह उठकर खड़ा हुआ था और कंधे पर हाथ रखकर उसे अंदर कमरे में ले आया था। उसने उसे सोफे पर बैठने का इशारा किया था और स्वयं उसके सामने बैठ गया था।

'कौन सुमन मल्होत्रा? मैं नहीं जानता।' वह जल्दी ही उससे निपटने के मूड में था।

'आपकी रिसर्च स्टुडेंट थी सुमन। आप उसे जानते भी हैं और··· । मैं उसकी बेटी हूँ।'

'उसकी या किसी की भी बेटी हो। उससे मुझे क्या? क्यों आई हो यहाँ? मुझसे क्या चाहिए?'

वह तड़पकर उठ खड़ी हुई थी। 'सुमन की बेटी यहाँ क्यों आएगी? आप नहीं जानते क्या?'

'मैं नहीं जानता किसी भी सुमन को।' वह उठ खड़ा हुआ था।

'झूठ बोलते हैं आप।'

'तुम्हारी माँ झूठ नहीं बोल सकती क्या?'

'नहीं, मेरी माँ कुछ भी कर सकती है, परंतु झूठ नहीं बोल सकती। और फिर ऐसा घिनौना झूठ।'

'चुप करो, चली जाओ यहाँ से।' बुजुर्ग ने डपटा था।

'चुप क्यों करूँ? मुझे किसका डर है।' वह बाहर आँगन में आकर चिल्लाई थी, 'सुनिए, आप सब लोग सुनिए। प्रो. अजित राय चौधरी मेरे पिता हैं। मेरी माँ सुमन चोपड़ा के पति हैं। ध्यान से सुनिए आप लोग। इस व्यक्ति ने सिर्फ मेरी माँ को ही नहीं, आप सबको भी अँधेरे में रखा है। झूठ को जिया है इसने अपने परिवार के बीच··· ।'

घर के आँगन में जैसे किसी ने बम फोड़ा हो। बड़े, बच्चे, स्त्रियाँ, लड़कियाँ, लड़के सब एकत्र हो गए थे। सबने अपने कानों पर हाथ रख लिये थे। उनकी आँखें फैल गई थीं और मुँह खुले थे।

'यह लड़की पागल है।' बुजुर्ग की जुबान लड़खड़ा रही थी, 'निकालो इसे यहाँ से।'

बुजुर्ग स्त्री माथे पर हाथ मारकर चारपाई पर ढह गई थी। बच्चे सहमे खड़े थे। लड़कियाँ और औरतें कोनों में सिकुड़ सी गई थीं।

शिल्पी आँगन के बीच में खड़ी थी, 'आप चाहे मेरे पिता हो, पर मैं आपसे

नफरत करती हूँ। नफरत करती हूँ आपसेऽऽ। डरपोक हैं आप। डरपोक और झूठे, स्वार्थी, अपने अलावा आपको कुछ नजर नहीं आता।'

बुजुर्ग व्यक्ति देहरी और आँगन के बीच खड़ा थरथरा रहा था। घर के आँगन में तीन पीढ़ियाँ खड़ी थीं, स्तब्धता के समुद्र की डूबती-उतरती। बुजुर्ग खौल रहा था, इतने सालों बाद यह कैसे हुआ। क्या मेरे मुँह पर यह कालिख पोत रही है?

'आप मेरे पिता होने के योग्य नहीं हो। शर्म आती है मुझे यह सोचकर कि आप ही मेरे पिता हैं। नफरत करती हूँ आपसे मैं। बिना रीढ़ के आदमी हैं आप। मेरी माँ में कम-से-कम सच कहने का साहस तो है।' त्वरा से वह आँगन के बाहर आई थी। वह लौट आई थी। सुमन ने देखकर भी उसकी तरफ नहीं देखा था। शिल्पी ने कंधे से बैग उतारकर नीचे रख दिया था।

'मम्मा,' शिल्पी सुमन का रास्ता रोककर खड़ी हो गई थी, 'आपको मेरी जिंदगी नष्ट करने का अधिकार किसने दिया? अपनी जिंदगी पर आपका अधिकार हो सकता है। जिंदगी को प्रयोगशाला बनाकर जो चाहो प्रयोग तुम कर सकती हो। लेकिन मेरी जिंदगी पर आपका अधिकार? आपने मुझे गिन्नी पिग समझा था। आप सोचती हो, मैं गिन्नी पिग हूँ। नहीं, आप ऐसा नहीं कर सकतीं। क्यों किया आपने ऐसा मेरे साथ?' वह सुबक रही थी। सुमन निश्चल और निश्चेष्ट खड़ी थी। शिल्पी और उसके बीच घना अँधेरा जंगल उग आया था। गहरी चुप्पी और साँय-साँय की आवाजों के बीच शिल्पी की सिसकियाँ सुनाई दे रही थीं।

शिल्पी उठी थी। माँ के गले में बाँहें डालकर बोली थी, 'आइ एम सॉरी माँ! आप सच्ची और बहादुर औरत हो। आइ लव यू मम्मा! मैं बड़ी हो गई हूँ। अपना ध्यान रख सकती हूँ। आपकी बेटी हूँ न!'

□

धारावी

फिर से मुझे ट्रेन की सीटी और पहियों की लोहे की पटरियों पर घिसटने की खड़खड़ाहट सुनाई दी थी। मैं नहीं चाहता था, यह आवाज मुझे सुनाई दे और एहसास दिलाए कि देखो, रात कितनी गुजर गई, तुम अभी तक सोए नहीं हो।

खिड़की के बाहर हल्की चाँदनी थी। दिन में दिखनेवाला वही पेड़ था नीम का! उस पर नए लाल पत्ते। लाल भी नहीं लाल और भूरा मिलाकर जो रंग बनता है, उसी रंग के पत्ते थे। दूर से उसे मैं देखता था। तुम्हीं ने एक छोटा सा पेड़, पौधे से बड़ा, बरसात में लाकर घर के पीछे लगा दिया था। अब तो वह पूरा भरपूर पेड़ ही था। तभी तो इस पेड़ को पहचान पाया। इसके साथ ही कोई दूसरा पेड़ था लाल भूरे पत्तोंवाला। इसके बारे में यहाँ के कई लोगों को पूछा था, उन्हें इसका नाम नहीं पता था। उस पर गहरे गुलाबी रंग के फूल खिले थे। फूल की पत्तियाँ सफेद थीं, बीच का हिस्सा लाल, नहीं, बैंजनी जैसा था। रोज उसे देखता हूँ। इच्छा होती है, कोई इसका नाम बता दे। पर यहाँ वाले, आने-जानेवाले बिल्कुल तटस्थ हैं। इसकी ओर से। अभी कुछ दिनों बाद गरमी पड़ेगी, लू चलेगी तो इसकी पत्तियाँ सूखकर हवा में बिखर जाएँगी। हमारे यहाँ पलाश और सेमल खिलते हैं तो सारे वातावरण में अपनी उपस्थिति दर्ज करा देते हैं। पहले सेमल के फूल गिरते रहते मोटे-मोटे गदराए लाल-लाल फूल। फिर उस पर अमियाँ जैसी पकतीं और बाद में फट जातीं, सेमल की फुइयाँ उड़-उड़कर जहाँ-तहाँ हवा में तैरती रहतीं। घर में खिड़कियों-दरवाजों पर सफेद फुइयाँ सी चिपक जातीं। रूबी कहती धारावी से, 'मैडम जो इस सेमल के पेड़ को कटवा दो, देखो तो क्या हाल कर रखा है। फिर बेबी को भी तो एलर्जी है।' धारावी हँसती, 'पेड़ नहीं कटेगा। बेबी को इन दो-तीन महीने अंदर ही खेलने दिया करो।'

फिर वही गाड़ी की आवाज थी। अब तो शायद सुबह ही होने वाली थी। तो भी मैं उठा नहीं था। छह बजने का इंतजार करूँगा। दो-तीन घंटे ही सही, सो सकूँ तो अच्छा होगा। नहीं तो दिन भर परेशान रहूँगा। करवटें बदल-बदलकर छह बजाए थे। सुबह की सैर को निकल आया था। यहाँ ऐसा कुछ नहीं था। छोटा सा कस्बा था। कहीं हरियाली नहीं, सूखी मिट्टी। पत्थरों से अँटे पड़े मैदान। सड़क के किनारे चलते-चलते एक हरियाली का टुकड़ा देखा था। छोटा सा उद्यान था। अंदर आ गया था। चौकीदार ने टोका था, मैंने बताया था, यहीं हरियाली में कुछ देर बैठूँगा। ध्यान लगाऊँगा, फिर चला जाऊँगा। उसने कुछ नहीं कहा था। छोटी सी जगह में कई पेड़ों के झुरमुट थे। कुछ क्यारियों में साधारण मौसमी फूल खिले थे, तो भी सुखद था। वह छोटी उम्र की लड़की थी। सफेद धोती में, सफेदी सी पुते चेहरेवाली। उजली देह पर निस्तेज। वह टोकरी में फूल चुनकर इकट्ठे कर रही थी। फिर वह घास पर नीचे बैठ गई थी। दूब तोड़ रही थी। पर एक-एक पत्ती को तोड़कर चारों तरफ से निरखती, फिर तोड़ती।

उसने यों ही पूछा था, 'यह घास को पलट-पलटकर क्या कर रही हो? इस दूब का क्या करोगी?' 'गणेशजी की पूजा के लिए है। तीन पत्तीवाली ही दूब चाहिए।' उसने पूजा की विधि बताई थी अपने आप। फिर कहा था, मैं पूजा नहीं कर सकती। माँजी ही करती हैं। मैं तो बस-ऽ। उसके चेहरे पर एक छाया सी काँपी थी। मैं नीच जात, विधवा हूँ। जैसे कोई पहाड़ भरभराकर टूट पड़ा हो उस पर। लैंड स्लाइड में लग्जरी टूरिस्ट बस मलबे में उलटी पड़ी थी। मैं शाम को ही केरल एक्सप्रेस से लौट आया था। मैं उस पर झुका था। उसकी छाती में दर्द की लहर उठी तो होगी। एक पल के लिए ही सही। उससे कहीं ज्यादा तेज जितनी बेटी के जन्म के समय पेट में उठी थी। बार-बार उठी थी। वह निश्चल हो गई थी। उसका मुँह खुला था, आँखें खुली थीं, पर स्थिर हो गई थीं।

मैं सन्नाटे से घिरा वियाबान में खड़ा हूँ। अनुपस्थित की उपस्थिति में। उसके स्पर्श की उत्तेजना, उसकी आवाजों की अनुगूँज। वह चिंहुकी थी चौबीसवें साल में चौदह साल की लड़की की तरह, शादी कब करोगे? जब तुम कहो, मैंने उसकी आँखें चूमी थीं। वह आश्वस्ति की गहरी खाई में उतर गई थी। ऐसा कई बार हुआ था। उसका भ्रम सच बनता गया था। मेरे घर में मुझ पर दबाव बढ़ रहा था। भावनात्मक दबाव माँ का था, पर पिता कोई रियायत नहीं दे रहे थे। बेदखल कर दूँगा जमीन-जायदाद सबसे! कर दीजिए! मैं बाहर आ गया था। मुड़कर कह गया था, नहीं चाहिए आपका कुछ भी। उन्हें चैन नहीं थी। अहंकार पर चोट लगी थी।

बरबाद कर दूँगा। देख लूँगा। कानून भी है। हवा में दो-तीन लंबी साँसें ली थीं। कुछ समय और गुजरा था। उसने फिर मेरा हाथ कसकर पकड़ लिया था, शादी कर लो न अब। मैं हँसा था, ऐसे भी तो ठीक है। तुम्हें आज एक राज की बात बताऊँ, आई हेट वुमन एज ए वाइफ। पत्नी बनते ही उसका पूरा मेटामोरफॉसिस हो जाता है। वह आक्टोपस में बदल जाती है। अपने कई-कई हाथों-पंजों से आदमी को दबोच लेती है और उसे लाश बना देती है। या वह छिपकली में नहीं तो कोने में रखी छड़ी में बदल जाती है। मैं हँसा था। लेकिन महसूस किया था उसकी नसों में उठती सनसनी सन्नाटे में बदल गई थी। उसका सारा रोमांस मर गया था। उसने कहा था, तुम मुझे अजगर की तरह लग रहे हो, जिसने मुझे अपनी लपेट में जकड़ रखा है। तुम मेरा बित्ता-बित्ता निचोड़ लोगे और फिर मेरी लाश को मुक्त कर दोगे। वह आँखें बंद करके निस्पंद लेट गई थी। जिंदा लाश की तरह।

मेरी बातों के भरोसे से वह मेरे समीप-से-समीप अधिक समीप आती गई थी। अब उसके पेट में मेरा बच्चा भी था। वह आसानी से मेरी बातों के भरोसे के पंखों पर उड़ा करती। मैंने उसे हिलाया था, फिर बाँहों में उठाकर बिस्तर पर लिटाया था। उसकी आँखों को, चेहरे को, गरदन को, बदन को बार-बार हजार बार चूमा था। मैंने कहा था, शादी तो एक सामाजिक व्यवस्था है। हमारा रिश्ता इससे ऊपर है। कानून के ऊपर, समाज से ऊपर, धर्म-कर्म से ऊपर, सर्वोपरि! महीनों तक वह असहाय उदासी से लड़खड़ाती रही थी। तो भी सुबह 9 बजे से शाम 7-8 का समय ऑफिस में गुजर जाता। बहुत व्यस्तता थी, कुछ भी सोचने का समय नहीं होता था। एक दिन उसने कहा था, मैं चाहती हूँ तुम्हारे साथ एक छत के नीचे रहूँ। हमारी एक किचन हो, हमारा एक बेडरूम हो, एक बाथरूम और एक लिविंगरूम हो। आगे-पीछे खुली जगह हो, सूरज की उगती-छिपती किरणें आएँ और जाएँ, मेरी पसंद के कुछ पेड़-पौधे वगैरह, वगैरह। घर से ताजे पकते अन्न की गंध घर में फैल जाए और तुम चिल्लाओ, एग्जोस्ट तो चलाओ प्लीज!

इसमें क्या है, जब तुम कहो, मैं तुम्हारे अपार्टमेंट में शिफ्ट कर जाता हूँ। तुम्हारा अपार्टमेंट मेरेवाले से बड़ा है, तुम्हारी शर्तें भी पूरी करता है। बोलो, कब कर जाऊँ शिफ्ट? अपना बोरिया-बिस्तरा बाँध लेता हूँ। तुम्हारे आदेश पर एकदम आ जाऊँगा। उसने मुझे नीचे से ऊपर और ऊपर से नीचे तक देखा था। तुम्हें कोर्ट मैरिज करने में क्या परेशानी है? फिर वही बकवास! पता नहीं तुम्हें क्या हो जाता है। तुम इतनी इंटेलीजेंट हो, इंडीपेंडेंट हो और प्रोफेशनल हो। इतनी बड़ी पोजिशन में हो। नहीं, मैं बहुत साधारण हूँ। आरक्षण कोटे से आ गई हूँ इस जगह! तो भी

देश में, विदेश में जाती हो। फिर यह शादी की दकियानूसी बात! शादी क्या है, साथ रहने का लाइसेंस! हमें चाहिए क्या यह लाइसेंस? हम साथ नहीं रह रहे पिछले दो वर्षों से! फिर इस लाइसेंस के बाद भी क्या जरूरी है कि साथ-साथ रहकर हम सार्थक जीवन जीएँगे।

वह निरुत्तर हो गई थी। शायद उसे लगा था, मैं ठीक ही कह रहा था। उसे अपनी उम्र की मुरझाए, थके-पराजित चेहरे याद आए थे। उसी ने कहा था। कोई चेहरा जख्मी था, कोई जला हुआ। किसी का सिर फूटा था, किसी की बाँह टूटी थी, किसी के माथे पर टाँके लगे थे। कोई तो चुप हो गई थी हमेशा के लिए। किसी ने फाँसी लगाई, कोई आग में जली, किसी समझदार ने नींद की गोलियाँ खाईं और चुपा गई हमेशा के लिए।

मैंने उसके अपार्टमेंट में शिफ्ट कर लिया था। सुबह उठकर गुड मार्निंग कहते हुए एक-दूसरे को चूमते। साथ-साथ चाय पीते। फिर ब्रेकफास्ट खाकर अपने-अपने दफ्तर के लिए निकल जाते थे। रात को लौटते, साथ-साथ खाना बनाते और खाते थे। एक साथ बिस्तर पर देर तक प्यार करते और थककर सो जाते। सब ठीक ही चलता रहा था। महीने, दो महीने और चार महीने बीत जाते, उसके भीतर फिर हुड़क उठती। चलो मंदिर में चलते हैं। वरमाला अदल-बदल लेते हैं। उससे क्या होगा—मैं कहता। रात को मेरी माँ सपने में आती है बिंदी लगाए, सिंदूर भरे, पूजा की थाली लिये, कहती है—तुम दोनों आओ, तो मैं तुम्हारी आरती उतारूँगी। तो चलो, चलते हैं, इसमें क्या है! नहीं, माँ कहती है शादी करके ही आना! मुझे भी अपनी माँ ऐसे ही बार-बार सामने दिखाई देती थी। कहता नहीं था उससे। उस दिन मेरा जन्मदिन था। हमने कैंडल डिनर का प्रोग्राम बनाया था, मैरिएट में। वहाँ उसकी एक मित्र थी, उसी ने सबकुछ आयोजित किया था। यह क्या? वह सुबह-सुबह नहा-धोकर, साड़ी पहनकर बिंदी लगाकर, पूजा की थाली लिये खड़ी थी। आओ, तुम्हारी पूजा करूँ, फिर मंदिर जाएँगे। चौराहे के बच्चों के लिए मैंने कुछ खाना पैक कर लिया है, उन्हें देंगे! लेकिन पार्टी तो रात को है, तुम्हारी मित्र ने ही सब किया है। उसे कैंसल कर दिया मैंने। मैं जानता था, उसका आई क्यू और ई क्यू दोनों ही एक जैसे हैं। कुछ भी कहना व्यर्थ होगा। वह मुझे ड्राईव करके मंदिर ले गई थी। पंडितजी से कहकर जन्मदिन की पूजा कराई थी। गरीब बच्चों को, साथ लाए खाने के पैकेट दिए थे। हमने वहीं मंदिर के लंगर में खाना खाया था। फिर हम मॉल में आ गए थे। मेरी पसंद की कमीज खरीदी थी, तुम पहनोगे आज ही। कुछ दिन बाद पता चला, उसने करवाचौथ का व्रत रखा है।

वे उन औरतों के बीच जाकर नहीं बैठी थी। पर उसने लाल रंग की साड़ी पहनी थी। बिंदी लगाई थी। बालों में फूल सजाए थे। जल्दी करो, भूख से प्राण निकल रहे हैं। चाँद निकल आया है। उसने मेरी पूजा की थी। पैरों में हाथ लगाती हूँ, जरा रुको, थाली रखती हूँ। पागल हो गई हो क्या?

क्यों ऽ क्यों ऽ तुम मेरे पार्थिव जगत् के पार्थ हो। मेरे संरक्षक हो। क्या हो जाता है तुम्हें? मैंने तुम्हें अपनी बाँहों में भर लिया था। माँ आ जाती है मेरे अंदर!

जानते हो, मेरी माँ कहती थी, धारावी तेरी शादी हो जाए तो मैं चैन से मर सकूँगी। देख, तेरी छोटी बहिन भी है। फिर माँ मान गई थी। छोटी बहिन और भाई दोनों की शादी हो गई थी। माँ अचानक ही चली गई थी, माँ मुक्त हो सकी होगी! चलो, आज तुम्हारे घर चलते हैं। तुम्हारी माँ और पिता से मिलते हैं। उन्हें हमें साथ देखकर आश्चर्य तो होगा, पर उन्हें खुशी भी तो होगी। तुम कुछ नहीं बताते अपने बारे में!

मैं हकबकाया था। सब ठीक तो है। वे अपनी जगह ठीक हैं। हम अपने यहाँ खुश हैं न!

नहीं, मुझे नहीं पता था, मैं तुम्हारी परछाईं हो गया था। तर्क-वितर्क से परे। तुम्हारी ही शक्ति थी, जो मुझमें रूपांतरित हो रही थी। भीतर से डरा सा जरूर था। कभी भी कुछ भी हो सकता था।

नहीं, तुम अभी भी यही तो हो। रसोई में, मंदिर की ज्योत बत्ती में फड़फड़ाती लौ सी। अरे, अभी बाहर भी आ गई। पौधों को पानी दे रही हो। तुम्हें पेड़-पौधों, हरियाली से बहुत प्यार है न! अरे-रे-ऽ यह क्या कर रही हो, मुझे क्यों भिगो रही हो। मैं इधर-उधर हो रहा हूँ, तुम पाइप लेकर बच्ची की तरह खिलवाड़ में लगी हो। बाहर सूरज ऊपर तक आ गया है। एक छोटी सी बुलबुल पेड़ पर बैठी है। बुलबुल ही होगी। उसकी आवाज में एक रहस्य है। कौतूहल जगाती है। अरे, यह धुँध सी कैसी है? मैं आँख पोंछ रहा हूँ। और देखो, यह मेरी कमजोरी नहीं, मेरी शक्ति है। अगर भीतरी तहों को नहीं छुऊँगा तो अच्छे विज्ञापन के लिए स्क्रिप्ट कैसे लिखूँगा? मेरी आत्मा में एक झील है, उसमें एक फूल खिला है। पानी में है तो कमल ही तो है। यह कमल का फूल मुझे मुक्त करेगा, जैसे वह स्वयं मुक्त है। दलदल से. बीच से जो उसके तल्ले में स्थिर है, उनसे ऊपर आ गया है, हँस रहा है।

धारावी, अभी तुम यहाँ थी, अभी घर के पिछवाड़े में किचन की बगिया में कैसे पहुँच गई? धनिए, पुदीने की पत्तियों में थिरकती तुम्हारी उँगलियाँ। घर के आगेवाली छोटी बगीची में कई रंगों के फूल खिले हैं। तुम्हीं ने उगाए थे। जिस धूप

की गरमाहट ने उन्हें खिलाया था, उसी से वे अब मुरझा भी गए हैं। परंतु कुछ अभी भी खिले हैं। मैं इस बगीची के पास खड़ा हूँ। तुम कहाँ हो, अभी तो यहीं थी। घर के भीतर चली गई हो क्या? आज तो इतवार है। छुट्टी है न!

देवता हम पर फूल बरसा रहे थे। अप्सराएँ हमारे लिए स्वागत गान गा रही थी। देखो, अब हम पहुँच गए हैं। रुको जरा, तुम मंदिर से दीया रखकर थाली लिये आई थी। थोड़ा तेल चौखट पर दोनों तरफ टपकाया था। मेरे माथे पर हल्दी का टीका लगाया था। आओ–ऽ आओ–ऽऽ तुम्हारा अपना ही घर है। आ जाओ–ऽ। घर में हँसी गूँज गई थी। डॉक्टर परेशान था। तुम परेशान नहीं थी। बस डॉक्टर, आपने उस कठिन समय में देख लिया, बाकी मैं सँभाल लूँगी। तुम दिन–रात मेरे सिरहाने, मेरे पास कुरसी डालकर बैठी रही थी। कितने ही दिन! मैं ठीक हो गया था। चाहो तो बताओ, हमला किसने किया था। एक एफ.आई.आर. दर्ज करा दें। किसी को देखा था क्या? हमले का क्या मकसद होगा? तुम्हारा कोई दुश्मन? तुम हँसी थी। मेरे अलावा कौन होगा! देखो, मेरी वजह से अपने इतने बड़े परिवार, घर जमीन सबसे अलग हो गए हो। क्या कह रही हो? ऐसे मत कहो, मुझे तकलीफ होती है। कभी नहीं! नहीं कहूँगी। तुमने दोनों कान पकड़े थे! ना–ऽ बाबा ना ऽ!

तुम्हारी अस्थियों का कलश कनखल लेकर आया हूँ। ये लोग क्यों आए हैं? भीतर–बाहर से जल रहा हूँ, परंतु चुप हूँ। पूजा के बाद अस्थियाँ पानी में उलट दी गईं। 'पंचभूत महापंचभूत में समा जाएँ। पृथ्वी तत्त्व पृथ्वी में, आकाश आकाश में, प्राण वायु में, जल जल में और अग्नि तत्त्व अग्नि में विलीन हुआ। क्या पानी की लहरों में तुम मेरी आवाज सुन रही हो। तुम्हारी शक्ति से मैं क्षीण होता गया था। जैसे लहरें बड़े–बड़े पत्थरों के अभिमान को भी तोड़ देती हैं। तुम सूर्योदय में सूर्य को प्रणाम करती थी, हे प्रकाशरूप ईश्वर! तुम आलोकरूप हो, प्रकाशरूप हो! ऊर्जास्वरूप हो। सारी सृष्टि को उर्जस्वित करते हो, प्रकाशवान करते हो। अपने प्रकाश के एक कण से मुझे भी उर्जस्वित और आलोकित कर। प्रकाशित हो मेरा जीवन।' दोनों हाथ उठाकर सूर्य को जल चढ़ाती। मैं हँसता। कोई तर्क है इसमें। सूर्य को जल चढ़ाने का तर्क? रहने दो, सबकुछ का तर्क नहीं होता। होता भी होगा तो इस समय नहीं। सूर्य को जल चढ़ाने का तर्क तो बता ही सकती हूँ। चलो, अभी दफ्तर के लिए तैयार होती हूँ। मैं दुःख से व्याकुल हूँ। अपनी छाया से भी डरा हुआ और त्रस्त हूँ। मैं सोऊँगा अब। तुमसे घिरा हूँ, पर रात उतर रही है। एक मोमबत्ती जलाता हूँ उठकर। मोमबत्ती के धुँधले प्रकाश में तुम्हारे अदृश्य से दृश्य होने और फिर अदृश्य होने का खेल चलता रहेगा।

क्या तुम स्वर्ग में हो। हत्या किए जाने के बाद भी लोग स्वर्ग जाते हैं क्या? उनकी आत्मा नहीं भटकती? तुम सपना हो क्या? नहीं, तुम मेरे सामने हो साक्षात्। मुझे सहेजती, मुझे समझाती हुई। पर अब क्या कहकर समझाओगी। शायद समझा सको। तुम शक्तिरूपा हो। तुम शक्ति ही हो। निर्भय और साहसी! समय के विरुद्ध खड़े होने का साहस था तुममें। ये देखो, कैसे धूप पहाड़ों की चोटियों से नीचे फिसल रही है घाटी में। घाटी में जहाँ सहस्रों फूल खिले हैं। आई.सी.यू. में पाँच दिन रहा था। हमला तो हुआ, तुम्हें क्या कहता। भूलने का बहाना किया था इसलिए!

अचानक ही घर के बाहर कई आवाजें एक साथ दहाड़ी थीं। दरवाजा खोलने तक की नौबत नहीं आई थी। वे धड़धड़ाकर अंदर आए। चार-पाँच आदमी थे, एक साथ भीतर आ गए थे। धारावी की तरफ बंदूक की नली करके खड़े हुए थे। वेश्या कहीं की! नीच जात! कोठे छोड़कर इज्जतवाले घरों मोहल्ले में भी आ गई हो। मैं चिल्लाया था, पर इसके पहले ही एक साथ ही दो गोलियाँ पाँच कदम की दूरी से दागी गईं, उसकी छाती में घुस गई थीं। उसका मुँह खुला था, आकाश कहना चाहा होगा। उसकी आँखें खुली पर स्थिर थीं, मेरी ही तरफ देख रही थीं।

देखो, तुम्हें अभी नहीं मरना था। तीस साल की उम्र मरने के लिए नहीं होती। 'मैं हूँ न!' जो ठीक समझो कर लो! 'मैं हूँ, हाँ, तुम हो, समय की अनवरता में। मेरा समय तुम्हारे साथ खत्म नहीं हुआ है। हमारा अंत नहीं होगा, क्योंकि अभी शुरू होना है। अभी मुझे एक लंबी लड़ाई लड़नी है अपने खिलाफ, अपनी जात-बिरादरी के खिलाफ। यह लड़ाई सिर्फ कानूनी लड़ाई ही नहीं होगी। चौतरफा लड़ाई होगी धारावी! नैतिक, सामाजिक, धार्मिक और कानूनी भी। मेरे साथ रहना धारावी! आओ, धारावी मेरे साथ रहो।' मैंने हाथ पकड़कर उसे अपने बराबर में खड़ा किया था। अपनी पैरवी तुम खुद करोगी। देखो, हिम्मत नहीं हारोगी। तुम्हारी और अपनी लड़ाई मैं लड़ूँगा। हम दोनों साथ-साथ रहेंगे तभी न! धारावी।

□

अपराजेय

स्ट्रैचर को धकेलते हुए वे बड़ी तेजी से अस्पताल के गलियारे से ले जा रहे थे। स्ट्रैचर के पीछे घर के सदस्यों, मित्रों, परिजनों और पड़ोसियों का एक काफिला सा था। सभी के चेहरों पर अकुलाहट थी। त्वरा से नर्सों ने स्ट्रैचर को ऑपरेशन थिएटर के भीतर धकेला और दरवाजा बंद हो गया। सभी बाहर रुके खड़े थे। अमरनाथ के परिवार के लोग परेशान थे। उनका बेटा अनिल बेंच पर मुँह नीचा किए बैठ गया था। 'धीरज रखो,' चोपड़ा ने उसके कंधे थपथपाए थे।

'उम्मीद बहुत कम है। डॉक्टर ने कोई आश्वासन नहीं दिया है।'

'पर हुआ कैसे?'

दुर्घटना हाईवे पर हुई थी। हम तो दुपहर से ही इंतजार कर रहे थे। दुबारा बाबूजी ने मोबाइल पर बताया कि वे सुबह नहीं निकल सके। इसलिए शाम तक ही पहुँचेंगे। नौ बजे तक वे नहीं पहुँचे तो सब चिंतित हुए। मोबाइल की घंटी बज रही थी, पर कोई उठा नहीं रहा था। रास्ते में रुकना तो उन्हें था ही नहीं। अगर रुकते भी तो फोन पर बता सकते थे। आसपास कई जगह फोन किया। लेकिन कुछ पता नहीं चला। रात के एक बजे हम पुलिस स्टेशन पहुँचे। पुलिस से मदद माँगी। सुबह पाँच बजे फोन आया था। उन्होंने बताया कि इस नंबर की गाड़ी अलवर के रास्ते में दुर्घटनाग्रस्त हुई थी। दुर्घटनास्थल पर भयावह दृश्य था। किसी के बचने की उम्मीद नहीं थी। अनिल धीरज को साथ लेकर गया था। दिल्ली से सिर्फ दो घंटे की दूरी पर दुर्घटना हुई थी। तेज रफ्तार से आ रहे ट्रक ने कार को पीछे से टक्कर मारी थी। कार सड़क पर घूम गई थी और पेड़ से टकराकर रुकी थी। ड्राइवर दरवाजे के बीच में मरा हुआ पड़ा था। बाबूजी में साँस थी। तीन-चार घंटे वे लोग बिना मेडिकल सुविधा के पड़े रहे थे। सुबह गाँववालों ने देखा था।

पास की डिस्पेंसरी में ले गए थे, पर वहाँ कोई सुविधा नहीं थी। पुलिस में इत्तला दी थी। तब पुलिस ने हमें सूचित किया था।

'भगवान् से प्रार्थना करो बेटा।' चोपड़ा ने आश्वस्त किया था, 'वही कृपा करेंगे।'

सबके मन में चिंता थी। अपनी-अपनी बात कह रहे थे।

'अमरनाथ जैसा इनसान। उनके साथ भी यही होना था!'

'ट्रकवाला जरूर पिए हुए होगा। परंतु सबूत कोई नहीं था, वह तो रुका ही नहीं वहाँ, टक्कर मारकर निकल गया। इनसानियत का भी सबूत दिया होता तो ड्राइवर भी बच जाता। अधिक रक्तस्राव से उसकी मृत्यु हुई। दस साल से इस परिवार के साथ था।'

बातचीत करते हुए भी सबकी आँखें ऑपरेशन थिएटर के बाहर लाल बत्ती पर थीं। ऑपरेशन लंबा चलना था। कुछ लोग चले गए थे, जिनको पता चलता वे आते जा रहे थे।

लालबत्ती बंद होते ही सब सतर्क हो गए थे। डॉक्टर बाहर आया था। अमरनाथ के बेटे अनिल को बुलाया था। 'आप भीतर आइए।' डॉक्टर ने अनिल को एक तरफ ले जाकर बताया था। 'ऑपरेशन हो गया है, पर समस्या दूसरी है। इनकी एक टाँग बुरी तरह से कुचली गई है। जान बचाने का एक ही उपाय है।' डॉक्टर रुका था। एक गहरी साँस लेकर कहा था, 'इनकी टाँग काटनी पड़ेगी।'

'अनिल घबराया था। यह कैसे हो सकता है। बाबूजी के साथ ऐसा अन्याय। वे तो घुमक्कड़ हैं। कहीं-न-कहीं उन्हें जाना ही होता है। कोई दूसरा रास्ता ढूँढ़िए डॉक्टर।'

'देखिए, जो हमारे वश में है, हम वही कर सकते हैं। आप घर में आपस में सलाह कर लीजिए; लेकिन बहुत जल्दी। हमारे पास समय नहीं है। मेरा मतलब··· पेशंट की हालत कभी भी बिगड़ सकती है।'

'डॉक्टर, एक बार बाबूजी से बात कर लें हम।'

'ठीक है, अभी होश में आ जाते हैं तो आप बात कर लें।'

दस-पंद्रह मिनट का समय भी मुश्किल से गुजर रहा था। अनिल ने बताया था तो सबके चेहरे बुझ गए थे। 'यह कैसे हो सकता है।'

नर्स ने आकर सूचित किया था, 'पेशंट को होश आ गया है।'

अनिल के साथ घर के दूसरे लोग भी थे। उन्हें देखकर अमरनाथ के क्षीण से चेहरे पर एक मुसकान आई थी। 'क्या हुआ तुम लोगों को, बुझ क्यों गए हो? मैं

बच गया, इसलिए हैरान हो क्या? मुझे अभी मरना ही नहीं था, इसलिए बच गया।' वे हँसे थे।

किसी की समझ में नहीं आ रहा था कि उनसे बात कैसे की जाए। सब चुप थे। अमरनाथ अपनी रौ में कह रहे थे, 'भाग्यशाली हूँ, इसलिए बच गया। मुझे ड्राइवर का दुःख है। अगर मैं उस वक्त बेहोश न हुआ होता तो उसे बचा लेता। कभी भी मरने न देता।'

सब चुप उनकी बात सुन रहे थे। उनकी तरफ देखकर अमरनाथ ने पूछा था, 'कुछ समस्या है? मुझसे कुछ छिपा रहे हो तुम! क्या हुआ?'

अनिल ने डॉक्टर की तरफ देखकर कहा था, 'आप ही बता दीजिए डॉक्टर।'

डॉक्टर ने अपने को समेटते हुए सा कहा था, 'अमरनाथजी, ऐसी दुर्घटना में आप बच गए हैं, यह एक चमत्कार है। अब आप ठीक भी हो जाएँगे। लेकिन—' डॉक्टर अटका था। हिम्मत जुटाकर कह दिया था, 'देखिए आपकी टाँग बुरी तरह से कुचली गई है। बिना देखभाल के चार घंटे आप वहाँ पड़े रहे। उनमें जहर फैल गया है। इसलिए—' वह रुका था।

'आपकी टाँग काटनी पड़ेगी। नहीं तो शरीर में जहर फैलने का अंदेशा है।' डॉक्टर चुप हो गया था।

अमरनाथ ने अपने परिवार के लोगों की तरफ, फिर डॉक्टर की तरफ देखा था और हँसे थे।

'टाँग ही काटनी है तो काट दो। साठ साल तक इन टाँगों के साथ जिया हूँ। खूब घुमक्कड़ी की है मैंने। देश में, विदेशों में, पहाड़ों पर, समुद्र के किनारे, रेगिस्तान में, पठारों में, सभी जगह घूमता रहा हूँ। जीने के लिए सिर्फ टाँगें थोड़े ही हैं। मेरे हाथ हैं देखो!' उन्होंने दोनों हाथ ऊपर उठाए थे। 'मेरा बाकी शरीर है।'

वे खुलकर हँसे थे। डॉक्टर ने चैन की साँस ली थी।

अनिल बढ़कर पिता के गले लग गया था।

'बाबूजी-ऽ बाबूजी-ऽ'

'अरे! इसमें ऐसा क्या है? मेरा जीवन मेरी इस तीन फुट की टाँग से तो बड़ा ही होगा न! फिर क्या है!'

अमरनाथ की टाँग कट गई थी। वे घर आ गए थे। एक स्वचालित व्हीलचेयर उनके लिए आ गई थी। जिस पर बैठकर वे घर भर में घूमते थे। अमरनाथ के कहने पर घर में कैनवस, रंग, ब्रश और ईजल, सब सामान आ गया था। उन्होंने ईजल पर कैनवास लगाया था। वे हँसते हुए कहते, 'देखो, वर्षों तक मैं चित्रकार

बनने और चित्र बनाने की सोचता रहा, पर मुझे फुरसत ही नहीं मिली। मैंने विश्व भर में कलादीर्घाओं में विश्व के बड़े-बड़े चित्रकारों के चित्र देखे हैं और सराहे हैं। पर जब भी मैं उन्हें देखता तो उन चित्रों में मैं अपने रंगों के लगाए जाने की कल्पना करता था। फिर सारा परिदृश्य ही बदल जाता था।' संगीत के स्वरों की तरह रंग-रेखाएँ उनकी उँगली में पकड़ी तूलिकाओं से कैनवास पर फिसलने लगी थी। जीवन भर देखे गए दृश्य, परिदृश्य, स्थितियाँ, अनुभूतियाँ, आकृतियाँ सब विभिन्न छोटे-बड़े कैनवास पर दृश्यमान हो रहे थे। उनके भीतर का कलाकार जादूगर की तरह एक मायावी दुनिया रच रहा था। एक रहस्यलोक रचा जा रहा था। रंग-रेखाओं में आकृतियाँ उभर रही थीं। जीवंत और संपूर्ण। उनमें सहज गति प्रवाह और उमंग उद्घाटित थी। दर्शक बेचैनी अनुभव करता और एक आश्चर्यलोक में प्रवेश कर जाता। रेखाओं में एक भाषा लिखी जा रही थी। जीवन के बुनियादी सरोकारों की भाषा। उस भाषा में जीवन के साथ संगति और तादात्म्य था। आत्म-प्रकाशन और अपने को ढूँढ़ने का प्रयास था। उनकी यह सृजनशक्ति प्राणशक्ति को जगाने के उपक्रम में थी। रंग-रेखाओं में अनेकविध विविधता थी। आकृतियों में देह, कालास्य देह की विभिन्न मुद्राएँ और भंगिमाएँ थीं। सबसे आश्चर्यचकित करते थे उनके आकृतिमूलक चित्र। रंग और रेखाओं से जैसे वे बिना छैनी-हथौड़ी के पत्थर की प्रतिमाएँ उत्कीर्ण कर रहे थे।

इन मानव आकृतियों के चित्रों में मूर्तिशिल्प का समन्वय था। स्त्री आकृतियों में देह कालास्य था और पुरुष आकृतियों की मुद्राओं और भंगिमाओं में पौरुष था। रंगों के बिना जहाँ उन्होंने रेखाओं से आकृतियाँ बनाई थीं, वहाँ उनमें मांस, मज्जा और अस्थियाँ तक को देखा जा सकता था। रेखाओंवाले चित्रों में एक प्रवाह, ऊर्जा, उमंग और चुस्ती-फुरती थी। लगता था, ये आकृतियाँ अभी संवाद करेंगी, हाथ पकड़कर साथ हो लेंगी। इतनी जीवंतता। रंग-रेखाओं से उनका प्यार उनकी हर साँस से निःसृत होता, जो उनके चित्रों को सजीव कर देता। लगता था, वे हर दृश्य, परिदृश्य, स्थिति और व्यक्ति को रंगों और रेखाओं में ढाल देंगे। उन्होंने रंग-रेखाओं से बने चित्रों में अपने भावों, अभावों और वंचनाओं के साथ तादात्म्य कर लिया था। उनका जीवन उनकी कला के साथ गुँथ गया था, एकाकार हो गया था। दूसरे चित्रों में पृथ्वी में फैले जीवन का विस्तीर्ण संसार था।

ये चित्र ऐंद्रिय भी थे और आध्यात्मिक भी। इनमें कविता थी, संगीत था और कहीं मानवीय जीवन के यथार्थ की पीड़ा और दर्द। अथक श्रम से वर्षों की यात्रा उन्होंने महीनों में तय कर ली थी।

अमरनाथ घर के भीतर कैनवास पर फूलों, पत्तों और हरियाली के चित्र बनाते, वहीं घर के बाहर की जितनी खुली जमीन थी, माली के साथ उन्होंने उस जमीन को तैयार करवाया था। सामने की जमीन में बगीचा बनाया था, जिसमें रंग-बिरंगे मौसम के फूल क्यारियों में लगाए थे। उन्होंने ऋतुओं के क्रम से फूलों के पौधे लगवाए थे। गरमी के बाद बरसात और बरसात के बाद सर्दी के पौधों में फूल खिलते। घर के पीछे की जमीन में उन्होंने फलों के पेड़ लगा दिए थे। घर की चारदीवारी के साथ फूलों और फलों की बेलें चढ़ा दी थीं। घर और बाहर के लोग आश्चर्य से उनकी ओर देखते। वे हँसते, 'मैं जीवन का व्याकरण बना रहा हूँ। जीवन के अछूते सच के शिखर पर चढ़ने के लिए सीढ़ियाँ लगा रहा हूँ।' कहकर हँसने लगते।

एक खेल चल रहा था धूप और छाँव का। दिन और रात का। अँधेरे और रोशनी का। डॉक्टर नियमित रूप से घर आता था। हर सप्ताह उनका चैकअप करता। महीने में एक बार उनके खून की जाँच होती। उन्हें बुखार हुआ था। चार-छह दिन हो गए थे, बुखार उतर नहीं रहा था। डॉक्टर ने खून की फिर से जाँच करवाई थी। खून की जाँच की रिपोर्ट आई तो वह परेशान हो गया था। घर के लोग चिंतित थे, अब क्या हो गया? डॉक्टर ने बताया था, 'बीमारी फिर से पसर रही है।' उनकी दाईं बाँह में खून की गर्दिश बंद हो गई थी। धीरे-धीरे बाँह हिलाना भी मुश्किल हो गई। बाँह निर्जीव होकर काठ सी हो गई थी। बहुत सारी दवाइयाँ दी जा रही थीं। घर पर ही नर्स रख ली थी। घर का कोई-न-कोई सदस्य भी आस-पास ही रहता। डॉक्टर ने बताया, 'जहर फैल गया है। अब और रुका नहीं जा सकता। पहले से भी ज्यादा भयावह स्थिति। बाँह काटनी पड़ेगी।' घर के लोग सन्न थे। लेकिन फैसला तो बाबूजी को ही लेना था। वे वैसी ही हँसी हँसे थे। 'ठीक है, काट दो बाँह डॉक्टर। देखो यह ढाई फुट की बाँह मुझे चुनौती दे रही है। आखिर मैं बाँह तो नहीं हूँ न!' सप्ताह भर बाद अमरनाथ अस्पताल से लौट आए थे। उनकी दाईं बाँह काट दी गई थी। उन्होंने जल्दी ही बाएँ हाथ से अपना काम करना सीख लिया था। धीरे-धीरे वे अपने सारे काम खुद ही करने लगे थे। उनके लिए खुले कमीज सिलवाए गए थे। वे पहले की ही तरह सामान्य लग रहे थे। अमरनाथ ने कहा था, 'कल से मैं शास्त्रीय संगीत सीखना शुरू करूँगा। शास्त्रीजी को सूचित कर दो कि वे कल से आ जाएँ। बचपन में मैंने सीखना शुरू किया था, पर कहीं सीखा था। बीच में ही छोड़ना पड़ा था।'

शास्त्रीजी आ गए थे। अमरनाथ ने शास्त्रीय गायन सीखना शुरू कर दिया।

सुबह का समय उनके रियाज का समय था। दिन में शास्त्रीजी आते थे। शाम को फिर अभ्यास करते। पहले रंग और रेखाएँ थीं, अब स्वर लहरियाँ थीं। स्वर-साधना में वे ध्वनियों का आह्वान करते। कभी ध्रुपद की गायकी की खुली जोरदार आवाज सुनाई पड़ती, तो कभी धमार की ताल पर राधा और कृष्ण होली खेलते अवतरित होते। शास्त्रीजी कभी-कभार खयाल में तान अलापते तो कभी ठुमरी के उनके शब्दों के भाव स्वरों में बँधकर मन-प्राण तक पहुँच जाते। समाधिस्थ तन्मयता के भीतर से उनके सृजन की दूसरी यात्रा संपन्न हो रही थी। संगीत की तरंगें उनके पूरे वजूद में स्पंदन भर रही थीं। लगता था, उनके लिए बाहर की दुनिया बेमानी, रंगहीन और रसहीन थी। वे दिन-रात संगीत के नशे के खुमार में डूबे रहते। उनके संगीत में कभी इंद्रियों की अतृप्त इच्छाएँ निसृत होतीं तो कभी आत्मिक आनंद झरता। जैसे सारी सृष्टि में किसी की अदम्य जिजीविषा का उद्घोष हो रहा हो। ध्वन्यात्मक तन्मयता में क्षुद्रताओं के दर्प से मुक्ति मिल रही हो। उनके संगीत को अलग-अलग तरह से सुना और महसूस किया जा सकता था। कभी उसमें अधीर भौतिकता होती तो कभी पवित्र आंतरिकता का बोध होता। फिर लगता, उनका संगीत उस बिंदु पर पहुँच गया। जहाँ लौकिक और अलौकिक, भौतिक और आत्मिक तथा स्थूल और सूक्ष्म की सारी सीमाएँ टूट गई थीं। स्वर जीवन का एक नया बोध, एक नया अर्थ उद्घाटित कर रहे हों।

इस सबके साथ भी अमरनाथ की डॉक्टरी जाँच अपने निश्चित समय पर होती थी। वे फिर बीमार पड़े, वही तेज बुखार। डॉक्टर के चेहरे पर वही चिंता। घर के लोग दुःख से व्याकुल। 'अब क्या होगा डॉक्टर?' उन्हें अस्पताल ले जाया गया। वे सप्ताह भर बाद लौट आए थे। उनकी आवाज जा चुकी थी। पर उनकी आँखें हँस रही थीं। वैसी ही हँसी। जैसे कह रही हों, 'देखो, मैं जीवित हूँ। मुझे चुनौती मत दो।' उन्हें याद आ रहा था जे अल्फ्रेड प्रूफांक का 'लव सॉन्ग' जीवनानुभव और कला के अनुभव की एकात्मकता का खौलता सच!

उनके कहने पर शास्त्रीय संगीतज्ञों के कैसेट और डिस्क, उनका म्यूजिक सिस्टम उनके कमरे में साइडबोर्ड पर रख दिया गया। उनके कमरे की सज्जा नए सिरे से उनकी सुविधानुसार कर दी गई। उन्होंने इशारों से बताया था, 'मैंने संगीत सीखा, पर सुना तो था ही नहीं। मेरी साधना अधूरी रही। जिन्होंने अपनी साधना पूरी की, उनकी सिद्धि का लाभ तो ले सकता हूँ।' उनकी दिनचर्या बदल गई थी। वे मुसकराते, इशारों में जैसे कहते हों, 'मैं आनंद में हूँ।' वे सुबह उठते, अपनी व्हीलचेयर पर बाहर खुले में बगीचे में बैठ जाते। पक्षियों का कलरव सुनते। सूखे

पत्तों के झरने की आवाज, कलियों के चटखने की आवाजें उन्हें सुनाई देतीं। उन्हें ओस की तिप्तिप्, पत्तियों के खुलने की, धीमी हवा के सरसराने की सूक्ष्म ध्वनियाँ बहुत स्पष्ट सुनाई पड़ने लगी थीं। उनके चेहरे पर एक उजास दीपता था। आँखें बंद करके कजरी की तान सुनते। दिन में वे अपनी रुचि और समय की अनुकूलता से शास्त्रीय गायन के रिकॉर्ड सुनते। उन्हें खुश रखने के लिए शास्त्रीय गायन के कुछ कार्यक्रमों में भी उन्हें ले जाया गया था। घर के लोग चाहते थे, जैसे भी हो, वे जो चाहते हों करें। वे उन्हें इतनी खुशी तो दे ही सकते थे।

एक बार फिर वही मनहूस दिन आया, पर उन्होंने आश्वस्त किया था, सभी भयाकुल स्वजनों को। 'मृत्यु का मेरे लिए कोई अर्थ नहीं। अर्थ जीने का होता है।' इस समय अलवैर कामू का कालिगुला नाटक उसके भीतर मंचित होता है। ईश्वर क्रूर रोमन शहंशाह कालिगुला बन गया है। अपनी इच्छा से वह मेरे अंगों को कटवाता जा रहा है। जैसे-जैसे उसे जरूरत पड़ती है, उसी क्रम से वह एक-एक अंग भंग कर मुझे मरवा रहा है। मुझे कालिगुला के विरुद्ध एक शांत संघर्ष करना है। क्योंकि मैं जानता हूँ जीवन का विकास पुरुषार्थ में है, आत्महीनता में नहीं। पीड़ा से मुक्ति का मार्ग विराग का नहीं राग का है। मैंने सबको अपने भीतर समाहित किया और सृजन का रागसिक्त मार्ग अपनाया। यह भी जानता हूँ, अंतिम सत्य आत्मा का सत्य है, वही मेरे बाह्य और आंतरिक जीवन में लयात्मक योग स्थापित करेगा। इसलिए मैं प्रार्थना करता हूँ, 'मेरे साहस को चाहे चिड़िया के ही पंख दो। बिना हार माने जियूँ मैं। जीवन का वह स्वत्व प्राप्त करूँ, जो सूखते जीवन को अमृत से सींच दे। सारे गत्यावरोध समाप्त हों। निर्बंध हूँ मैं। जीवन का हर पल, हर वस्तु, हर स्थिति अद्वितीय हो। मेरी अपराजेय आस्था जीवन के अंतिम साक्ष्य में मुझे निर्भय कर दे। वह स्रोत कभी अवरुद्ध न हो, जहाँ से मेरे भीतर दिव्य और पवित्र प्रकट होता है।' कालिगुला को मृत्यु में आनंद आता था। उसका फिर आदेश आया। बाबूजी को बुखार हुआ। फिर वही क्रम दोहराया गया। उन्हें अस्पताल ले जाया गया। वे लौटे तो उनकी सुनने की शक्ति लुप्त हो चुकी थी। उनके चेहरे पर उनकी चहकती, बोलती, सुनती निर्मल और पसरी हुई आँखें, सबको आश्वस्त करती आँखें थीं। उनके कमरे की खिड़कियों से भारी परदे उतारकर हल्के और सफेद जाली के परदे लगा दिए गए थे। उनकी कुरसी खिड़की के पास लगा दी गई थी। उनका पलंग दूसरी तरफ दूसरी खिड़की के सामने लगाया गया था। वे सुबह उठते। सूर्योदय देखते। पल-पल बनते-बदलते दृश्य और रंगों का चमत्कार। आह, ये चित्रकार कैसा है! सबसे श्रेष्ठ चित्रकार तो इस प्रकृति का चितेरा है। इतने

मनोरम दृश्य कहाँ देख पाया था। बादलों का जल पारवी सा आसमान में तैरना, कभी धुनकी रुई की तरह एक स्थान पर एकत्रित हो जाना, कभी घुमड़-उमड़कर बरसना। बिजली का चमकना, ठंडी फुहारों का गिरना। इतना आनंद, ऐसा अलौकिक सौंदर्य। न देखता तो कैसे वंचित रह जाता।

नितांत अकेली पगडंडी। सब पीछे छूट गया है। भावों के शिखर प्रकृति में परिवर्तित होते चित्रों की साक्षी के साथ जी रहा हूँ। इस समय पृथ्वी के ऊपर की हलचल के प्रति निर्विकारित हूँ। आत्मलीन हूँ। कोई आग्रह नहीं, यथार्थ स्थिति में जा बचा है, उसी को जीने के लिए तेरे सम्मुख शीश नवाता हूँ। परंतु नैं निरुपाय नहीं हूँ। संपूर्ण की परवाह मुझे नहीं। जो मेरे साथ है वही मेरा है। मैं थका नहीं हूँ, परास्त तो बिल्कुल नहीं हूँ। तेरी रची सृष्टि के साथ मैं मुक्त हूँ। मैं कर्ता भी हूँ। और अकर्ता तो हूँ ही। मन से जीता हूँ, पर मन से ही नहीं मरूँगा। जीवन और मरण मैंने दोनों का वरण किया है। मैंने तेरी दी जिदंगी का सारा मरण जिया है। समय द्वारा ढहाए जाते घर में रह रहा हूँ, पर मुझे रहना है। तेरी इच्छा मेरी नियति है। जीवन और नियम से साँसें आ-जा रही हैं। क्षितिज तक फैले आकाश का विस्तार, ग्रह, नक्षत्र, सूरज, चाँद, दिन और रात, ऋतुओं का क्रम से आगमन और गमन, पूरा ब्रह्मांड है मेरे भीतर।

सृष्टि का आदि और धारक तत्त्व ऋत है और वही जीवन है। जैसे प्रकृति में ऋततत्त्व ही ऋतुएँ होती हैं। धुआँधार काले बादलों में एक कोने से विकीर्ण किरण झाँकी और एक इंद्रधनुष खिला। तारे ने रात के अँधेरे को बेधा। परियों की तरह आकांक्षाएँ तैरतीं, पर यथार्थ नहीं बनतीं। उत्सुक पर्यटक, परंतु उसे लौटना होगा। शिलाखंड से निसृत जलधार चट्टान के दूसरे छोर पर जाकर विलुप्त हो गई। उसे अदृश्य आवाज सुनाई पड़ रही है। एक काली छाया उसकी ओर बढ़ रही है। गाढ़ी साँझ विलाने को खड़ी है रात के अँधेरे में। सच के अंकुरित होने का क्षण, एक समर्पण का क्षण होगा।

वे सब उसके समीप खड़े थे। उसके अपने, जो उसका अपना विस्तार था। उसके बेटे, बेटियाँ, उनका परिवार, पत्नी का देह से विलग एक अशरीरी स्पर्श और उपस्थिति। वे सभी उसके अपने उसकी आँखों में झाँकने में डरते थे। डबडबाई आँखों से देख रहे थे। उनकी आँखों के तेजस्वी आकर्षण में उनकी आँखें चुँधियाई थीं। फिर धीरे-धीरे उनकी आँखें मुँदने लगीं। जैसे कोई पुकार रहा था। आओ— भेंटा था किसी ने स्थितयज्ञ वह सुन रहा था—'जीवन परीकथा की तरह है। अब कथा समाप्त होती है, पर जीवन तो चलता रहेगा। हिमालय प्रवाहित होता रहेगा

समुद्र में और समुद्र बर्फाता रहेगा हिमालय में।'

संवाद था किसी अदृश्य के साथ मैंने जिया जीवन को और मैंने जिया मरण को। मैं कर्ता भी और अकर्ता भी। जीवन निरंतर रहा गद्य, निष्ठुर और सपाट, पर मैंने जिया इसे जैसे लिखी हो कविता। गद्यमय जीवन की छंदबद्ध कविता।

यह क्षण जीवन की पूर्णाहुति का था। एक आवाज सुन रहा था वह 'नई सुबह में, एक नए घटनाक्रम में शुरू हो सकता है जीवन।' तब 'मैं' नहीं हूँगा। मेरा न होना ही अगले होने की एक कड़ी है। उस अपारदर्शी अप्रकाशित सत्य को मैं नहीं जानता। मैं उसे छू नहीं सकता। मैं उसे देख नहीं सकता। परंतु मेरे भीतर वही चैतन्य है। मैं चैतन्य हो रहा हूँ। मैं शून्य हो रहा हूँ। मैं शून्य हो गया हूँ। जीवन के हिसाब में पूर्णांक हो गया हूँ।

घर के लोगों ने देखा था, उनकी आँखें मुँद गई थीं। भावरहित, निसंग, निश्चल, निर्विकार चेहरा। उन्होंने उसे पलंग से उठाकर पृथ्वी की गोद में दिया था। अपने ही अंश को भेंटा था पृथ्वी ने। दाह संस्कार के बाद अंतिम संस्कार और अस्थि विसर्जन कर लौटे थे। पाँचतत्त्व अपने महापाँचभूतों में समाहित हो गए थे। चैतन्य महाज्योति में विलीन था।

वर्ष भर में ऋतुओं के क्रम से ग्रीष्म, वर्षा, शरद, हेमंत, शिशिर, वसंत में उनके लगाए मौसमी फूलों के पौधे अपने-अपने समय में खिले और सूख रहे थे। घर की चारदीवारी के साथ लगाई गई बेलें ऊपर चढ़ गई थीं। फूलों और फलों के पेड़ धीरे-धीरे समय के प्रवाह में उठ रहे थे। हरियाली में पक्षियों का कलरव ध्वनित हो रहा था। घर में दीवारों पर उनके बनाए अनेकों चित्रों में प्रकृति के चित्र भी थे। जंगलों, वृक्षों और हरियाली के चित्रों पर और चित्रों में अपरिभाषित उदास खाली तो कई प्रसन्नचित चेहरों पर सुबह की रोशनी फिसल रही थी। भीतर उनके द्वारा ध्वनित भारतीय शास्त्रीय संगीत की मधुर लहरियाँ मन और आत्मा को स्फूर्त और स्पंदित कर रही थीं।

उनकी जीवन की आसक्ति सृजन के विविध माध्यमों में उजागर हो रही थी। उनका जीवन अनास्था के विरुद्ध आस्था के पुनर्लाभ की कहानी था। उनका यह सृजन मृत्यु के खिलाफ पौरुष कर्म था। वे उपस्थित थे वहाँ पूरी जीवंतता के साथ। संगीत की लहरियों में, रंग-रेखाओं में, जीवंत चित्रों में, फूलों में, पौधों में, बेलों में, हरियाली में, प्रकृति के साहचर्य और ऐश्वर्य में।

□

मदर मेरी

खिड़की के उस तरफ कुरसी पर बैठा व्यक्ति वैसे ही ठंडे और निसंग-भाव से कागजों को उलट-पलट रहा था। 'इस कॉलम में बच्चे के पिता का, यानी अपने पति का नाम भरिए।'

'इसकी जरूरत नहीं है।' स्त्री ने तल्खी से कहा था।

'मैम, यहाँ कॉलम है न बच्चे के पिता के नाम का। तो? बच्चे के पिता का नाम तो होना ही चाहिए। आप यहाँ इस कॉलम में बच्चे के पिता का नाम भरिए।'

'देखिए, मेरा तलाक हो चुका है, वह भी दस साल पहले। मुझे अब उससे कुछ लेना-देना नहीं। इसमें तलाक का कागज भी है। आप मेरे कागज प्रोसेस कीजिए।'

'आपको बताया न मैम। इस कॉलम में पिता का नाम भरिए। उसके दस्तखत भी चाहिए।'

'क्यों? क्यों चाहिए उसके दस्तखत।'

'बच्चे का बाप है। अगर आप बच्चे को लेकर विदेश में रह जाएँ तो-ऽ।'

'मैं कहीं भी रह सकती हूँ बच्चे के साथ। बच्चा मेरा है। इसकी कस्टडी के कागज हैं। अब हमें उससे कुछ लेना-देना नहीं।'

'आपको कुछ नहीं लेना, पर अपने बच्चों का पासपोर्ट तो लेना है। ये लीजिए मैम, अपने कागज पूरे कीजिए।'

'मेरे सारे कागज पूरे हैं। वह उसे कागजों का ब्यौरा दे रही थी।'

'आप हमारा समय बरबाद कर रही हैं। जाइए, आप ऊपर जाकर पासपोर्ट अफसर से बात कर लीजिए।'

बेबस उसने अपने कागज समेटे थे। वह मुड़ी तो देखा, वही कलवाली

लड़की थी, उसके पीछे लाइन में खड़ी थी।

वह जाने लगी तो उस लड़की ने रोककर पूछा था, 'आप पासपोर्ट अफसर से मिलने जा रही हैं?' वह बिना उसकी बात का जवाब दिए, वहाँ से खिसक गई थी।

ऊपर गई थी। पासपोर्ट अफसर अपने कमरे में नहीं था।

'मीटिंग में हैं साब! आप बैठिए। आ जाएँगे।' लड़के ने कहा था। उसने घड़ी देखी थी। अभी आध-पौने घंटे में लंच हो जाएगा। वह बेचैन सी उठकर बाहर बरामदे में घूमने लगी थी। वही व्यक्ति था, 'आप उन्हें ऊपर देख लीजिए। शायद वहाँ हों।'

वह ऊपर गई थी। चौथी मंजिल थी। लिफ्ट का कुछ पता नहीं था। उसने देखा, बरामदे के कोने में दो व्यक्ति ताश खेलने में डूबे हुए थे। उसने पूछा था तो पता चला था, इन्हीं में से एक पासपोर्ट अफसर है। वह पास गई थी, 'एक्सक्यूज मी सर।'

कोई असर नहीं हुआ था। 'सर, एक्सक्यूज मी।' उसने बड़ी कठिनाई से ताश के पत्तों से नजरें हटाई थीं। उसने अपना कार्ड दिया था, 'आई एम फ्राम मीडिया न्यूज,' उसने अपना कार्ड उसकी तरफ बढ़ाया था, 'आई एम स्पेशल कॉरसपोंडेंट। आपसे बात करनी है।'

'ओ-ऽ के-ऽ, आप नीचे मेरे कमरे में बैठिए। मैं आता हूँ।'

लड़की ने अपने गुस्से पर काबू पाया था, 'वहीं से आ रही हूँ सर। बताया था कि आप किसी मीटिंग में हैं।'

उसने उसकी तरफ देखा था, 'आप मुझे धमका रही हैं। मीडिया पर्सन होने का रोब दिखा रही हैं।' वह फिर सँभला था।

'आइए मैम!' वह उठ खड़ा हुआ था और उसके साथ चलकर अपने कमरे में आ गया था। उसने देखा, वही लड़की थी, बाहर बेंच पर बैठी थी। लड़की ने पासपोर्ट अफसर को सारी जानकारी दी थी। अपने सारे कागज दिखाए थे और उसने समझाया था, 'देखिए, उस क्रिमनल का नाम मैं अपने बच्चे के साथ नहीं जोड़ सकती। वह पॉलिटिकल व्यक्ति है। मंत्री का अपराधी बेटा है। मेरे पास सारे कागज हैं। ये मेरे तलाक के कागज हैं। ये इस बच्चे की कस्टडी के कागज हैं। यह लीजिए, यह अखबार की कटिंग है। यह वही महत्त्वपूर्ण केस है, गीता हरिहरण का, सुप्रीम कोर्ट का फैसला है। इसमें माँ को लीगल गार्जियन घोषित किया गया है।'

'सर, आई एम लीविंग इंडिपेंडेंटली। मैंने उससे कोई मैनटेनस नहीं ली है। दस साल से मैं ही बच्चे को पाल रही हूँ। यह बच्चा तीन महीने का था, तब मैंने

उसका घर छोड़ दिया था। आपका स्टाफ मुझे तंग कर रहा है।'

'ऐसी बात नहीं है मैम। कुछ औपचारिकताएँ होती हैं। उन्हें पूरा करना पड़ता है। आप तो जानती हैं कि व्यवस्था ही ऐसी है। आप एक काम कीजिए मैम। जिस सांसद ने आपके कागज प्रमाणित किए हैं, उनसे एक रेफरेंस लेटर ले आइए। बस फिर हो जाएगा काम। सॉरी मैम, फार द बोदरेशन···।'

मजबूर सी वह बाहर आई थी। उसने देखा, वही लड़की थी। वह कमरे से बाहर आई तो वह अंदर चली गई। उसकी चीखती सी आवाज आई थी, 'क्यों चाहिए पिता का नाम?'

'उफ!' उसने अपना माथा पकड़ लिया था। फिर नीचे आ गई थी। उसको लगा था, चिट्ठी लेने में मुश्किल नहीं होगी। वह सांसद उसकी सहेली की आंटी थी।

उसने सांसद के पी.ए. को फोन किया था। पी.ए. ने कहा था, अभी बात करके पाँच मिनट में फोन करता हूँ।

फोन आया था, आ जाइए। वह वहाँ गई थी। प्रवेशद्वार पर सूचना आ गई थी। वहीं से सीधी पार्किंग में गाड़ी लगाकर ऊपर चली गई थी। पी.ए. ने उसका स्वागत किया था। फोन करके उसे सांसद के कमरे में ले गया था। वह सांसद कुरसी पर बैठी थी, उसे देखकर उचकी थी, 'आओ, आओ-ऽ। परेशान न हो। पी.ए. ने मुझे सब बता दिया है। हमारी व्यवस्था ही ऐसी है। वह चिट्ठी ड्राफ्ट करके तुम्हें दिखा देता है। अच्छा, क्या लोगी? चाय, कॉफी या कुछ ठंडा?'

'आप इस सबकी चिंता ना करें।'

'अरे भई, तुम्हारे साथ भी कॉफी पी लेंगे। मैं मँगवाती हूँ।' उसने दो कॉफी का ऑर्डर दिया था। 'या तो तुम घर पर आती नहीं हो, आती हो तो ऐसा समय चुनकर जब मैं घर पर ना हूँ।'

'ओ-ऽ नो-ऽ आंटी।'

वह ठहाका लगाकर हँसी थी। वह चिट्ठी लेकर आ गया था। उसने दस्तखत करके अपनी मोहर लगाई थी। 'होप! थिंग्स विल बी ओ-ऽ के-ऽ नाउ।' वह शुक्रिया करके बाहर आई थी। तुरंत गाड़ी में बैठकर पासपोर्ट दफ्तर आई थी। वह चिट्ठी लेकर काउंटर पर गई थी। उसने घड़ी देखी, ज्यादा समय नहीं लगा था। कुल मिलाकर डेढ़ घंटे में सब हो गया था। उसने देखा, काउंटर पर सीट खाली थी। उसने साथवाले व्यक्ति से पूछा था, 'अभी आ रहा है। आप बैठिए।'

'पर भैया लंच का समय तो कब का खत्म हो गया है।'

वह लंच से वापस आ गया था मैम। वह ऊपर गया है। साहब ने बुलाया है।'

वह वहीं खड़ी रही थी। तनाव में थी। पर वह जल्दी ही आ गया था। उसने उसे चिट्‌ठी दी थी।

'यह लीजिए। अब जल्दी ही मेरा पासपोर्ट बन जाना चाहिए।'

'मैम, आप जरा ऊपर चली जाइए। साहब के पास। उन्होंने ही यह चिट्‌ठी माँगी थी। वे ही लिखकर देंगे इस पर। हम तो कुछ नहीं कर सकते।'

उसने गुस्से में दाँत किटकिटाए थे। 'मैं ऊपर-नीचे, कहीं नहीं जाऊँगी। आपके बीच स्टाफ में कोई कॉर्डीनेशन नहीं है। आपका अफसर कुछ कह रहा है और आप कुछ दूसरी बात कह रहे हैं।'

'ठीक है मैम। आप यह चिट्‌ठी भी छोड़ जाइए। दूसरे सारे कागज भी दे दीजिए। मैम, अपने पुराने पासपोर्ट की कॉपी भी दे दीजिए।' उसने कॉपी दी थी।

'जी मैम, इसमें तो बच्चे के पिता का नाम है।'

'यह तलाक से पहले का पासपोर्ट है।'

'ठीक है मैम। आप कल आ जाइए।'

गुस्से में वह तिलमिलाई थी। पर अपने को रोका था। अब सारी औपचारिकता पूरी हो चुकी हैं। पासपोर्ट लेने तो कल आना ही पड़ेगा।

वह बाहर आने के लिए मुड़ी तो देखा, वही लड़की थी। थोड़ी अस्त-व्यस्त लगी थी। घुटनों पर फाइल रखकर कुरसी पर बैठी कागज उलट-पलट रही थी।

उसे देखकर वह उचकी थी।

'मैम...' उसने पुकारा था, 'आपका काम हो गया।'

रेफरेंस की चिट्‌ठी दी है। कल आने के लिए कहा है।

'जी-ऽ' वह फिर उसी मुद्रा में बैठ गई थी। और कहा था, 'मैम, मैंने तो रेफरेंस की चिट्‌ठी भी दी है। पर ये लोग परेशान कर रहे हैं', उसने सिर हिलाया था। जाकर बैठ गई थी।

अगले दिन वह पहुँची थी। भीड़ उतनी नहीं थी। वह लाइन में खड़ी हो गई थी। जल्दी ही उसका नंबर भी आ गया था। काउंटर पर बैठे आदमी ने कहा था, 'मैम, आप पहले उस सामनेवाले काउंटर नं. 2 पर फीस जमा करा दीजिए।'

वह काउंटर-2 पर गई थी, उसने फीस जमा कराई थी। लौटकर वहीं आ गई थी।

देखा, वही लड़की थी, चंडी का रूप धारण किए थे, वह दहाड़ी थी, 'क्यों चाहिए आपको पिता का नाम?'

'मैम, आपका बच्चा है तो पिता का नाम तो चाहिए ही होता है।'

'इसका कोई पिता नहीं है। मेरा कोई पति नहीं है। मेरी शादी नहीं हुई है। समझे आप! पाँच दिनों से आप एक ही रट लगाए हो, पिता का नाम! पिता का नाम! नहीं है इसका कोई पिता।' उसने पैर पटके थे और जोर से चीखी थी, 'आई एम रेप विक्टम। गैंग रेप हुआ था। मेरा गैंग रेप हुआ था! चार लोगों ने रेप किया था मेरा। पंद्रह साल की थी। स्कूल बस में रेप किया था चार लोगों ने। नाम बताऊँ, लिखिए, बस का ड्राइवर मानक चंद, बस का कंडक्टर पांडे, स्कूल का चपरासी यादव और स्कूल के सामने ढाबे का मालिक सतबीर!

'लिखिए, पिता का नाम लिखिए। मुझे भी बता दीजिए। लिखिए पिता का नाम, लिखते क्यों नहीं, मेरी तरफ क्यों देख रहे हो?' पूरी लॉबी में सन्नाटा छा गया था। लोग अपना काम छोड़कर अपनी-अपनी जगह जम गए थे। वह दुगुने जोर से चीखी थी, 'जाइए, इसके पिता से दस्तखत करवा लीजिए। कस्बे में जाइए। हो सकता है, वे अभी भी छुट्टे साँड़ की तरह घूम रहे हों। जाइए आप, किसके दस्तखत करवाएँगे। बोलिए-ऽ।' वह चीखी थी।

'और कुछ चाहिए। कोई और सूचना चाहिए। लिखिए पिता का नाम, लिखिए आप। साँप क्यों सूँघ गया आपको-ऽ? चुप क्यों हो गए आप?'

ऐसा लग रहा था जैसे गोलियाँ चल रही हों, ठाँय-ठाँय-ठाँय। सब सहमे से अपनी जगह चिपक गए थे। वह लड़की लड़खड़ाई थी। उसके साथ बैठी महिला उठकर आ गई थी, उसे सँभाला था। गले से लगाया था, 'शांत हो जा मीनू-ऽ, शांत हो जा बच्ची-ऽ। अपने को सँभाल। तू तो बहादुर बच्ची है न!'

वह उसके पास आ गई थी। वह लड़की बोली थी, 'पाँच दिनों से देख रही हूँ, आप भी परेशान हैं। आपकी भी समस्या पिता के नाम की है।'

'मैं पंद्रह साल की थी, जब यह हादसा हुआ था। मेरे माता-पिता मुझे लेकर यहाँ आ गए थे। मेरा अबॉर्सन नहीं हो सकता था। ट्रामा में रही कई महीने, अनीमिक थी। बच्चा पैदा हुआ। इसको मरवाया जा सकता था। एक विकल्प यह भी था। इसको अनाथ आश्रम में दिया जा सकता था। फिर मैंने सोचा था, इसमें इस अबोध का क्या कसूर। यह तो निष्पाप है। इसने तो ऐसा कुछ नहीं किया, जिसकी इसे सजा दी जा सके। आखिर मेरे खून, मांस-मज्जा से बना है। मेरी कोख से पला है। मैंने इसे स्वीकार लिया था। अब बताइए, इनको क्यों चाहिए बच्चे के पिता का नाम?'

अचानक वह उठी थी। काउंटर पर बैठे व्यक्ति को ललकारा था, 'पाँच मिनट में पासपोर्ट चाहिए मुझे-ऽ।'

धीरे-धीरे कठपुतलियों से लोग हिलने-डुलने लगे थे। काउंटर पर बैठे व्यक्ति ने उसकी ओर इशारा किया था, 'मैम, अपना पासपोर्ट ले लीजिए।'

वह गई थी, अपना पासपोर्ट ले लिया था। उसने उसे खोला था और एकाएक चीखी थी, 'यह क्या किया?' बच्चे के नाम के सामने पिता का नाम लिखा था।

वह व्यक्ति घबराया सा था, दी गई सूचनाओं के आधार पर बच्चे का और आपका पासपोर्ट रिन्यू कर दिया है।

'आप पागल हो गए हैं?'

'यह सरकारी मामला है मैम।'

'अगला, आप आइए··· ।'

लाइन से निकलकर पीछे खड़ा आदमी सामने आ गया था।

सामने वह लड़की गुर्राती हुई बैठी थी। काउंटर पर वह आदमी कभी कागज पलटता, कभी उस लड़की को देखता हक्का-बक्का बैठा था।

उसने देखा, सब पुरुषों के चेहरों पर उस लड़की की दागी गई गोलियों के गहरे काले-काले निशान पड़ गए थे। उनमें से कहीं-कहीं खून भी टपक रहा था। उस लॉबी में औरतें कम थीं। कुछ काउंटर के इस तरफ, कुछ दूसरी तरफ, तो भी कुछ औरतें थीं। आसपास के चर्चों से निकलकर मदर मेरी के चित्र और प्रतिमाएँ यहाँ आ गई थीं और वे औरतें उन चित्रों और प्रतिमाओं में समाती जा रही थीं। वह चित्र आलटर पर पीछे रखे मदर मेरी का चित्र था, जो उस लड़की में समा गया था। बड़े गिरजाघर से आकर, गोदी में आलोक आवृत शिशु को लिये मदर मेरी उस लड़की के पीछे पंक्ति में खड़ी हो गई थी।

□

करोड़पति

वह झल्लाया था—'तुम्हें क्या करना है। प्लांट बेचकर पैसों का तुम क्या करोगी?'

'अब हम एक बड़ा घर लेंगे, जिसमें तीन सोने के कमरे हों, एक कमरा बैठने-उठने का होगा। रसोई, बरामदा और आगे-पीछे खुली जगह होगी।'

उसने आँखें तरेरी थीं, 'खुली जगह? बिल्कुल नहीं। धूल-मिट्टी उड़-उड़कर आए। सूखे पत्तों और पक्षियों का हंगामा। बिल्कुल नहीं।'

'चाहिए, चाहिए क्यों नहीं? खुली जगह में कुछ पेड़-पौधे लगाएँगे। एक छोटा सा किचन गार्डन बनाएँगे। मूली, गाजर, धनिया, पुदीना होगा। तुलसी का बिरवा होगा। मोगरे के, गेंदा के कुछ फूलों के पौधे होंगे। एक चंपा का पेड़ होगा। फूल खिलेंगे। पूजा के भी काम आएँगे। बाजार से आ जाते हैं फूल, धनिया, पुदीना, मूली और गाजर।'

औरत ने लंबी साँस ली थी, रुकी थी। उन्हें उगते देखने की खुशी तो नहीं मिलती।

'देखो जी, जिंदगी गुजर गई इस छोटे से मकान में। बच्चे बड़े हो गए हैं। अच्छा कर रहे हैं। खा-पहन रहे हैं। सुविधाओं में जी रहे हैं। अब हमें पैसा किसके लिए चाहिए। उनके लिए तो नहीं न! अपने लिए सोचो। मेरे लिए सोचो! जिंदगी भर मैं तुम्हारी गृहस्थी की चक्की में पिसती रही। तुम्हारी तनख्वाह कम थी। छोटी-छोटी चीजों के लिए तरसते रहे हम। पर अब जो समय बचा है, उसमें तो खुशी से, सुविधाओं से जी लें। अपनी मरजी का खा-पहन लें। कहीं घूम आएँ। यों भी जिंदगी के अब कितने साल बचे हैं, जिनमें हम ठीक-ठाक भी रहें और घूम सकें, खा-पी सकें। सोचो तो!'

आदमी भौंका था—'बक-बक करती जा रही हो। क्या इस जायदाद के लिए

मैंने अपना खून-पसीना नहीं बहाया। इन छोटी-छोटी चीजों के लिए जमीन बेची जाती है। कभी पैसा कमाया हो तो पता हो?'

औरत चौंकी थी—'पैसा कमाया हो? तुमने दिया नहीं बात अलग है। मैंने माँगा नहीं दूसरी बात है। घर में खाना बनाना, चौका-चूल्हा-बरतन, कपड़े-लत्ते, बच्चों का पालन-पोषण, ये काम क्या काम नहीं हैं। इन कामों से भी तो कम पढ़ी या अनपढ़ औरतें कमाई करती हैं। सिद्धार्थ की नैनी एक घंटे के पच्चीस डॉलर लेती है। यह अमेरिका न सही, यहाँ भी कामवालियाँ एक-डेढ़ घंटे दिन के काम के महीने के एक हजार या उससे भी ज्यादा रुपए लेती ही हैं। तुम्हारी गृहस्थी में दिन-रात पूरी लगन और निष्ठा से तीस साल काम करती रही। क्या मैं तुम्हारी खरीदी गई गुलाम थी? मुझे क्या खरीदकर लाए थे? मेरे ही बाप ने उस जमाने में भी तीस-चालीस हजार खर्चे ही थे। मुफ्त की नौकरानी थी क्या मैं? क्या थी मैं? क्या हूँ? तुम्हारी पत्नी? तो मेरे भी कुछ अधिकार तो होंगे ही। औरत ने ये सारे सवाल पूछे नहीं थे। सवाल घूमकर उसके कलेजे में छुरे से घुस गए थे। उसको तेज दर्द हुआ। खून तो क्या निकलता, उसकी आँखों में आँसुओं का धुआँ सा घिर आया था। बीते समय के कुएँ की मुँड़ेर पर रखी चरखड़ी सा वक्त उल्टा घूम गया था। वह धम्म से कुएँ की सतह पर अतीत के पानी में गिर गई थी। उबरने के लिए हिचकोले से खाती हुई।

ब्याह के आई थी तो दो कमरों के छोटे से घर में गृहस्थी शुरू की थी। जल्दी ही एक के बाद एक तीन बच्चे हुए। दिन-रात लस्त-पस्त गू-मूत में हाथ रहता। छाती से दूध रिसता रहता। हाथों-पैरों में दर्द होता था। आसपास के दोस्त-रिश्तेदारों ने समझाया था, 'दिन-रात दफ्तर में बैठे रहते हो। नौकरी तो सभी करते हैं। घर में जो औरत ब्याह कर लाए हो, उसकी तरफ भी देखो। चार साल में चौदह साल आगे चली गई है। उसका ध्यान रखो, इसकी सेहत बिगड़ रही है। घर में ऊपराथली के तीन बच्चे, रिश्तेदारों का आना-जाना। मर जाएगी यह!'

पर न मरी वह। समय-समय पर आदमी की तरक्की होती गई। उसे एक ही शौक था। एक के दो और दो के चार करने का। घर के खर्च से, अपने पर खर्च से बचाकर जमीन-जायदाद का भाव-तौल करता। बच्चे बड़े हो रहे थे, स्कूल जाने लगे थे। उनकी जरूरतें बढ़ रही थीं। उसकी जरूरतें घट रही थीं। घर का खर्चा, बच्चों की पढ़ाई का खर्चा सब तो होता था। उसका न कोई खर्चा था और न ही कोई समय था। दिन कब शुरू होता, कब खत्म होता, पता ही नहीं चलता था। आदमी ने तब तक दो प्लॉट खरीद लिये थे। दिल्ली के बॉर्डर पर रास्ते में मिल गए

थे। यह हमेशा भविष्य की चिंता में डूबा रहता। तुम देखना, सोना है यह जमीन। आनेवाले समय में आसमान छूएँगी जमीन की कीमतें! औरत को हँसी आई थी! आनेवाले समय में! लेकिन जो समय जी रहे हो, उसका क्या होगा? हँसी और धूप का भी क्या कोई विकल्प होता है?

आदमी जमीनें खरीद रहा था। घर के हालात वैसे ही थे। शादी की साड़ियाँ फट चुकी थीं। जो बची थीं, वे बाहर पहनने लायक नहीं थीं। बार-त्योहार को मिली दो-तीन साड़ियाँ थीं। उसे यों तो कहीं जाना ही नहीं होता था। जाना भी होता तो वही दो-तीन ठीक-ठाक धोतियाँ थीं। वह कभी बाजार में शोविडो में लगी साड़ियाँ देखती तो सोचती—कौन औरतें इन्हें खरीदती होंगी। घर में बच्चे बड़े हो गए थे, उनकी प्रोफेशनल पढ़ाई थी। उनके खर्चे बढ़ गए थे। आदमी घर पर शिकंजा कसता, कम खर्च करो। लड़कों की पढ़ाई है। गुड्डी बड़ी हो गई है, उसकी शादी करनी है। उसने टोका था, वह भी पढ़ाई में अच्छी है, पढ़ने दो उसे आगे!

क्यों? क्या करेगी वह पढ़कर। पढ़ा देंगे तो क्या दहेज नहीं देना पड़ेगा। बी.ए. पास करते उसकी शादी कर देंगे। उसकी नहीं चली। गुड्डी की शादी हो गई। घर में पैसा था पर जमा हुआ, पिघलाकर काम में नहीं लाया जा सकता था। जैसे-तैसे बच्चों का खर्चा पूरा होता। कटौती के साथ घर चलता। औरत ने कहा था, चलिए कुछ कपड़े खरीद दीजिए। साड़ी-ब्लाउज तो चाहिए ही, उन पर से सर्दियाँ आनेवाली हैं। शॉल-स्वेटर भी चाहिए। आदमी ने हैरानी से देखा था, जैसे वह कोई बड़ी मूर्ख थी। कपड़ों पर पैसा खर्च क्यों करती हो। फट ही तो जाएँगे। कम से ही काम चलाओ। सोना-चाँदी खरीदना चाहिए। तो क्या साड़ी-ब्लाऊज की जगह सोना-चाँदी पहनूँ? कपड़े भी खरीदता सस्ते और टिकाऊ देखकर। जमीन की बिक्री में बहुत सा फायदा होता तो एक-आध सोने की चीज ला देता।

गुड्डी के ससुराल वाले लालची और कमीने थे। उसे तरह-तरह से सताते थे। वह झेलती रहती और समय गुजरता गया। उसके दो बच्चे भी हो गए थे। पर उनके तंग करने का सिलसिला बंद नहीं हुआ। कब क्या हो जाए, कुछ पता नहीं था।

औरत ने एक दिन आदमी को रोककर कहा था, गुड्डी के साथ कब क्या हो जाए, कुछ पता नहीं। यह जो मकान आपने अभी खरीदा है, गुड्डी के नाम कर दो। लड़का बुरा नहीं है। बस माँ-बाप, रिश्तेदारों के सामने उसकी चलती नहीं। दोनों अपने बच्चों के साथ अपने घर में रहेंगे, सुखी रहेंगे। औरत का कहा व्यर्थ गया। एक दिन गुड्डी आई थी, अपने दोनों बच्चों के साथ। वापिस नहीं जाऊँगी माँ। मुझे मरने नहीं देना है तो यही रहने दो। उसने अपनी बात फिर से कही थी। कई बार

कही थी। मकान गुड्डी के नाम कर दो। दोनों जन अपनी गृहस्थी में खुश रहेंगे। अपने बच्चों के साथ। आदमी नहीं माना था। गुस्से में उसने खाना-पीना छोड़ दिया था। एक, दो, तीन-चार दिन हो गए। आदमी हँसकर निकल जाता। चलो, इसी बहाने घर में बचत होगी। गुड्डी क्या करती, मजबूर थी। पाँचवें दिन औरत की हालत खराब हो गई थी। उसे आई.सी.यू. में भरती करना पड़ा। सप्ताह भर लगा उसे सँभलने में। उसने वही रट लगाई थी। आखिर वकील बुलाया गया, मकान गुड्डी के नाम हो गया। गुड्डी अपने पति और बच्चों के साथ तब से चैन से रह रही थी। घर के लोग जब-तब कोशिश करते थे, पर अब उनकी चलती नहीं थी।

सब ठीक था। दोनों लड़के बाहर थे। उनकी शादियाँ भी हो गई थीं। एक ने तो विदेशी लड़की से शादी कर ली थी। वह दोनों के पास हो आई थी। भगवान् की दया से गाड़ी, बँगला, घर-बाहर की सारी सुविधाएँ और सुख था।

औरत को फिर से हौल पड़ता था। उसने कहा था, 'चलो जी, अब तो प्लॉट बेच दो। अब क्या करना है, किसके लिए रखना है। हमारी सारी जिम्मेदारियाँ पूरी हो गईं। अब हमें अपने बारे में भी सोचना चाहिए। चलिए, इस बार पहाड़ पर चलते हैं गरमियों में।'

'तो-ऽ पहाड़ पर जाने के लिए जमीन बेची जाती है? कुछ नहीं समझती तुम!'

'सब समझती हूँ। समय बीत रहा है। इतनी समय यों ही गुजर गया। छोटी-छोटी चीजों के लिए तरसते रहे हम, अब तो सब सुलट गया। अब क्यों नहीं हम अपनी तरह से जिंदगी जी सकते! अरे! वहाँ सामने से सड़क निकल गई है। अभी पाँच साल बाद मेट्रो आएगी। वहाँ जमीन की कीमत आसमान छू रही है। तुम पाँच साल बाद देखना क्या होता है। सोना बरसेगा।'

'पाँच साल बाद? और पाँच साल।' उसका सिर घूम गया था। पाँच साल बाद हमारा क्या होगा? हमारी सेहत कैसी होगी? हम होंगे भी कि नहीं, कौन जाने! फिर तुम और तुम्हारी सोने की वर्षा! उसे उस राजा की याद आई थी, जिसे वरदान मिला था, उसके छूने भर से कुछ भी सोने में बदल जाएगा। सब बदला भी, उसका सिंहासन, मुकुट, उसके कपड़े, यहाँ तक कि उसके छूते ही रोटी भी सोने की हो गई। उसके राज्य से भी लोग डरकर भाग गए। उसकी रानी और राज्य के मंत्री सलाहकर सभी! पानी पीना चाहा, वह भी सोना हो गया। राजा भूखा-प्यासा मर रहा है, पर सबकुछ सोने में बदल रहा है। कैसा होगा यह दृश्य! उसने सोचा था।

आदमी ने कहा था, यही तो कह रहा था। बीमारी-शिमारी भी आती है। तब

भी तो पैसा चाहिए। बीमारी के लिए, जीने के लिए नहीं, मरने के लिए रखा है पैसा!

'वह गुस्साया था, पागल हो गई हो तुम।'

क्यों-ऽ क्यों-ऽ पागल क्यों? जितना जरूरी अच्छी तरह मरना है, उतना ही अच्छी तरह जीना भी तो है। फिर बीमारी के लिए क्या इतने लाख रुपए चाहिए। यह दो कदम आगे आई थी। अपने बेटों को दोगे इस प्लॉट को। उनके पास तो पहले से ही बहुत हैं। डॉलर में कमाते हैं। उन्हें नहीं चाहिए तुम्हारा पैसा। प्लॉट बेचो, उसमें से मेरा हिस्सा मुझे दो।'

'तुम्हारा हिस्सा? कौन सा तुम्हारा हिस्सा?' उसने कंधे उचकाए थे। 'पागल हो गई हो तुम। आब्सेशन हो गया है तुम्हें।'

गुस्से से वह कुछ कड़वा कहने को हुई थी। गरदन ऊँची की थी, देखा वह थूक लगाकर अपने ऐनक के शीशे साफ कर रहा था। उसका मन विचलित हो गया था—इस तरह थूक लगाकर शीशे साफ करने से क्या होगा। तुम्हारी नजर कमजोर हो गई है। आँखों की जाँच कराओ और नए शीशोंवाली नए फ्रेम में ऐनक बनवा लो। उसने देखा था, वह जितना क्रूर उसके प्रति था, उतना ही अपने प्रति भी था। न अच्छा खाने की सुध, न कपड़ों का होश। न अपनी सेहत का ध्यान। दिन-रात आँकड़े का फेर। औरत ने देखा था, वह पहले से अधिक कमजोर भी हो गया था। आगे से बाल कम हुए थे, पर पीछे से तो बाल थे ही नहीं, किनारों पर थे वे बिल्कुल सफेद। उसने सोचा, यह आदमी है या उसकी छाया! उसे उस पर तरस आया था।

वह पलटी थी। 'मार्केट जा रही हूँ। चलो, साथ चलो, नई ऐनक तो ले लो। तुम्हारे लिए कुछ नए कपड़े भी खरीद लेते हैं। वही पुरानी कमीजें और पैंट। कितने साल हो गए इन्हें। अब तो इसका रंग भी फीका पड़ गया है। बदरंग से लगने लगे हैं। आज तो दफ्तर भी नहीं जाना, छुट्टी है। चलो, तैयार हो जाओ। खाना भी कहीं बाहर ही खा लेंगे।'

'सठिया गई हो तुम! हर वक्त खर्चे की बात करती हो। क्या हुआ मेरे कपड़ों को, ठीक तो हैं। ऐनक के शीशे बदलवा लूँगा। डॉक्टर की पुरानी परची पड़ी है। पहले भी कहाँ बदलवाई थी।

औरत ने देखा था, मुरझाया सा चेहरा था। कांतिहीन था। उसे एकाएक कुछ सूझा था। दफ्तर और आसपास के लोग उसे करोड़पति कहते थे, जिसमें उसका चेहरा उजास जाता। वह सीधा खड़ा होता और ठहाका लगाकर हँसता। फिर विनम्र भाव से कहता, 'अरे कहाँ!' औरतें अपने भीतर की तनातनी से बाहर आई थी और

उसने आवाज दी थी, 'करोड़पतिजी! जरा सुनो तो!' वह बाहर जाते हुए पलटा था। उसके चेहरे पर रोशनी की एक किरण कोंधी थी।

'ऐनक जल्दी बदलवा लो। तुम्हारी आँखों की सेहत के लिए जरूरी है।' यह बात आई-गई हो गई। कुछ समय बीत गया था। फिर उसके भीतर गुबार सा उठता। उसको रात में बुरे-बुरे सपने आते। कभी लगता, उसके कपड़े फट गए हैं। वह भूखी है और दीनहीन सी बैठी है। कभी सपना आता, वह बीमार हो गया है। गंभीर रूप से बीमार है। वह उसे प्राइवेट अस्पताल ले जाना चाहती है, परंतु वह जिद्द कर रहा है। सरकारी अस्पताल ही जाएगा। मंत्री, नेता अफसर सब वहीं जाते हैं।

लेकिन तुम तो मंत्री, नेता या अफसर कुछ भी नहीं हो। देखो, तुम्हारी तबीयत खराब हो रही है। सरकारी अस्पताल में जब तक तुम्हारी बारी आएगी, पता नहीं क्या हो जाए! पर वह नहीं मान रहा। सरकारी नौकर हूँ। सरकारी अस्पताल में इलाज करवाना मेरा अधिकार है। वह जिद्द पर अड़ गया था। जब तक वे अस्पताल पहुँचे, सारी औपचारिकता पूरी कीं। डॉक्टर के पास जाने का उसका नंबर आया, तब तक वह ढील गया था। वह चीखी थी नहीं-ऽऽ। उसकी आँख खुल गई थी। घबराकर चारों तरफ देखा था, वह निश्चिंत सोया था। उसे इस तरह उल्टा-सीधा नहीं सोचना चाहिए, उसने अपने आपको चेताया था।

आदमी बहुत खुश था। बता रहा था, उसके प्लॉट के साथ की सड़क हाइवे से जुड़ गई है। अब तो तीन साल में ही मेट्रो भी आ जाएगी। साथ ही बहुराष्ट्रीय कंपनियों के दफ्तर खुल गए हैं। मल्टीप्लैक्स बन रहे हैं। बहुमंजिली इमारतें बन रही हैं। बिजनेस सेंटर खुल रहे हैं। जानती हो, अपनी जमीन की कीमत कितने गुणा बढ़ गई है? अभी क्या! अभी कुछ ही साल बाद देखना क्या होता है। कहाँ पहुँचेंगी जमीन की कीमतें!

कुछ साल बाद औरत छटपटाई थी। क्या देखोगे तब? क्या रह पाएगा देखन को?

आदमी ने भरपूर हिकारत से देखा था उसकी तरफ, कुछ नहीं समझती तुम। कुछ भी नहीं! तुम भी कुछ नहीं समझते! समझने की कोशिश भी नहीं करते। जिंदगी से बड़ी कोई चीज नहीं होती। समय और जिंदगी में हमेशा दौड़ लगी रहती है। समय जिंदगी को हराने और पीछे छोड़ने के लिए आगे दौड़ता रहता है। जिंदगी पीछे छूटती जाती है, हारती जाती है। खेत सूखने पर मूसलधार बारिश भी हो तो क्या? उसने कहा था।

क्या कह रही हो तुम! खेत कहाँ हैं? किसके खेत हैं? और बारिश कहाँ हो रही है।

कहीं नहीं, बारिश नहीं हो रही। खेत अपने ही हैं। वह उठकर चली गई थी।

औरत सोते में चीखकर उठ बैठती। अपनी बाँह पर हाथ फिराती, गरदन छूती, टाँगें छूती, सब ठीक था। वह उसको झकझोरकर जगाती, 'ठीक हो जी-ऽ! देखो जरा, तुम्हारी बाईं बाँह हिल रही है न! तुम्हारी टाँगें उठ रही हैं। जरा देखो तो।'

'पागल हो गई तुम? मैं बिल्कुल ठीक हूँ। यह देखो।' उसने उठकर अपनी दोनों बाँहें ऊपर उठाई थीं और नीचे लाई थीं।

मैं डर गई थी। दोपहर में मिसेज गोयल आई थी। कह रही थी मि. अय्यर को सोते में ही अटैक हुआ था, पैरालिसिस हो गया। डर सा बैठ गया। चलो शुक्र है भगवान् का, हम दोनों ठीक हैं। वह करवट बदलकर सो गई थी। पर फिर अगले दिन चीख मारकर उठ बैठी थी। उसका बदन टोहती, तुम ठीक हो न! यह इतनी पसीना क्यों आ रहा है? छाती में दर्द तो नहीं हो रहा?

मैं ठीक हूँ। बिल्कुल ठीक हूँ। कहीं दर्द नहीं हो रहा। क्या करूँ।

बहुत बुरे-बुरे सपने आते हैं। आज दिन में मिसेज गुप्ता आई थी, कह रही थी कौल साब सोते ही रह गए। सुबह उठे ही नहीं। नींद में ही दिल का दौरा पड़ा था और खेल खत्म!

पता नहीं किसी को कब क्या हो जाए। चलो शुक्र है भगवान् का, सब ठीक है। वह सो गई थी। पर यह क्रम चलता रहा। रात को डरकर उठ बैठती। क्या करूँ, अपने चारों तरफ यह हो रहा है। कुछ झूठ तो नहीं है। बस, मन में डर सा बैठ गया है।

तुम यह सब बकवास सुनती क्यों हो। जो होना है, वह तो बाद में होगा। उसके डर से पहले ही मर जाओ। बात तो ठीक है। औरत ने सोचा था, होनी को कोई रोक नहीं सकता, तो उससे डरकर मरने की क्या जरूरत। अब से वह इस सब की तरफ ध्यान नहीं देगी। जिंदगी तो हवा-पानी की तरह होती है, रुकती थोड़े ही है। अब वह खुश रहने लगी थी। जो उसे अच्छा लगता वही करती थी।

अरे आज क्या है? यह सब क्यों पका लिया? क्यों आपको मटर-पनीर अच्छा लगता है। हलवा भी तो कितने शौक से खाते हो। सो खाओ। लो, दही का रायता भी है। रोटी तो रोज ही खाते हो, आज पूरियाँ बनाई हैं। लो गरमागरम लो। घर में कोई मेहमान नहीं आया। कोई त्योहार नहीं फिर? अरे, सब दूसरों के लिए

थोड़े ही करता है। अपनी खुशी के लिए भी होता है। त्योहार तो मन की खुशी लाता है और मन की खुशी से त्योहार मना लो। शुरू करो, खाओ, पूरी ठंडी हो रही है।

'अरे, ये नई प्लेटें, कटोरियाँ, नए डोंगे, नए चम्मच।'

'हाँ, पुरानी प्लेटें गंदी हो गई थीं। तुम प्लास्टिक की लाए थे। टूटती नहीं थी पर साफ भी नहीं होती थी, इसलिए बदल दीं। पूरा डिनरसेट खरीद लिया। उसमें सबकुछ है।'

'सब ठीक ही तो चल रहा था। यह कितने का आया है?'

'तीन हजार रुपए।'

'तुम्हारे पास ये पैसे आए कहाँ से हैं? मेरी अँगूठी थी, नग निकल गया था। उसे बेच दिया। पाँच हजार में बिकी।'

'अँगूठी बेच दी? सोने की अँगूठी बेच दी तुमने। पागल हो गई हो क्या?'

'ना-ऽ। 'वह मुसकरा रही थी।

वह घर आया था। घर में नया सोफा था, नए परदे लगे थे। नई कुरसियाँ, नया मेज, घर जगमगा रहा था। वह त्वरा से आगे आया था, 'यह क्या किया? पुराना सोफा क्या हुआ, टीक की लकड़ी का था, अब ऐसी लकड़ी कहाँ। दादा ले पोते बरते।'

'नहीं बरतेगा पोता। पोता तो क्या, बेटा भी नहीं इस्तेमाल करेगा। पुरानी चीजें सब दे दीं। दीवाली का तोहफा है तुम्हें। खुश तो हो।'

'पर इतने पैसे? कहाँ से आए तुम्हारे पास इतने पैसे?'

वह हँसी थी, 'पुरानी दो चूड़ियाँ बेच दीं।'

'पागल हो गई हो?'

'क्यों पर! चूड़ियों का क्या करना था। पहनने के काबिल थी नहीं। बेच दी। घर कैसा अच्छा लग रहा है।' 'क्या घर की चीजें सोने बेचकर खरीदी जाती हैं।'

'पैसे नहीं थे मेरे पास। तुमने देने नहीं थे। बेच दी पुरानी चूड़ियाँ। बीस हजार की बिक्री। सब हो गया।'

चलो खुशी मनाओ। दीवाली है। घर जगमगा रहा है।

वह अभी भी सन्न सा खड़ा था। चूड़ियाँ बेच दीं। सोने की कीमत कैसे बढ़ रही है, जानती हो?

हाँ, क्यों नहीं। मेरी शादी में छह चूड़ियाँ माँ ने बीस हजार की खरीदी थीं, अब दो चूड़ियाँ बीस हजार की बिक गईं।

आनेवाले समय में एक चूड़ी बीस हजार की बिकती।

उससे हमें क्या? हमें देखना है क्या आनेवाला समय?

जरूरत तो आज थी न।

वह आई थी चाय का कप लिये। लो चाय पियो। और सुनो, मैं बदरीनाथ जा रही हूँ। बदरीनाथ धाम की यात्रा पर कुछ औरतें जा रही हैं। पैकेज टूर है। सबकुछ वहीं देखेंगे। खाना-पीना-रहना और ट्रांसपोर्ट। मुझे पहाड़ देखने थे। बहुत मन था पहाड़ों के दर्शन का। बचपन में एक बार शिमला गई थी। बहुत अच्छा लगा था मुझे। बदरीनाथ के रास्ते में हिमालय की चोटियाँ, बर्फ से ढकी, सोना बरसाती सूरज की किरणें। पहाड़ों से फूटते झरने, पानी के सोते और नदियों का वेग। अजीब सम्मोहन जगता है मन में। भगवान् का ही प्रतिबिंब है न! देख लूँगी एक बार। वर्षों से मन में इच्छा थी।

'लेकिन पैसे?'

'दे दिए। पाँच हजार देने थे सो दे दिए।'

'पाँच हजार कहाँ से आए! इतने पैसे? फिर क्या कोई...? वह घबराया खड़ा था।'

'हाँ, पुरानी चेन थी सोने की, टूट गई थी, सो बेच दी। पंद्रह हजार में बिकी। पाँच हजार दे दिए। बाकी अभी दस हजार बचे हैं मेरे पास।'

'घर का सोना बेचकर यह तुम क्या कर रही हो। पागल हो गई हो। पूछती नहीं हो मुझसे कुछ भी।'

'क्यों पूछूँ? तुम हाँ कर दोगे क्या?'

वह हकबकाया था। 'इस तरह सोने के गहने बेच दोगी, फिर खाली गला, खाली हाथ घूमोगी? अच्छा लगेगा। लोग क्या कहेंगे?'

'कोई कुछ कहे, इससे क्या फर्क पड़ता है। फिर खाली हाथ, खाली गला क्यों रहेगा। उसने हाथ बढ़ाया था, यह देखो, यह चेन है, यह अँगूठी है, हीरे की लग रही है न! ये चूड़ियाँ, सोने की मीनाकारीवाली लग रही है। पर है नहीं। असली नहीं है, नकली है। तो क्या। आजकल इसे कास्ट्यूम ज्वैलरी कहते हैं। गहने अच्छा लगने के लिए पहने जाते हैं। तो हैं मेरे पास।'

'लेकिन?'

'लेकिन कुछ नहीं।'

'लेकिन तुम्हारे जाने के बाद घर का क्या होगा? खाना कौन बनाएगा। घर कौन देखेगा?'

'फिक्र न करो। एक बाई रख दी है। कल से आ रही है। दो दिन में जरूरी

बातें सब समझा दूँगी। मैंने तो इसे रख ही लिया है। मेरे से अब घर का काम नहीं होता। बहुत कर लिया।'

'घर का काम यह करेगी?' वह बेचैन था, 'कितने पैसे लेगी?'

'सुबह आएगी। सब निपटाकर चली जाया करेगी। दो हजार महीना लेगी। तुम देना यह पैसे!'

वह कुरसी पर ढील गया था। 'पागल औरत। दिमाग खराब हो गया है तुम्हारा। गहने बेचती जा रही हो। क्यों? दिमाग क्यों खराब है?'

'ये गहने मेरा स्त्रीधन है। इस पर मेरा हक है। यों ता घर-जमीन पर भी मेरा हक है। पर तुम नहीं दोगे। कोर्ट तो नहीं जाऊँगी न। हाँ, जो मेरा है उसे तो अपनी मरजी से इस्तेमाल कर सकती हूँ। तुम्हारी इजाजत भी नहीं चाहिए इसके लिए।' उसने चेहरा उठाया था। गर्व से तना सा चेहरा था। क्यारी में खिले लिल्ली के फूल सी लहक रही थी वह। उसने देखा, उसके बाल सँवरे थे। नई धोती पहन रखी थी। सूरज की धूप जैसी बिखर रही थी उसके चेहरे पर। उजास रहा था विश्वास से भरा।

वह आगे आई थी। अगली बार मैं बंबई जा रही हूँ। पैकज टूर है। समुद्र नहीं देखा कभी। समुद्र देखूँगी, पानी का अथाह मायाजाल। बहुत मन था। किताबों में ही पढ़ा है। एक बार अपनी आँखों से देख लूँ। समुद्र के पानी से देह पखार लूँ। कैसे लगता है, महसूस कर लूँ। वैसे तुम चलना चाहो तो मेरे साथ चल सकते हो। इस बार के पैकेज टूर में परिवार भी है। सोच लो, समय मेरे-तुम्हारे कहने से रुकेगा तो नहीं न! समय और जिंदगी की दौड़ में जिदंगी को ही जीतना चाहिए। है न! वह हँसी थी। सुबह की धूप खिल रही थी, पर वह अँधेरे में डूब रहा था।

□

कुकुज नेस्ट

उसके भीतर उत्साह की हिलोरें सी उठ रही थीं। माँ–पिताजी से मिलने की उत्सुकता बढ़ रही थी। पूरे साल भर बाद लौट रही थी वह! एक नए रूप में नई आशा और नए जीवन की रोशनी के साथ, जीवन के एक नए अर्थ के साथ। लाल बत्ती हो गई थी। ड्राइवर ने चौराहे पर गाड़ी रोक दी थी। वे गाड़ी के शीशे के सामने आ खड़े हुए थे। तालियाँ बजाकर ड्राइवर का ध्यान खींच रहे थे। ड्राइवर ने शीशे चढ़ा दिए थे। कहीं कुछ नहीं बदला था। उसे आज से दो वर्ष पहले की स्थिति का ध्यान आया था। जब इसी तरह चौराहे पर ये गाड़ी के सामने आ खड़े होते थे। शीशे पर नॉक करके खोलने की जिक्र करते। उसकी हड्डियों में भय की एक लहर सी दौड़ जाती थी। ''बेबी आप बीच में होकर बैठ जाइए। डरिए नहीं, यह तो उनका धंधा है।'' वे अभी भी सामने, कभी दाएँ–बाएँ होकर तालियाँ मार रहे थे। शीशा खोलने के लिए कह रहे थे। ड्राइवर ने उन्हें रोका था तो उन्होंने गालियाँ दी थीं। फिर अपनी धोती खोलकर अश्लील हरकतें करने लगे थे। उसने पर्स खोलकर एक सौ का नोट दिया था। ''ड्राइवर, आप इन्हें ये पैसे दे दो।'' ड्राइवर ने पहले रोका था, फिर पीछा छुड़ाने के लिए शीशा खोलकर उन्हें पैसे दे दिए थे। वे खुश तो नहीं दिखे थे, पर चले गए थे और दूसरी गाड़ी के सामने खड़े हो गए थे। डरकर वह अभी भी सिकुड़ी बैठी थी। ड्राइवर ने पीछे मुड़कर कहा था, ''आराम से बैठो बेबी, डरने की कोई बात नहीं है।'' लेकिन वह हर समय एक भय से घिरी रहती थी। कभी भी वह किसी बुलडोजर के नीचे दब–कुचल सकती है। वह सोच रही थी, सब इनसे नफरत करते हैं। अगर ये भीख माँगते हैं तो इसके लिए कौन जिम्मेवार है? जहाँ भी ये जाते हैं, इन्हें भगा दिया जाता है। दुकानदार इन्हें पास नहीं फटकने देते। गाड़ी में बैठे लोग शीशे बंद कर लेते हैं।

लेकिन शीशों से इनके अजूबे शरीर, लिपे-पुते चेहरों और उनकी हरकतों का मजा लेते हैं। इनसे किसी को सहानुभूति नहीं होती। एकदम संवेदनहीन और हृदयहीन हो जाते हैं। इनकी मजबूरी पर किसी को तरस नहीं आता।

कुछ दिन पहले बच्चे के जन्म पर माँगने आए इन लोगों में और परिवार के लोगों में पैसों को लेकर झगड़ा हो गया था। वह कह रहा था। ''हमारा तो जन्म भी धिक्कार है और मौत भी। कौन ऐसा है, जो खुशी से यह सब करेगा। कोई बता रहा था, इनके यहाँ जब किसी की मौत होती है तो उसे रात में श्मशान ले जाया जाता है। उनकी लाश को जूतों से पीटा जाता है। वे मारते हैं और कहते हैं, फिर इस जून में कभी जन्म न लेना।'' वह देख रही थी शिक्षा और रोजी के साधनों से दूर, समानता, सम्मान, सामाजिक न्याय और बुनियादी अधिकारों से वंचित ये अँधेरे में जीने के लिए विवश है। घर पहुँची तो माँ उसका चेहरा देखकर घबरा गई थी। ''क्या हुआ बेबी? दफ्तर में सब ठीक है न!''

''कुछ नहीं माँ! अभी तक तो सब ठीक है। कुछ हुआ क्या? सोच रही हूँ माँ, एच.आर.डी. की बजाय मार्केटिंग में चली जाऊँ। एक जगह पर ज्यादा देर नहीं रुकना पड़ेगा।''

माँ ने देखा था, एक उसाँस भरी थी। माँ ने बताया था। जब वह पैदा हुई थी तो दाई माँ ने बताया था।

''अब क्या होगा? किसी को भी पता चला तो इसे नहीं छोड़ेंगे, बहूजी। जैसे भी हो, इन लोगों को शादी और जन्म का पता चल ही जाता है। इनके अपने क्षेत्र और मोहल्ले होते हैं। इनके अपने संगठन और अपने लोग हैं, जो इनको सारी सूचनाएँ देते हैं।'' माँ फड़फड़ाई थी। ''जैसे भी हो मेरी बच्ची को बचा लो दाई माँ ऽ!''

दाई माँ घर में ही रहने लगी थी। उसका कोई आगा-पीछा नहीं था। उसको भी ढलती उम्र में सहारा मिल गया था। समय गुजर रहा था। वह बड़ी हो रही थी। कहीं भी किसी को भनक न लगे। पिता बार-बार ट्रांसफर लेकर एक से दूसरे शहर में चले जाते। कई बार एक ही शहर में कई-कई बार मकान बदल लेते। लगता था, कभी भी हमारे पैरों के नीचे से जमीन धसक सकती है। छोटी कक्षाओं की पढ़ाई तो स्कूल में हुई थी। नौवीं के बाद की पढ़ाई प्राइवेट तरीके से पूरी की। पढ़ाई में बहुत अच्छी थी। हर कक्षा में प्रथम श्रेणी में पास होती थी। बी.ए. किया और एम.बी.ए. भी किया। नौकरी भी लग गई थी। तो भी भीतर भय का अँधेरा सा घिरा रहता था।

पड़ोस के घर में लड़का पैदा हुआ था। लड़के के जन्म की खुशी में जश्न हो रहा था। ढोल बजाते, नाचते गाते ये लोग बच्चे को दुआएँ दे रहे थे। दूसरों के जन्म पर खुशी मनानेवाले ये लोग अपने जन्म पर आँसू बहाते होंगे अकेले में। उसे माँ और पिता ने बचाकर रखा था। माँ समझाती, कुदरत है बेटा, किसी का वश नहीं। पर अपनी जिंदगी को इज्जत और मान-सम्मान से जीने का हक तो सबको है बेटा। शरीर में दूसरी कमियों के साथ भी तो बच्चे होते हैं। वे भी अपनी भरपाई पढ़-लिखकर पूरी कर लेते हैं। माँ ने बताया था, दादा की हवेली में खानसामा हिजड़ा ही था। जो पूरा समय उनके साथ ही रहा। सब उसको पूरा सम्मान देते थे। तेरा तो जन्म से ही पता चल गया, कइयों का तो पता भी नहीं चलता। बड़े होने लगते हैं, तब उनके हाव-भाव बदल जाते हैं। इन पर जैसे ही इनकी नजर पड़ती है, वे इन्हें किसी-न-किसी तरह ले जाते हैं। कुछ तो अपने आप ही उनके पास चले जाते हैं। क्योंकि समाज से कटा हुआ जो महसूस करते हैं अपने आपको। तू बेटा, पढ़-लिख अपने पैरों पर खड़ी हो। भगवान् तेरी रक्षा करेंगे। उसने मार्केटिंग का ही चुनाव किया था। एक-दूसरे शहर में जाना होता है। आम लड़कियाँ इसके लिए तैयार नहीं होती थीं। उसे आसानी से यह जॉब मिल गई थी। माँ ने कहा था, सोमवार का दिन शुभ होगा, इसी दिन ऑफिस ज्वॉइन करना। भगवान् शिव तो अर्धनारीश्वर हैं। तुझे आशीर्वाद देंगे। उसने वैसे ही किया था, माँ के साथ शॉपिंग की और फिल्म देखी। सोमवार को ऑफिस चली गई थी। उसके विभाग में भी कई लड़कियाँ थीं। काम के घंटे लंबे थे। विवाहित लड़कियों के लिए देर तक रुकना या ऑफिस से बाहर जाना समस्या थी। वह खुशी से उनका काम भी कर देती थी। ''आप जाओ, घर और अपने बच्चे देखो। मैं तो देर में भी जाऊँगी तो पका-पकाया खाना मिलेगा। ढेर सारा माँ-पिताजी का प्यार भी।'' विभाग में सभी उससे खुश थे। उसे दूसरे शहरों में भी जाना होता था। ड्राइवर स्टेशन छोड़ने आया था। पानी की बोतल और माँ का पैक किया खाने का थैला देकर चला गया था। ''अपना ध्यान रखना और पहुँचते ही फोन कर देना।''

''ठीक है।''

ट्रेन चले अभी कुछ ही समय हुआ था। ट्रेन रेल की पटरियों पर भाग रही थी। तभी अचानक ट्रेन रुकी थी, वहाँ कोई स्टेशन नहीं था। लोग अटकलें लगा रहे थे। ट्रेन क्यों रुकी? शायद किसी ने चेन खींच दी थी। तभी रंग-बिरंगी साड़ियाँ पहने, चेहरे पर रंग पोते ढोलकियाँ लिये भड़भड़ाते छह-आठ लोग डिब्बे में चढ़ आए थे। उनको देखकर सवारियाँ घबरा गई थीं। कुछ औरतें चिल्ला पड़ी थीं। पर

वे तीन-चार खाली सीटों पर बैठ गए थे। सवारियों में खलबली मच गई थी। वे हिड़-हिड़कर हँसते, हाथ नचाते बैठे रहे थे। उनके साथ एक पंद्रह-सोलह साल का लड़का भी था, जो जंगल में खोए हिरण सा गुमसुम आँखें झपका रहा था। वह इधर-उधर देख रहा था। हाव-भाव से, शक्ल-सूरत से वह किसी अच्छे घर का लग रहा था। इनके साथ यह कैसे आया? उसे सोचकर पसीना आ गया था। क्या इसका अपहरण हुआ या इनकी बातों में बहककर आ गया है।

एक ने गले में ढोलक डाल ली और थाप देनी शुरू कर दी थी और दूसरे ने फिल्मी गाना शुरू किया था और तीसरा हाथ-पैर चलाकर नाचने लगा था। गाड़ी चल पड़ी थी। सवारियाँ परेशान थीं। टी.टी. आया था, उसने उनसे टिकट माँगा था। उन्होंने टी.टी. की तरफ देखकर भद्दा इशारा किया था—"हमारा कोई टिकट नहीं होता।"

"तो गाड़ी में कैसे चढ़ गए?"

"जाना था इसलिए चढ़े बाबू। इतनी दूर पैदल तो नहीं जाएँगे। हमें कुवक्कम के मेले में जाना है। भगवानजी की शादी होगी। खुशियाँ मनाएँगे। ये लड़का ब्यूटी परेड में अव्वल आएगा!" उन्होंने उस लड़के के चेहरे को ऊपर उठाया था। "इस डिब्बे में सीटें रिजर्व हैं। इसमें आप नहीं बैठ सकते।"

"क्यों नहीं बैठ सकते? सरकार हमें राशनकार्ड देती है क्या? पर हम अन्न तो खाते हैं न! सरकार हमें पहचान-पत्र देती है क्या? वोट देने देती है क्या? पर हम इसी देश में रहते हैं न! इसी देश के नागरिक हुए न! सरकार पहले हमें दूसरों की तरह जाने-समझे तो हम भी दूसरों की तरह टिकट ले लेंगे।"

टी.टी. के बहुत कहने-सुनने पर भी वे टस-से-मस नहीं हुए थे। टी.टी. ने सुपरवाइजर को बुलाया था। सुपरवाइजर ने उन्हें समझाया था, "इस डिब्बे में सीटें रिजर्व हैं, आप लोग यहाँ नहीं बैठ सकते। फिर बिना टिकट के आप ट्रेन में कैसे चढ़ सकते हैं?"

वे हँस रहे थे। "तुम हमें क्या समझाते हो? हम टिकट ले सकते हैं, पर नहीं लेंगे। बाबू, हमारे पुरखे राजा के खासमखास थे। जमीन-जायदाद के मालिक। सिर पर पगड़ी बाँधते थे।" उसने ताड़ी मारी थी। दूसरा बोला था, "बाबू, हम तो अर्धनारीश्वर भगवान् शिव के अवतार हैं। समझा क्या?" उसने उस खोए हुए से लड़के को झकझोरकर उसके सामने खड़ा किया था, "यह बृहन्नला है।" वे मिलकर 'बीड़ी जलाईले' पर नाचने लगे थे। खड़े होकर ठुमके लगा रहे थे। सब परेशान थे, पर क्या किया जाए, किसी की समझ में नहीं आ रहा था। उनकी

आवाजें हथौड़ों की तरह उसके दिल और दिमाग पर चोट कर रही थीं। एक ने रुककर 'लड़के' की तरफ इशारा किया था। "यह मेरी बेटी है। अगले महीने इसकी शादी करेंगे। जानते हो बाबू, दूलहा कौन है?" वे ताली मारकर हँसा था। "बड़ा आदमी है। आपकी बिरादरी का है।" उसने उस लड़के के चिकने चेहरे पर हाथ फेरा था। "लखनऊ घराने का है यह। देखो तो कैसा नाजुक है। कमर की लचक देखो। चल बे, बाबू को कमर की लचक दिखा, लगा ठुमका। बाबू नैन-नक्श देखा है इसका। है न ए क्लास। अरे बाबू-ऽ एक बार इसका ब्याह हो गया तो तुम्हारी औरतों से ज्यादा वफादार रहेगा। अरे बाबू, इनकी वफाई को लेकर तो चाकू-छुरियाँ, गोलियाँ तक चल जाती हैं।"

पिताजी तब लखनऊ में थे। हम शाहजी की हवेली में बुलावे पर जाया करते थे। उनकी दो बेगमें हवेली में ही रहती थीं। लेकिन एक चिकनी-चुपड़ी लड़केनुमा औरत भी उनकी बेगम ही कहलाती थी, जो दूसरी हवेली में रहती थी। घर में सारे त्योहारों पर वह शामिल होती थी। शाह साब उसका विशेष ध्यान रखते थे। वह भी शाह पर जान छिड़कती थी। वे बीमार हुए तो दिन-रात उनकी सेवा की थी उसने। जिसने जहाँ, जिस वैद्य के पास कहा, उसके पास ले जाती और उनका इलाज करवाया था। शाह ठीक हुए तो वह अजमेर में दरगाह पर अपनी मन्नत पूरी होने पर गई थी। वहाँ की बड़ी कोठियाँ, हवेलियों के मालिक और दूसरे रईसजादों की जीवनशैली का यह हिस्सा था। समाज में भी इसकी स्वीकृति थी। कुछ रईसजादों के यहाँ ये रसोइए थे। बहुत सम्मान के साथ रहते थे। कहीं पर इन्हें वे अपनी पत्नियों की सुरक्षा में भी रखते थे। "चले जाओ बाबू, अपनी ड्यूटी देखो। अब हम आराम करेंगे।" वे खाली सीटों पर ऊपर-नीचे, जहाँ जगह मिली, टिक गए थे।

वह अपनी सीट पर सिमटी बैठी थी। उसकी नजर उस खोए हुए से लड़के पर टिकी थी। उसके कानों में उसकी दर्दनाक चीखों की आवाजें गूँजने लगी थीं। ये लोग बेसहारा, असहाय छोटे लड़कों का अपहरण करके या उन्हें बहला-फुसलाकर ले जाते हैं। उनका लिंग काटकर उन्हें अपने गिरोह में शामिल कर लेते हैं।

पिता की पोस्टिंग छोटे शहर में थी। यहाँ थोड़ी निश्चिंतता थी। तो भी माँ-पिताजी हमेशा दुश्चिंताओं से घिरे रहते थे। स्कूल जाती तो माँ या पिता छोड़कर आते। वापसी पर भी अपने साथ ही घर लेकर आते। वह भी बड़ी हो रही थी। पड़ोस में ही एक लड़का था, उसकी ही उम्र का था। उनके साथ खेलता था। कभी-कभी उसके कपड़े पहनने की जिद करता। कभी-कभी उसकी सलवार-कमीज और दुपट्टा लेकर पहन लेता और खूब खुश होता। वह हमेशा अपने माँ

और पिता से डाँट खाता। पढ़ाई न करने पर उसे मार भी पड़ती थी। एक-दो बार लड़कियों के कपड़े पहनने पर उसकी खूब धुनाई भी हुई थी। एक दिन स्कूल से घर पहुँची तो मोहल्ले में शोर मचा था, कल से वह लड़का घर से गायब था। कल शाम को घर से बाहर गया था, लौटकर नहीं आया था। उसके घर में माँ और पिता आपस में लड़ रहे थे। माँ कह रही थी, ''तुम्हीं उसे मारते थे। फेल हो भी गया था तो क्या हुआ, अगले साल पास हो जाता। अब ठीक है, बच्चा घर से ही चला गया। जाने कहाँ होगा।''

माँ सुबक रही थी। पिता परेशान थे। उसका बड़ा भाई उसे सब जगह देख आया था। रिश्तेदारों और दोस्तों के यहाँ भी पता कर लिया था। लड़के का कहीं कुछ भी पता नहीं चला था। पिता ने पुलिस में रपट लिखवाई थी। तो भी कुछ नहीं पता चला। घर में रोज झगड़ा होता। माँ बेटे के चले जाने के लिए पिता को जिम्मेवार ठहराती। दिन-रात रोती, बच्चा कहाँ होगा, किस मुसीबत में होगा, क्या पता। पुलिस स्टेशन जाते पर कहीं कुछ पता नहीं चला था। ऐसे ही समय बीतता चला गया। एक साल बाद किसी रिश्तेदार ने, उसे लालबत्ती पर धोती-ब्लाउज पहने इन्हीं लोगों के साथ नाचते और बख्शीश माँगते देखा था। जब तक वे निश्चित रूप से जान पाते कि वह 'वही' है। उसे रोकते और खुद बस से उतरकर उसके पीछे जाते, तब तक उनकी बस आगे निकल गई थी। वे बस से उतरकर वापस आए थे, पर वे वहाँ नहीं थे। उन्होंने उसके घर में खबर की थी। वे वहाँ से शहर आए भी। पूछताछ की, पुलिस की मदद ली, पर कुछ पता नहीं चल सका। बहुत बाद में पुलिस की खोज-खबर में पता चला था, उसे वही लोग बहला-फुसलाकर ले गए थे। वह इन्हीं के साथ रहता था। लेकिन लड़के का लिंग काटने से वह बहुत बीमार हुआ था और वह उसी में चल बसा था।

बहुत पहले ब्रिटिश सरकार ने लिंग काटने पर पाबंदी लगाई थी। तो भी हिजड़ों में लिंग काटने की प्रथा चली आ रही थी। लिंग कटे हिजड़ों का उनके बीच ज्यादा सम्मान था। पहले जब वे नौकरी के लिए राजा, रईसों और रजवाड़ों में जाते थे तो काँच के बरतन में रखा लिंग प्रमाण के तौर पर अपने साथ लेकर जाते थे। हिजड़ों का मानना है कि लिंग काटने के बाद उनकी देह निखर आती है। उनके चेहरे पर चमक आ जाती है। शरीर पर से उनके बाल झड़ जाते हैं और उनकी छोटी-छोटी छातियाँ भी उभर आती हैं। बड़े घरों में, जमींदारों और रईसों में इन्हीं की माँग ज्यादा थी। हमारे यहाँ ये इसलाम संस्कृति का हिस्सा रहे हैं। मुसलमान बादशाहों के परिवारों के ये सबसे अधिक विश्वसनीय नौकर होते थे। ये

रईसों की युवा लड़कियों, राजाओं की राजकुमारियों की सुरक्षा के लिए भी उनके साथ रहते थे। उसने फ्रैनलोइस बेरनर (Franlois Bernier) के संस्मरण पढ़े थे तो जाना था। कुछ बदनसीब पैदा ही इस विकृति के साथ होते हैं, पर उनमें भी अधिक बदनसीब वे हैं, जिनका ये लिंग काट देते हैं। इस दुनिया के भीतर इनकी एक अपनी दुनिया है। यहाँ के कानून वहाँ नहीं चलते। असहाय लोगों के दर्द को कौन समझेगा?

उसे फिर से कस्बे के उस लड़के की याद आई थी! पढ़ने में कमजोर था। हमेशा डरा-सहमा रहता। दूसरों बच्चों से अलग-थलग था। बारहवीं की परीक्षा में फेल हो गया था और घर से भाग गया था। बहुत खोज-खबर करने पर भी उसका पता नहीं चला था। पुलिस में भी रपट लिखवाई, पर कुछ नहीं हुआ। अचानक एक दिन रात के अँधेरे में वह बदहवास घर लौट आया था। उसने बताया था कि किस तरह वे इसे हेर-फेरकर अपने साथ ले गए थे। उसे ताले में बंद रखा, रोज डराया, धमकाया कि जो वे कहेंगे, वह वही करेगा। उसे लड़कियों के कपड़े पहनने को दिए और उसे बताया गया कि उसे कैसे चलना है, कैसे ताली बजानी है। आगे से साड़ी का पल्लू कब और कैसे हटाना है। किन हालात में कच्छे पर पहनी साड़ी को उतारना है। उनके साथ वह कई दूसरे कस्बों और शहरों में गया। वे कहते थे कि उनके लिए वह खूब भाग्यशाली सिद्ध हो रहा था। वे उसे खूब लाड़ लड़ाते और खाने-पीने को देते तथा नए कपड़े लाते। कुछ दिनों तक घर में उसकी खूब खातिर हुई और एक रात चार लोग उसे अपने साथ एक खाली घर में ले गए थे। वे किसी के आने का इंतजार कर रहे थे। वह वहाँ रहकर जो देख और सुन चुका था। उसे सोचकर उसकी धड़कन तेज हो गई थी। वह जान गया था कि अब वे उसके साथ क्या करनेवाले थे। उस अँधेरे कमरे में टटोलता हुआ वह दीवारों के साथ चल रहा था, कहीं कोई दरवाजा, कोई खिड़की हो तो! उसने महसूस किया उस कोठरी में एक तरफ छोटा सा आला जैसा था, जिसमें ईंटें फँसी हुई थीं। उसने जैसे-तैसे वे ईंटें हटाई थीं। सिर बाहर निकाला और बिल्ली की तरह जिस्म को सिकोड़कर वह बाहर कूद गया था। पता नहीं वह कहाँ था और वह कौन सी जगह थी। पर वह अँधेरे में भागता रहा और सुबह होने तक दूर निकल गया था। वहाँ से पूछता हुआ किसी तरह बस में बैठकर अपने घर पहुँचा था। घर के लोग खुश थे और भयभीत भी। लड़के ने कहा था, वे उसे छोड़ेंगे नहीं। कैसे भी हो, ढूँढ़ निकालेंगे। जैसे भी ही, उसे बचा लो। वह पिता के सामने सुबक रहा था। पिता ने उसे उसके चाचा के पास दूसरे शहर में भेज दिया था। बाद में पता

चला था, वह वहाँ से भी गायब हो गया! उसका क्या हुआ होगा! उसके साथ उन्होंने क्या किया होगा। यह सोचकर ही व्यक्ति काँप जाता है। इनका नेटवर्क इतना फैला हुआ होता है कि एक बार जिस पर इनकी नजर पड़ जाती है, वह इनके जाल से छूटता नहीं है। अपने भीतर जिस गहरे ताप को उसने और उसके परिवार ने सहा है, उसकी छटपटाहट उसे व्याकुल कर देती थी।

वह जानती थी, वह भी इसी वर्ग की है, पर माँ-पिताजी ने उसे बचाकर रखा था। पर उनके जीवन की विषमताओं और वहाँ होनेवाली क्रूरताओं के बारे में वह पढ़-सुनकर जान चुकी थी। लिंग काटने की उनकी प्रक्रिया कितनी भयावह होती है। बिना किसी डॉक्टरी सुविधा के, तेज चाकू के एक ही बार से काट दिया जाता है। चार लोग उसके हाथ-पैरों को पकड़े रहते हैं। दर्द से कई बार इन बच्चों की मौत भी हो जाती है। लिंग काटकर उन्हें तीन दिनों तक सीधा लिटाया जाता है। उस पर कई किलो तिल का तेल लगातार डाला जाता है। दस-पंद्रह दिनों में जख्म भर जाता है। फिर उस पर नीम और बबूल का तेल लगाया जाता है। उसे 40 दिनों तक निरीक्षण में रखा जाता है। खाने को हल्का खाना दिया जाता है। विशेष रूप से मक्खन और घी खिलाया जाता है। ये 'बहुचारा' देवी की पूजा करते हैं। इसके मंदिर में भी लिंग काटने की रस्म पूरी की जाती है। मंदिर के बंद दरवाजों के भीतर उस लड़के को फूलों से सजाया जाता है। हार पहनाए जाते हैं। उसे साफ-सुथरे कपड़े पहनने के लिए दिए जाते हैं। ढोल और बाजों की आवाज के बीच कमरे में राख बिछाई जाती है। उस पर उसे लिटा दिया है और तीन-चार लोग हाथ और टाँगें पकड़ लेते हैं। उसका ध्यान बँटाने के लिए ढोल बजाते हैं। फिर पान चबाता हुआ एक व्यक्ति चाकू के एक ही वार से उसका लिंग काट देता है। उसके जख्म पर पान थूकता है। उसके जख्मों पर बबूल की राख और नीम का तेल लगाया जाता है।

कई लड़के 'बहुचारा' देवी की पूजा करके खुद भी अपना लिंग काटकर देवी माँ को अर्पित कर देते हैं। बहुचारा देवी ने अपनी छाती काट ली थी और वह मर गई थी। ये उसे देवी मानकर उसकी पूजा करते हैं। उसने जाना था कि आजकल लिंग काटने के लिए कुछ डॉक्टर भी रैकट में, पैसों के लालच में इनके साथ हैं! यह एक दूसरी ही दुनिया है। इनकी मजबूरी भी थी और अपराधी वृति भी। उसे पता चला था, वह उनकी कॉलोनी है। वह जानने की उत्सुकता लिये पत्रकार बनकर गई थी। उनका अपना संगठित समाज था। अपने केंद्र थे। अपनी अलग कॉलोनी भी थी। इनके यहाँ कभी कोई भूखा नहीं मरता—उन्होंने बताया था।

सामाजिक दृष्टि से उन्हें ऐसा अनादर और अपमान नहीं सहना पड़ता। लेकिन हमारे समाज में इनके साथ हो रहा अन्याय कब और कैसे रुकेगा? सब तैयारी हो गई थी। रात की उसकी फ्लाइट थी। वह चली गई थी। वह अपने मिशन में सफल होकर लौटी थी।

वह देख रही थी, वे अभी भी दूसरी गाड़ी के सामने खड़े होकर तालियाँ मारकर, इशारे करके बख्शीश माँग रहे थे। एक मैं ही थी हूँ फ्लू ओवर द कुकुज नेस्ट। माँ–पिताजी ने ही उसकी सुरक्षा की थी, उसे शिक्षा–दीक्षा दी थी। तभी आज वह सक्षम है। इस झुटपुटे से पार देख–परख सकती है। मेरे माँ–पिताजी जैसे और माँ–बाप भी हो सकते हैं। होते ही होंगे, पर मजबूर जैसे। क्यों समाज में इसको लेकर जागृति नहीं लाई जा सकती? समाज में शारीरिक और मानसिक रूप से विकलांग लोग भी तो होते हैं। वे अपने श्रम और उत्साह से सामान्य जीवन जी सकते हैं। फिर हम क्यों नहीं। जो बच्चे उभयलिंग पैदा होते हैं या जिनका लैंगिक विकास नहीं होता अथवा जो बच्चे ट्रांस सैक्सुवल होते हैं। पर ये तो सारी दुनिया में होते हैं। वहाँ इस तरह का अपमान और निष्कासन वे नहीं सहते। समाज के दूसरे लोगों की तरह ही रहने, जीने और कार्य करने की स्वतंत्रता है उन्हें। तो हमारे यहाँ जो लगभग 6 लाख की संख्या में लोग हैं, ये सामान्य रूप से जीवन क्यों नहीं जी सकते? ये शारीरिक और मानसिक रूप से पूर्णतः स्वस्थ हैं, सिर्फ लैंगिक विकृति की इतनी बड़ी सजा क्यों? इनको भी दूसरे बच्चों की तरह स्कूलों–कॉलेजों में पढ़ने–लिखने और व्यावसायिक प्रशिक्षण की सुविधाएँ दी जाएँ, जो शारीरिक विकृति है, उसके लिए मेडिकल ट्रीटमेंट यहाँ भी है। सर्जरी से उन्हें सामान्य किया जा सकता है। दोनों, स्त्री–पुरुष की मिश्रित लैंगिक प्रवृतियोंवाले hermophrodite बच्चों का सर्जरी करके इलाज संभव है, ताकि वे सामान्य जीवन जी सकें। इस ओर किसी का भी ध्यान क्यों नहीं जाता। सरकार भी इस ओर से पूरी तरह तटस्थ है। समाज में इनको लेकर वितृष्णा का भाव है। आखिर यह पहल वही करेगा, जिसने इस दर्द को सहा हो। अब तक वह भय में जी रही थी, लेकिन अब वह पूरी तरह समर्थ भी है और सक्षम भी है। अपने जैसे दूसरों के लिए भी सोच सकती है। वह अपनी एक एन.जी.ओ. बनाएगी। एक तरफ समाज में जागरूकता लाने का काम हो, दूसरी तरफ इन लोगों का संविधान में नागरिक होने के अधिकार मिले। इनको वोट का अधिकार हो, इनके लिए राशनकार्ड की सुविधा हो। इनके लिए शिक्षा जरूरी हो। वो सभी सुविधाएँ, जो समाज के दूसरे नागरिकों को प्राप्त हैं, इन्हें भी मिलें। यह रास्ता लंबा और कठिन तो होगा ही, पर

असंभव तो नहीं। ककून के अँधेरे में ये क्रिसैलेस की स्थिति में हैं। इनको बाहर आना है इस अँधेरे से। जीवन के अनेक रंगों को देख सकें और रंगों में जी सकें। आज जो भी वह है, और भी ऐसे ही हो सकते हैं, शिक्षित, प्रशिक्षित और अपना जीवन जीने के लिए स्वतंत्र! इस अँधेरी सुरंग में प्रवेश तो हो सकता है, पर दूसरी तरफ कोई रास्ता होगा क्या? इनकी व्यथा-कथा का अंत कहीं तो होना ही चाहिए। भीतर की जलती आग से उसे बल मिला था। जीवन में प्रबोधन भी हुआ था। एक अदृष्ट सी प्रेरणा थी। वह आगे बढ़ेगी। चौराहे की बत्ती हरी हो गई थी। ड्राइवर ने गाड़ी आगे ली थी। आसमान में तितलियों का झुंड सा उड़ता, पास आता वह देख रही थी।

□

घर-बेघर

वह गेट के सामने रुका था। उसने दाईं ओर लिखा नंबर पढ़ा था। रिफ्लैक्स एक्शन से उँगली घंटी पर रखी जा चुकी थी! वह विस्फारित आँखों से देख रहा था। पिछला सब ध्वस्त हो चुका था। वह लौट जाए? लौट ही जाना चाहिए था। वह असमंजस से घिरा खड़ा था। सामने का दरवाजा खुला था। बालों में चाँदी के तार पिरोए वह स्त्री बाहर आई थी। उसकी आँखों के सामने झुटपुटा सा छा गया था। स्मृतियों का संसार उसकी चेतना में कौंध रहा था। उसकी टाँगें काँपने लगी थीं। आँखों से न बह सके आँसुओं का घूँट गले में अटक गया था। आखिरी बार, दो वर्ष पहले वह आया था।

''परितोष⋯ऽ'' वह ममता से दीप्त खुले दरवाजे से बाहर समुद्र की तरह उमड़ी थी। ''परितोष आ गया⋯ऽ सुनिए, पहुँच गया घर पर। हरि! आ बाहर आ⋯ऽ सामान पकड़।'' जैसे पूरे चाँद को देखकर ज्वार-भाटा उठ रहा था उसके मन में। उसकी त्वरा को उसका कमजोर शरीर सँभाल नहीं पा रहा था। ''परितोष⋯ऽ मेरा बेटा⋯ऽ आ⋯ऽऽ'' धुली हरियाली पर फैली धूप सी वह हर्षा रही थी। उसने बढ़कर पैर छुए थे।

कद में छोटी माँ उसकी छाती में समा गई थी। शीतल अमृत स्पर्श। माँ ने उसके सिर पर हाथ फिराया था, उसका माथा चूमा था। उसकी आँखें गीली थीं, भीतर से उमड़ते आशीर्वचनों में उसके होंठ बुदबुदा रहे थे।

''आइए⋯ऽ भीतर चले आइए।'' उसका तिलिस्म टूटा था। वह स्त्री कह रही थी।

ठहरे हुए समय की विवशता में अनिच्छा से वह अंदर आया था।

''आपने ही फोन किया था?''

"जी···ऽ मैंने ही फोन किया था। लेकिन, अब तो यहाँ सब बदल गया है।" उसके भीतर जैसे लोहे की पटरियों पर से घनघनाती हुई ट्रेन गुजर रही थी। उसकी नजरें चारों तरफ दौड़ रही थीं। उसकी आँखें ढूँढ़ रही थीं। यहाँ इस तरफ मालती की बेल कोने में ऊपर तक चढ़ी हुई थी। सफेद, गुलाबी फूलों के गुच्छे लटकते रहते। हवा की गति से ढीली बँधी बेल अपने ही भार से इधर-उधर डोलती रहती। सामने का हिस्सा कच्चा था, उस पर घास उगी थी। चारों तरफ मोगरे के पौधे थे। सर्दी आने पर माली उनकी प्रूनिंग करके बीच-बीच में गिलोडिया लगा देता। अप्रैल तक वे फूल देते। बाद में माली उन्हें निकाल देता। फिर से मोगरा हरियाना शुरू हो जाता। कोनों में देसी गुलाब की बेलें थीं। उनकी पत्तियाँ तोड़कर माँ गुलकंद बनाती। सूखी पत्तियाँ चाय में इस्तेमाल करती। माँ दो-चार मोगरे और गुलाब के फूल अपने नहाने की बाल्टी में भी डाले रहती।

"आपने सारी जगह मार्बल लगा लिया। कच्ची जगह ही नहीं छोड़ी।" मकबरे की तरह लग रहे मकान पर उसकी आँखें फिसल रही थीं।

"हाँ···ऽ अब तो कवर स्पेस बहुत बढ़ा दी गई है। यह मकान तो बहुत पहले सन् 60 में कभी बना होगा। मिस्टर सहगल ही होंगे।" उन्होंने अपने चश्मे को ठीक करते हुए कहा था। उनके माथे पर रेखाएँ थीं।

"मकान नहीं, घर बनाया था मेरे पिता ने। सन् 58 में बना था।" घर के सामने बड़ा सा बरामदा था। उसके सामने हरा बगीचा। मौसमी और हरे पेड़-पौधे। घर के दोनों कोनों में फूल की बेलें। आज सब वीरान था। हरियाली मार खाए बच्चे सी गुमसुम बिला गई थी। उद्दंड बच्चे सा संगमरमर पैर खींच रहा था।

"पाँच सौ गज का प्लॉट है यह। बहुत सी जगह बेकार की गई थी। हमारे आर्किटेक्ट ने इसमें बिल्कुल इंडिपेंडेंट चार फ्लैट बनाए हैं। जगह का पूरा इस्तेमाल किया है। आप आइए, अंदर आइए।"

अगर इच्छा होती तो आर्किटेक्ट की कमर्शियल दृष्टि की सराहना कर सकता था। वह बेमन से अंदर आया था। टूटे काँच की किरचों पर नंगे पैर खड़ा था। सब ढहा दिया गया था। बाएँ कोने में पिता की स्टडी थी। दीवार के साथ लगी अलमारी में उनकी पुस्तकें थीं। पढ़ने की बड़ी मेज, कुरसी और दाईं तरफ कंप्यूटर टेबल पर उनका कंप्यूटर। "परितोष, तुमसे लंबी बात करने का मन करता है। कई बार तुरंत भी कुछ कहना होता है। फोन तो बहुत महँगा पड़ता है। सोच रहा हूँ, एक कंप्यूटर मैं भी ले लूँ। तुम्हें इ-मेल करूँगा।" उसने अपने पचहत्तर साल के पिता की आँखों में आशा और आत्मविश्वास के फूटते उजास को देखा था। उसे अभी लौटने में

आठ दिन थे। वह मार्केट गया था। सब कुछ व्यवस्थित करने के बाद तीसरे ही दिन कंप्यूटर प्रिंटर के साथ ले आया था। पिता थोड़े आहत हुए थे। ''परितोष, तुझे मैंने यह तो नहीं कहा था कि तुम···।'' वह बढ़कर गले लग गया था, ''आगे कुछ मत कहना। दिस इज माई प्रिवलेज डैड।''

अब तक पिता अपना सारा काम टाइपराइटर पर करते आए थे। उन्होंने जल्दी ही कंप्यूटर पर काम सीख लिया था। इ-मेल पर संवाद का सिलसिला चल पड़ा था। वे तीनों बच्चों से इ-मेल पर संपर्क बनाए रखते थे। अपना लिखने का काम भी कंप्यूटर पर करने लगे थे। आखिरी किताब की कंपोजिंग भी उन्होंने अपने आप ही की थी।

बीच में बैठने का कमरा था। बाहर की तरफ किचन के साथ खाने की मेज थी। दीवार के साथ साइडबोर्ड था। साथ ही क्रॉकरी की अलमारी। किचन में लगी दीवार के साथ फ्रिज रखा था। उसकी देह से भाप सी उठने लगी थी। देखा, सामने एक बड़ा सा हॉल था, जिसके दोनों कोनों में दो सिटिंग थे।

कलात्मक, एंटीक फर्नीचर, झाड़-फानूस, पर्शियन कारपेट, कोनों में साइड टेबल और शो-अलमारियों में क्रिस्टल की तथा दूसरी तरह-तरह की सजावटी वस्तुओं का अंबार था।

''आइए बैठिए।'' मिस्टर सहगल सोफे पर बैठने का इशारा करते खड़े थे।

''इधर आ परितोष···ऽ आ बैठ।'' दाएँ-बाएँ दोनों तरफ माँ और पिता बैठ गए थे। उसे बीच में बैठाकर वे बच्चे की तरह उल्लसित थे। ''सारे साल हम तेरे आने की बाट जोहते हैं। तू आता है तो पता ही नहीं चलता कब, कैसे बीस दिन बीत गए, तब तक तेरे जाने का समय हो जाता है।'' उनकी आवाज गहराई में डूब रही थी।

उसने पिता के कंधे पर सिर टिका दिया था। माँ का हाथ अपने हाथ में लेकर कहा था।

''आपके पास पूजा है न माँ। ऐसी कोई दिक्कत तो नहीं है न?''

''नहीं, कोई दिक्कत नहीं।'' माँ ने आँखें पोंछी थीं।

''परितोष, अखिल ऑस्ट्रेलिया जा रहा है। अभी तो अकेला जा रहा है। बाद में परिवार भी जाएगा ही। सबकुछ निश्चित हो गया है। बस जाने की तारीख पक्की होनी है।'' पिता ने तटस्थ भाव से कहा था। पर उनकी आवाज में उदासी की थरथराहट थी। कमरे में चुप्पी गहरा गई थी और तीनों प्राणी उसमें डूबने-उतराने लगे थे।

माँ ने उसके बाल सहलाए थे। ''तुम सब खुश रहो। जहाँ भी रहो, सुखी रहो। तुम लोगों की ठंडी हवा हमारे पास पहुँचती रहे, बस। और क्या चाहिए?''

'तुम सब' और 'तुम लोग' में छिपे केशव को अनकहे ही वह चीन्ह लेता था। माँ के भीतर रुँधे बवंडर को वह जानता था। केशव सबसे बड़ा था। वही सबसे पहले कॉलेज के बाद अमेरिका गया था। वहाँ उसने अमेरिकी मूल की लड़की से विवाह कर लिया था। वह एक ही बार केशव के साथ यहाँ आई थी। यहाँ का धूल-धुआँ उसे नहीं सुहाया।

यहाँ के लोग उसे जाहिल लगे। वह तीसरे दिन लौट गई थी। केशव भी बाद में चला गया था। फिर जब भी केशव आया, अकेला ही आया। उसका आना कम हो गया था और फिर उसने यहाँ आना ही बंद कर दिया था। वह सुदूर भूगोल के एक खंड में अनाम व्यक्तियों के समूह में खो गया था। माँ की यह पीड़ा खेतों के पास बहती नदी के सूख जाने जैसी थी। वह अदृश्य हो गया था। उसकी स्मृतियाँ आकाश से टूटते तारों की तरह थीं। दु:ख की छाया से उसका चेहरा सँवला जाता, पर वह कहती नहीं थी। वर्षों हम सोचते रहे शायद उसका तिलिस्म टूटे। ऐंद्रजालिक लोक से वह लौट आए, पर ऐसा नहीं हुआ। केशव सारे अंतर्निषेधों, कन्फ्यूजन और संक्रमण के द्वंद्व से परे चला गया था। ''परितोष क्या पिएगा बेटे?'' पिता ने हरि को आवाज दी थी।

''लस्सी पीओगे, नीबू, पानी या ताजा रस निकालकर ले आएगा हरि। तेरी माँ ने जीरा, काला नमक, पुदीना और इमली का कोई घरेलू एपीटाइजर भी बनाया है। चलेगा क्या?''

''आप क्या लेंगे? ठंडा या कॉफी-चाय।'' मिसेज सहगल पूछ रही थीं।

''जी, कुछ नहीं।'' उसने अपने को संयमित किया था। उसके भीतर उत्खनन की प्रक्रिया चल रही थी। यह उसके जीवन की क्रीड़ास्थली थी। उसका जन्म, बचपन और कॉलेज तक की शिक्षा यहीं रहकर हुई थी। स्टडी और सिटिंग के साथ बेडरूम था। बेडरूम के साथ लगा छोटा कमरा पूजा का था। छोटा सा मंदिर, उसके सामने पिता की पूजा की चौकी और चौकी पर उनका सिंहचर्म का आसन। बेडरूम में डबलबेड था, पर बाद में माँ पिछलेवाले बेडरूम में ही सोने लगी थी। बीच का दरवाजा खुला रहता था। उसने आँख उठाकर देखा था, वही बड़ा हॉल था। बीच की दीवारें क्या हुईं? सब कमरे कहाँ चले गए? सोने के कमरे के दाईं तरफ बाहर खुली जगह थी। सर्दियों में वहाँ धूप आती थी। सर्दियों में हम वहीं बैठा करते थे। पीछे का खुला हिस्सा भी घूमकर वहीं आ जाता था। एक तरफ माँ

का तुलसी-चौरा था। सुबह नहा-धोकर माँ उसमें पानी देती थी। पीछे की खुली जमीन में दीवार के साथ-साथ अमरूद, पपीते और नीबू के पेड़ थे। छोटे थे तो कच्चे अमरूद तक खा जाते थे। पेड़ बड़ा हुआ तो उठता हुआ दीवार से बाहर तक फैल गया था। अमरूद लगते ही स्कूल आते-जाते लड़के दीवार पर चढ़ते और फल तोड़कर ले जाते। पपीते के पेड़ पर फल खूब ऊपर लगते थे। कच्चे पपीते को कसकर माँ पराँठे बनाती। कच्चे पपीते की सब्जी बनाती। पक जाता तो कागज में लपेटकर रख देती। तीन-चार दिन में खाने लायक हो जाता। नीबू का पेड़ बारहों माह लदा रहता। हम खूब शिकंजी पीते। दोस्तों को पिलाते। फिर भी नीबू बचे रह जाते। माँ उनका अचार डाल देती खूब सारी अजवायन, काला नमक और चीनी डालकर। हम पेट दर्द के बहाने कभी माँ से पूछकर, कभी बिना पूछे फाँकें निकालकर खाते रहते। पूजा और उसकी सहेलियाँ सबसे ज्यादा खातीं। माँ डाँटती, ''गंदे-संदे हाथ लगा दिए मर्तबान में! अब अचार कैसे बचेगा?'' पर अचार के बचने की नौबत ही कहाँ आती थी? कच्ची जमीन में माँ छोटी-छोटी क्यारियों में धनिया-मेथी बुरक देती। सप्ताह भर बाद ही जमीन पर हरी-हरी तितलियाँ सी उड़ने को बेचैन दिखतीं।

पुदीने के पत्ते तोड़कर माँ डंठल मिट्टी में दबा देती। वह फिर से हरे पत्तों से भर जातीं। कच्ची मूली और गाजर धूप में बैठकर जमीन से निकालकर खाते। चार-छह पौधे बैंगन और टमाटर के भी थे। उनमें जैसे ही फल दिखाई पड़ते, हम भागकर माँ को सूचित करते।

वह गहरे कुएँ से बाहर आया था। मिस्टर सहगल की आवाज थी। वे बता रहे थे, ''आर्किटेक्ट ने जगह का पूरा इस्तेमाल किया है।'' उसकी आँखों में भर आई हरियाली पक्के फर्श के नीचे दब गई थी। सहगल दंपती शायद चाहते थे कि वह उस आर्किटेक्चर की, निर्माण-कौशल और साज-सज्जा की प्रशंसा करे। वह ढूँढ़ रहा था अपना घर, जो उसके भीतर के रिक्त स्थानों को भर सकता था। उसको खालीपन से उबार सकता था। उसने पूछा था, ''आपने इतने चाव से इसे बनाया-सजाया है तो इसे अब बेचना क्यों चाहते हैं?''

धूल सी उड़ी थी, उनके चेहरे धुँधला गए थे। मिसेज सहगल की फीकी, गीली सी आवाज थी, ''लड़के दोनों बाहर चले गए हैं। बेटी की शादी हो गई है। हम दो प्राणी ही बचे हैं। पिछले साल इन्हें दिल का दौरा पड़ा था। तब से बहुत कमजोर हो गए हैं। हमारी सेहत थी तो सब ठीक ही था, अब हम बहुत अकेले हो गए हैं।''

''परितोष! बेटा अब हम तो हमेशा बैठे नहीं रहेंगे। तू आकर रहेगा तो ठीक ही होगा। ऊपर का हिस्सा पूजा के नाम कर दिया है। नीचे का जैसा है, वैसा ही रहेगा। तुम आ जाओ। तुम्हारे बच्चे आएँ, यहाँ रहें तो सब ठीक ही रहेगा।''

वह चुप हो गया था।

''हमारे बाद तुम्हें ही देखना है।''

उसने बात को बढ़ाना ठीक नहीं समझा था।

''ऐसी बातें क्यों करती हो माँ? पूजा यहाँ है। वह आप लोगों की देखभाल भी कर रही है। मैं तो इतनी दूर हूँ, जो पास रहता है, दुःख-सुख में साथ होता है। उसी का हक भी बनता है।''

वह लौटा तो माँ बेचैन थी। उसने उसके पैर छुए थे। माँ ने आशीर्वाद दिया। उसकी आँखें पानी से बाहर निकाली मछलियों सी तड़प रही थीं। भीगी आवाज में वह बुदबुदाई थी, ''अगले साल पता नहीं तुझे देखना भी होगा या नहीं।''

उसने माँ को अपने से सटा लिया था। माँ की कमजोर काया रुँधी सिसकियों से हिल रही थी। उसके जाने के दो महीने बाद ही फोन पर पूजा कह रही थी, ''माँ सीरियस है। अभी आई.सी.यू. में है। कुछ कहा नहीं जा सकता।''

''मैं आऊँ क्या?''

''यह तो अब आपको सोचना है। डॉक्टर के अनुसार चलती रहें तो महीना भी काट सकती हैं।''

पर दो ही दिन बाद फोन आया था, ''माँ नहीं रहीं।''

वह चौथे पर पहुँच सका था। माँ कहा करती थी, ''तू ही मुझे ले जाएगा अपने कंधे पर। तू ही देगा मुखाग्नि, तू ही करेगा मेरा पिंडदान।'' उसने अपराधी भाव से पूछा था, ''माँ मरते समय कुछ कह रही थी क्या?''

''न। जो उसने कहना था, बहुत पहले ही कह चुकी थी। मरने से एक महीना पहले तो उसने खाना-पीना भी छोड़ दिया था। बहुत कहने-सुनने पर चाय, सूप या जूस ले लेती थी। बिस्कुट, ब्रेड का टुकड़ा, दाल-सब्जी के दो-चार चम्मच बड़ी मुश्किल से खिलाते थे उसे। बहुत कमजोर हो गई थी। तीन दिन ऑक्सीजन पर रही, बोलना क्या था उसे?''

वह लौट रहा था। पिता चुप थे। अतिरिक्त रूप से चुप। पिता भावुक हो रहे थे, पर संयम नहीं खोना चाहते थे। उनके द्वंद्व को वह समझ रहा था, पर क्या करता? ''अब तो तेरी माँ भी चली गई परितोष। उसे तो जाना ही था। अब तो बस चला-चली की वेला है।'' उनके दर्प और स्वाभिमान की लौ काँपी थी क्षण भर,

फिर स्थिर हो गई थी। हँसकर उन्होंने अपने भीतर उठते झंझावात को छिपा लिया था। वह टैक्सी में बैठने लगा तो वे बच्चे की तरह सुबक पड़े थे। उसने पिता को अपने से सटा लिया था। उसे आभास हुआ था, पिता पिछले दिनों में काफी दुबला गए थे। पहली बार उसने उनकी आँखों में परछाइयाँ सी डोलती देखी थीं। एक वृक्ष की तरह लग रहे थे, जो तूफान में भी सीधा खड़ा हुआ आकाश को ताकता है। वह उन्हें आश्वासन देकर लौट आया था। दो ही महीने बाद पूजा का फोन आया था, "पिता नहीं रहे।"

वह खड़ा नहीं रह सका था। "बताया नहीं तुमने? बीमार थे क्या?"

"ऐसा कुछ नहीं हुआ। रात को ठीक-ठाक सोए थे। सुबह कुछ बेचैनी का अनुभव किया और पंद्रह मिनट में ही अंतिम साँस ले ली थी।"

वह सन्न सा बैठा रहा। अपने भीतर के भय से साक्षात् होता हुआ। पूजा फोन पर पूछ रही थी, "आपके आने का इंतजार करें क्या? गरमी है यहाँ। कहो तो बॉडी को अस्पताल में रखवा दूँ आपके आने तक?"

उसने सोचा था। कैसे जा सकेगा? दो महीने में दो बार हो आया था। दिसंबर में ही सारी छुट्टियाँ समाप्त हो गई थीं। फिर माँ की मृत्यु पर गया था, आठ दिन लग गए थे। ऑफिस में प्रोजेक्ट अटका था। छुट्टी लेना आगे के लिए मुश्किल पैदा कर सकता था। पूजा फिर पूछ रही थी, "कब तक आएँगे, आप निश्चित बताइए?"

"आज इतवार है। कल बुकिंग होगी तो बताऊँगा। यू गो अहैड। मेरा इंतजार मत करना।" उसका नैतिक विवेक धुँधला गया था। अपनी अंतर्चेतना से विलग होकर उसने एक विपन्न निर्णय सुनाया था। वह आखिर नहीं गया था। कई दिनों तक उसके भीतर रह-रहकर हूक सी उठती रही थी। अपनी प्रेरणाओं, प्रतिज्ञाओं और दायित्वों को पूरा न कर पाने की पीड़ा थी। पिता ने स्पष्ट कहा भी था और वसीयत में अपनी अंतिम इच्छा लिखकर गए थे, "मेरा दाह-संस्कार और अंतिम-संस्कार मेरा बेटा परितोष करेगा।"

पूजा और उसका पति नाराज थे। पिता के सारे बैंक अकाउंट, एफ.डी.आर., लॉकर सब उसके साथ जॉइंट थे। पिता ने वसीयत में लिखा था, मकान बेचा नहीं जाएगा। पूजा ने जो भी कागज भेजे, उसने हस्ताक्षर करके लौटा दिए थे। वह मकान बेचकर ऑस्ट्रेलिया चली गई थी। वर्षों बीत गए। लगभग दस साल निकल गए। उसके दोनों लड़के बड़े हो चुके हैं। कभी साल-दो साल में एक बार आते हैं। अभिनव भी अकेला आता है। उसकी पत्नी की समस्या है, वह हमें पसंद नहीं करती। अखिल ने शादी नहीं की। पाँच साल तक एक स्पेनिश लड़की के साथ

रहा, लेकिन अब वे अलग हो गए हैं। परिवार और घर की वह परिकल्पना, जब व्यक्ति दूसरों से घुल-मिल जाता था! स्वतंत्रता अलग पोटली बाँधकर रखी वस्तु नहीं थी।

लेकिन यहाँ इस विकसित देश के बौद्धिक वैभव और बौद्धिक समृद्धि और संपन्न समाज में सबसे अधिक विघटन हुआ है तो घर और परिवार में रिश्तों का ही। एक बंजर संस्कृति और परिवेश की घुटन के बीच सब अपने-अपने अकेलेपन में रह रहे हैं। उसे रिटायर हुए सात साल हो गए हैं। आशा के चले जाने के बाद वह ढह सा गया था। बच्चों और घर को वह व्यवस्थित रखती थी। इतने साल जैसे वह एक अँधेरी सुरंग में बेआवाज कदमों से चलता गया था। घर की उखड़ी परिकल्पना में और इस अकेली यात्रा में जीवन अर्थहीन और निस्सार प्रतीत होने लगा था। उसने सोचा था, "क्यों न अपनी जानी-पहचानी दुनिया में लौट जाऊँ?" अकेला होकर भी वह सबके साथ जीवन के प्रवाह में बह सकता था। खिड़की से आती उजली धूप, हवा-बारिश, सुबह और साँझ के क्रम में खेलते, बड़े होते बच्चे। कपड़े सुखाती, बतियाती गृहिणियाँ, आते-जाते, हँसते-रोते, गाते-दर्दाते जीवन की छवियों के साथ वह जी सकता था। उसकी आत्मा में बँधी जजीरें खुल सकती थीं। एक भ्रम, एक इल्यूजन, जिसमें वह जी रहा था, उससे मुक्त हुआ जा सकता था। वह सोचता, "आत्मविस्मृति से भयंकर भी क्या कोई त्रासद और दयनीय स्थिति हो सकती है? मनुष्य कितना भी विपन्न हो, पर महत्त्व तो उसकी भावनाओं और आकांक्षाओं का ही होता है।" वह फिर से क्राइसिस और सेल्फ में था।

अखबार में विज्ञापन पढ़कर उसने फोन किया था। उसी घर को खरीदकर, उसमें रहकर वह शायद पिता की इच्छा को पूरा कर सकता था। वह आत्मप्रवंचना में, विस्थापन की पीड़ा, गहरी आत्मशून्यता और अभाव की स्थिति से मुक्त हो सकता था। वह पच्चीस वर्ष अमेरिका में रहा। पर क्या वहाँ घर बन सका? वह लौटा था पर यहाँ भी घर कहाँ था?

"आपको अगर इस घर का आर्किटेक्ट, निर्माण और साज-सज्जा पसंद आई हो तो हम ऐसे ही फर्निश्ड देंगे। वहाँ क्या लेकर जाना है? हमारा समय ही कितना बचा है? बच्चे पता नहीं आएँगे भी कि नहीं, आएँगे तो उनके अपने तीन फ्लैट ऊपर हैं। आप बताइए, क्या फैसला है आपका?"

उसे लगा था मिस्टर-मिसेज सहगल की जगह उसके माँ और पिता खड़े थे। नहीं, वह स्वयं ही खड़ा था। दयनीय थी उसकी मुद्रा। वह सचेत हुआ, जल्दी से हॉल से होता हुआ बाहर आ गया था। इस अजायबघर में वह लौटे? कभी नहीं।

वह घर तो माँ–पिता की आकांक्षाओं, उनकी प्रार्थनाओं और प्रेरणाओं का घर था। वह घर धूल, धूप, मिट्टी, पानी, हवा–बारिश, हरियाली का, जीवन से निकटता का घर था। समय ने सारी इबारत ही पोंछ दी थी। वह मैग्नेटिक फील्ड ही उजड़ गया था। वह प्रभामंडल बुझ गया था, जो उसे बार–बार यहाँ खींचता था, जिससे वह ऊर्जस्वित होता था और शक्ति पाता था।

''जी···ऽ मैं आपको बाद में फोन करूँगा।'' वह उनको दुःख नहीं पहुँचाना चाहता था। ''लेकिन अगर कोई और लेना चाहे तो आप उसके साथ सौदा कर लीजिए।''

वह इस खँडहर में फीनिक्स की तरह पुनर्जीवित होना चाहता था। पर ऐसा नहीं हो सकता था। वह गेट से बाहर आ गया था। उसे लगा, वह बेघर ही रहेगा। ऐसे ही त्रस्त, अभिशप्त और अजनबी—यहाँ भी और वहाँ भी। वह गेट खोलकर सड़क पर आ गया था।

□

अनुत्तरित

शालिनी के भीतर गंध की गैसों का एक कड़ाह उबल रहा था। क्षोभ, हताशा, असहायता जैसी गैसों से उसका दम घुट रहा था। भीतर से एक चीत्कार उठ रही थी। उसका चेहरा विकृत हो गया था और संयम टूट रहा था। दीपक की पीठ पर उसका हाथ जोर से पड़ा था, ''इधर हो मेरी तरफ।'' उसके हाथ जल्दी-जल्दी चल रहे थे। साबुन लगाती जा रही थीं—पैरों पर, गरदन पर, पीठ पर। ''जनमते ही मर जाता! पैदा ही न होता! अपने मन को समझा लेती, नहीं था संतान का सुख। और नहीं मरे क्या! तेरे ही भाई थे। दो मर गए तेरे से पहले। तू भी मर-खप जाता।'' नि:शब्द उसके ओठ हिल रहे थे। साबुन लगा चुकी तो झाबे से पैरों की एड़ियाँ और कोहनियाँ रगड़ रही थी। ''पर इसने तो जिंदगी भर मेरी छाती पर साँप की तरह लोटना है।'' निर्वाक् बुदबुदा रही थी। ''चल, सीधा हो जा!'' हाथों से पीछे को धकियाकर पानी डालकर बदन धोने लगी थी। मुँह साफ किया। कानों के पीछे से गरदन को रगड़ा था और धोया था। फिर पानी भर-भरकर उसके सिर पर, कंधों पर, पीठ पर डालने लगी थी। ''तेरा कोई कर्जा देना है पिछले जन्म का। कब होगा यह कर्जा खत्म। अठारह साल हो गए यों ही मरते-खपते।'' बेआवाज ओठ हिल रहे थे। बैठे-बैठे ही तौलिया खींचा था, पर नहीं उतार पाई तो त्वरा से उठी थी। अचानक पैर फिसला था, साबुन रह गई होगी फर्श पर। हाथ में दरवाजे का हैंडल आ गया था। गिरने से तो बच गई, पर पैर मुड़ गया था। दर्द से कराह उठी थी। वह भभकी थी। अब उससे नहीं सँभलता। टट्टी, पेशाब, नहलाना-धुलाना, कपड़े बदलना, खिलाना-पिलाना। ये कोई आसान काम हैं? जब से बहादुर गया है, वही कर रही है। बहादुर क्या कोई पहली बार गया है। कितने आए और चले गए। कोई नहीं टिकता यहाँ। कोई छह दिन तो कोई छह महीने

और कोई साल भर। वह भी अपनी शर्तों पर। इनको काम की क्या कमी है। मजबूरी तो अपनी है न। एक ये हैं दीपक के पिता मि. नरेश मेहता, सुबह दफ्तर के लिए निकलते हैं, देर रात घर लौटते हैं। घर तो सराय है रात गुजारने के लिए। वह भी जानती है सब। कोई मूर्ख नहीं है। जान की आफत उसकी है बस। ''किसी जमाने का दुश्मन है मुआ। बदला ही लेना है तो एक बार मार दे। क्यों हर रोज टुकड़ा-टुकड़ा करके मार रहा है मुझे।'' वह चुप्पी में उबल रही थी।

उसके हाथ फिर चलने लगे थे। उसका बदन पोंछा था, कपड़े बदलने लगी थी। गुस्से और बेध्यानी में शायद पहले पाजामा पहनाने लगी थी। वह सिकुड़ गया था। घूँ-घूँ कर अपना प्रतिरोध प्रकट कर रहा था। अब समझने लगा था, कपड़ा इधर-उधर हो जाता तो नाराज होता था। वह सचेत ही रहती थी। पहले कमीज पहनाती, तौलिया कमर में लपेटती, फिर नीचे का वस्त्र खिसकाकर पाजामा पहनाती। जरा सी चूक होने पर उसका विरोध निरीह होता। वह ऐसे होने देना नहीं चाहती थी। पर क्या करे वह। अबकी सावधानी बरती थी और उसके कपड़े पहनाए थे। व्हीलचेयर आगे सरकाकर किसी तरह उसे घसीटकर उस पर धकेला था। कुरसी को पलंग के साथ जोड़कर उसे पलंग पर खिसका दिया था। वह हाँफ गई थी। पैर से अलग लड़खड़ा रही थी। कंघा उठाया था, उसके बाल काढ़े थे। उँगलियों में क्रीम लेकर उसके चेहरे पर लगाई थी। वह रुई भरे बबुए की तरह दीवार के साथ ढील गया था और घूँ-घूँ-करके उसका ध्यान खींच रहा था। उसने देखकर भी नहीं देखा था। रसोई में गई थी, प्लेट में रोटी-सब्जी-दाल-चावल लेकर आ बैठी थी। रोटी का टुकड़ा तोड़कर उसके मुँह में डाला था। ''ले खा-ऽ···मर खा-ऽ पर तूने नहीं मरना है।'' निःशब्द। अभी मुँह का कौर खत्म नहीं होता, बेध्यान वह दूसरा टुकड़ा ठूँस देती। उसकी सोच और हाथ विपरीत दिशा में चल रहे थे। रोटी शायद उसके गले में फँस गई थी। हूँ-हूँ के साथ उसने मुँह की रोटी बाहर थूक दी थी। उसे खाँसी उठी थी। साँस उखड़ रही थी। आँखों और नाक से पानी निकल रहा था। वह चेती थी, हाथ की प्लेट रख दी थी। उसकी पीठ ठोंकी थी। पानी का गिलास मुँह से लगाया था। ''ले पी, पानी पी ले एक घूँट। अभी ठीक हुआ जाता है।'' धीरे-धीरे उसकी पीठ मलने लगी थी। पल्लू से मुँह, आँखें और नाक पोंछे थे। थोड़ी ही देर में वह सामान्य हो गया था।

वह बिदकी थी। हवा में हाथ उछाले थे, ''मैं क्या करूँ। क्या करना है इस जिंदा लाश का! मुझे मुक्ति दो भगवान। मेरे से नहीं होता सब। मेरी देह छीज रही है, पर यह मुस्टंडा तो जवान हो रहा है। पर रहेगा मांस का पिंड का पिंड ही।''

अपनी ही पीठ पर कोड़े बरसाती, मुहर्रम में जाते जुलूसिए की तरह।

घड़ी देखी, उसकी दवाई का समय था। पानी का गिलास उठाया। देखा, शीशी में दवाई खत्म हो चुकी थी। दवाई भी खत्म है। अब क्या करूँ! दो दिन पहले ही कह दिया था नरेश को। ला दूँगा, और बस। इन्हें क्या फर्क पड़ता है। हलकान तो वही होती है। यह दवाई जरूरी थी। नहीं तो शाम तक तबीयत फिर बिगड़ सकती थी। उफ! माथे पर हाथ रखकर बैठ गई थी। ''घर को देखूँ, इस जिंदा लाश को सँभालूँ और बाहर से खरीदारी भी करूँ। समझ क्या रखा है मुझे!''

वह उठी तो पैर का दर्द बढ़ गया था। फिर भी हिम्मत करके खड़ी हुई थी। उसने रस्सी उसकी कमर के इर्द-गिर्द लपेटी थी और उसे पलंग के साथ बाँध दिया था। कभी बहुत जरूरी होता तो वह ऐसा करती थी। उसने उसके खिलौने, रंग-बिरंगे कागज लाकर उसके सामने रख दिए थे। उसने सोचा कि बैठा-बैठा कागज फाड़ता रहेगा, उसे अच्छा लगता था कागज फाड़ना। थक जाएगा तो सो जाएगा। गीली धोती बदली थी। पर्स उठाकर बाहर आई, ताला लगाकर सीढ़ियाँ उतरी थी। सामने केमिस्ट तक ही तो जाना है, सात-आठ मिनट जाने और उतना ही समय आने का। इसकी दवाई लूँगी और लौट आऊँगी। यों भी नहला-धुला दिया है, खाना खिला दिया है। अभी ऐसी कोई जरूरत पड़नेवाली नहीं। जैसे अपने को दिलासा दी थी और कदम तेजी से बढ़ाए थे। पैर का दर्द फिर टीस मार रहा था। दीपक की दवाई ली थी, घर की दो-चार जरूरी चीजें भी पकड़ ली थीं। जल्दी-जल्दी घर की ओर लपकी थी, ताला खोलकर सामान टिकाया था। पानी का गिलास और दवाई लेकर कमरे में गई थी। ''अरे, दीपक कहाँ चला गया तू?'' घबराकर जोर-जोर से आवाजें देने लगी थी। कमरे में चारों ओर नजरें दौड़ाई थीं। ''हाय रे क्या हो गया।'' एक हल्की सी चीख उसके मुँह से निकली थी। पलंग के पास खून की एक पतली सी धार थी। वह बौखलाई सी घर भर में दौड़ने लगी थी। सीढ़ियाँ चढ़कर ऊपर पहुँची थी।

आशा के विपरीत देखा, वह वहीं उसके कमरे में दीवार के साथ ढिलका पड़ा था। उसके पैर में जख्म था और खून बह रहा था। भागकर उसने उसे गोद में भरा था। ''हाय मेरे बच्चे, यह कैसे हो गया! सीढ़ियाँ कैसे चढ़ गया। आज तक तो ऐसा हुआ नहीं था। अगर गिर जाता तो?'' वह उसकी गोद में चिड़िया के बच्चे सा चिपक गया था! घूँ-घूँ से अपना विरोध जता रहा था। ''मैं तेरी दवाई लेने गई थी। क्या करती? दवाई तो चाहिए थी न। फिर मुझे क्या पता था ऐसा होगा।'' टूटी रस्सी अभी भी उसकी कमर के साथ बँधी थी। उसने रस्सी का टुकड़ा अलग

करके फेंक दिया था। वह उठकर दवाई, कैंची, पट्टी ले आई थी। चोट को साफ करके दवाई लगाई और पट्टी बाँधी थी। उसे बार-बार अपनी छाती से चिपकाती और रोती जाती। "यों ही तुझे लेकर बुरा सोचती हूँ। इसमें तेरा क्या कसूर। ईश्वर की मरजी। ईश्वर की मरजी के सामने किसका वश चलता है। हमारे भाग्य में यही बदा था।" वह उसके बालों में उँगलियाँ फिरा रही थी, उसका माथा चूम रही थी। "हमारे ही कर्मों का फल होगा। भोगना तो पड़ेगा ही।" देखा, वह उसकी गोदी में चिपका छोटे बच्चे सा सो गया था। थककर या आश्वस्त होकर, कौन जाने! एक घायल सी लाचारी से घिर गई थी। अँधेरे के पार देखने की चाह हर दिन नए सिरे से धीरज की माँग करती थी। घर में फिर से एक ठिठुरन पसर गई थी। पर उसका भीतर उद्विग्न था। क्या नहीं किया उसने इस बच्चे के लिए। डॉक्टरों का इलाज, एक अस्पताल से दूसरे अस्पताल की अंधी दौड़। देसी इलाज, तरह-तरह की जड़ी-बूटियाँ, चूर्ण, आसव, तेल और मालिश। जो भी कोई बताता वही करती थी। फिर पूजा, अर्चना, अनुष्ठान, व्रत, हवन के बाद तंत्र, मंत्र, गंडा, ताबीज, सिद्धों, संतों-साधुओं, चमत्कारी बाबाओं का चक्रव्यूह। कहीं कुछ नहीं बदला। दस वर्ष इसी भागा-दौड़ी में बीत गए थे।

आखिर एक दिन डॉक्टर ने बताया था, "इसका कोई पूरा इलाज नहीं। आप चाहें तो कोशिश करती रहें।" दस वर्षों में पहली बार वह तंद्रा से जागी थी। उसके भीतर आशा और उत्साह की किरण बिला गई थी। शरीर और मन की सारी ऊर्जा निचुड़ गई थी। सामने का सब अदृश्य होता सा लगा। नरेश तटस्थ से हो गए थे। एक तरह से वीतरागी जैसे। फिर भी उसे लगता, इस मुद्रा में वे अपने मन की कमजोरी को ही छिपाते थे। शायद उसमें उनके लिए जीना आसान हो गया था। पर वह अपने को हमेशा कच्ची जमीन पर खड़ा पाती। बार-बार पैर धँसता, जोर लगाकर खींचती और फिर से चलना शुरू कर देती। अब उसने दीपक जैसे बच्चों की संस्थाओं और स्कूलों के चक्कर काटने शुरू किए थे। कई जगह गई थी। यह संस्था उसके घर के पास ही थी। उसके लिए ठीक यही था। उसे ही तो सबकुछ करना होता था। संस्था की जो निदेशक थी, उसी ने समझाया था, "बिना किसी अपेक्षा और आकांक्षा के ये बच्चे जैसे भी हैं, उसी में सुधार के लिए कार्य करते हैं। हम कोई चमत्कार नहीं कर सकते। जिनमें संभावना हो, उन्हें अपने नित प्रतिदिन के कामों के लिए आत्मनिर्भर बनाने की भी कोशिश रहती है। ये सब बच्चों की क्षमता की अनुकूलता से होता है।" दीपक को वह पाँच साल तक वहाँ ले जाती और घर लाती रही। दीपक की स्थिति में कोई सुधार नहीं आया था। वह

भी पगला सी गई थी। संस्था के आदर्श अलग थे और यथार्थ अलग। वहाँ के कार्यकर्ताओं में कोई प्रतिबद्धता नहीं थी। इसके विपरीत, इन बच्चों की पीड़ा के प्रति वे पूरी तरह तटस्थ रहते थे। एक दिन दीपक किसी के डर से घिसटता हुआ स्कूल के बाहर सड़क पर आ गया था। स्कूलवालों ने न तो बताया और न उन्होंने इस बात पर कोई दुःख जताया। वहाँ से गुजरते व्यक्ति ने खबर दी थी स्कूल में। उलटे दीपक को ही डराया-धमकाया था उन्होंने, झगड़ा हुआ और उसका स्कूल जाना छूट गया था।

आस-पड़ोस में दीपक की उम्र के कई बच्चे थे, पर उसके यहाँ कोई नहीं आता था। कुछ बच्चे तो दीपक से डरते थे और कुछ बच्चों के माँ-बाप ही उन्हें यहाँ आने से रोकते थे। एकदम अकेले हो गए थे। नरेश दफ्तर से लौटते तब पहले तो दीपक को लेकर चर्चा होती—डॉक्टर ने क्या कहा? अब क्या करना है? कहाँ जाना है? कितने बजे लेकर जाना है? वह क्रम टूटा तो दीपक के स्कूल को लेकर संवाद बना रहा। आशा और निराशा के बीच झूलते दोनों जन। पर अब स्कूल भी खत्म हो गया था। नरेश आते, चुपचाप चाय पीते, फिर सुबह के पढ़े अखबार को दुबारा उठा लेते। दीपक आसपास फिसफिसा सा कहीं पड़ा रहता था, बैठा रहता—टूटे खिलौने की तरह। फिर भी दफ्तर जाने से पहले और लौटकर वह उससे बतियाते थे। जवाब में वह सिर्फ घूँ-घूँ करता और आँखें इधर-उधर घुमाता रहता। पर अब नरेश दफ्तर से लौटकर चुपचाप अपने कमरे में चले जाते हैं। कपड़े बदलकर हाथ-मुँह धोकर वहीं बैठकर चाय पीते हैं और शुरू की गई किताब पढ़ने लगते हैं। एक-एक कर दर्शनशास्त्र की कई पुस्तकें पढ़ ली हैं। किताब कई बार खुली पड़ी रहती है और वह आँखें बंद किए कुरसी पर ढिलके पड़े रहते हैं। वह दोनों को देखती है। दोनों के बीच पुल बनी। रात के भोजन में कौन क्या खाएगा, क्या बनाऊँ कहती हुई रसोई में चली जाती है। वह चाहती थी कुछ बदले। घर में फैला मातमी सन्नाटा कैसे भी हो, पर टूटे।

इस बार उसने दीपक का जन्मदिन मनाने की तैयारी शुरू कर दी थी। बच्चों के जन्मदिन पर जो भी जैसा भी किया जाता है, पूछ-पूछकर सबका प्रबंध कर लिया था। जन्मदिन से पहले कार्ड लेकर आए थे वे। रिश्तेदारों की, पड़ोस के बच्चों की लिस्टें बनाई थीं। कार्ड लिखकर खुद एक-एक घर में जाकर देकर आई थी। जन्मदिन वाले दिन रंगीन कागजों की लटकें और गुब्बारे सजाए थे। जन्मदिन का बड़ा सा केक बनवाया था, उस पर दीपक का नाम लिखवाया था। बच्चों के खाने के लिए आलू के चिप्स, नमकीन, मिठाई और ठंडा पेय, सब मँगवा लिया

था। प्रतीक्षा में घंटा, दो घंटा···और समय बीतता चला गया। पड़ोस से कोई बच्चा नहीं आया। रिश्तेदारों के फोन आए। आने की मजबूरी जताई। सिर्फ डॉ. अरोड़ा का परिवार आया था अपने दोनों बच्चों के साथ। जैसे किसी ने उन्हें गहरे कुएँ से खींचकर बाहर कर लिया था। साथ-साथ चाय-नाश्ता किया, दीपक ने केक काटा। उन्होंने दीपक को उपहार दिया। वे लौट गए थे। उनके जाने के बाद घर में फिर से एक बंजर फैल गया था। यही बंजर फैलता गया और सब लील गया था—उनकी शक्ति, उत्साह, भविष्य की आशा और इस समाज पर से उनका विश्वास भी।

जीवन फिर बहने लगा था। नरेश दफ्तर से घर लौटते, साथ-साथ चाय पीते। दीपक से खेलते। प्रतिक्रिया में उसकी आँखें झपकतीं, मुँह से घूँ-घूँ की ध्वनि निकलती और उँगलियों में कंपन होता था। आँखें फैली हुईं और सपाट। ओठों से टपकती लार। सब सहज ही लगता था। कई बार दूसरे बच्चे का विचार भी मन में आया था, पर अगले ही क्षण वे भय से सिहर उठते। दोनों के बीच एक अदृश्य और अमूर्त सी काली छाया उभरी थी, जो धीरे-धीरे मूर्त होती गई थी। अठारह साल तक पति-पत्नी के रिश्ते में कुछ नहीं जुड़ा था। बस रिक्त सा एक रिश्ता बना रहा था, जिसमें दो अजनबियों की तरह साथ रहने, साथ खाने और सोने की सुविधा थी। अब जैसे एक थकावट ने घेर लिया था। कोई कुछ सुझाता भी तो कोई फर्क नहीं पड़ता। एक तरह से उसे सबसे चिढ़ हो गई थी—डॉक्टर, वैद्य, जाँच, परख, पूजा, व्रत, अनुष्ठान सभी से। उसके भीतर किसी भी धर्म, कर्म, उपदेश, सुझाव की जगह नहीं बची थी। छीजती आस्थाओं के कगार पर खड़ी थी। दूर तक फैला एक मरुस्थल दिखाई देता था। पाँव गरम रेत पर धँसते जाते। आँखों में, नाक-मुँह में, कानों में, दाँतों में रेत किर-किर करती रहती। उसके अपने भीतर एक युद्ध छिड़ा रहता। उसकी आवाज में कड़वाहट भर गई थी, "तुम पर बीते तो तुम जानो;" संबंधी, दोस्त, अपने-पराए सब कतराते थे। कोई नहीं आता था। फिर न कोई हमदर्दी, न उपदेश और न ही उपाय। एकदम सन्नाटा। उपेक्षा का जंगल। वह भुनभुनाती, "कैसे मुँह फेरकर निकल जाते हैं! अरे, भगवान् से डरो।" जिंदगी जैसे एक घने जंगल में खो गई थी। आसपास गहरा सघन अँधेरा। दलदली जमीन। साँय-साँय करता सन्नाटा। दूर तक इस जंगल से निकलने का कोई छोर नहीं। अपनें हाथों से रोशनी उलीचते से इस जंगल में धँसते चले गए थे। जीवित मृत्यु का आतंक। हर पल छीजता विश्वास। आनेवाले कल का सोचकर मन पारे सा थरथरा जाता। इस कुरूप वास्तविकता ने सारे सपनों को ढहा दिया था। सुंदर कल्पना तक को नोंच-खसोट दिया था।

शरद की सुहानी सुबह से बेखबर शालिनी दूध, सब्जी, फल लेकर लौट रही थी। अचानक उसके पैर ठिठक गए थे। बुजुर्ग सा एक व्यक्ति था, व्हीलचेयर को ठेलता धीरे-धीरे सड़क की बाईं ओर चल रहा था। उसकी उत्सुकता जगी थी। वह कदम बढ़ाकर उसके समीप पहुँच गई थी। व्हीलचेयर पर एक जवान लड़की थी। चेहरा ठीक-ठाक था, परंतु शरीर का संतुलन नहीं था। गरदन भी एक तरफ को लटकी हुई थी, जिसे तकिए का सहारा दे रखा था। बुजुर्ग व्यक्ति ने कानों में हेडफोन लगा रखे थे। वाकमैन ट्राउजर की बेल्ट के साथ खुसा था। जेब से मोबाइल झाँक रहा या। उसके पास आया और खोजती नजरों से देखता हुआ पास आकर रुका था। कानों से हेडफोन उतारा था।

''हैलो।'' उसने भी संकोच में हैलो ही कहा था।

उसने इशारा किया था, ''मेरी बेटी है—शैफाली।''

शैफाली पर कोई प्रतिक्रिया नहीं हुई थी।

''मैं कर्नल बतरा। आपका पड़ोसी।''

''पड़ोस में ही रहते हैं आप?'' उसे आश्चर्य हुआ था।

''हाँ, पास में ही, आपके घर से चौथा-पाँचवाँ घर है।''

उसने ठहाका लगाया था, ''आपने कभी ध्यान नहीं दिया, हमेशा जल्दी में होती हैं।''

''आइए, यह साथ ही तो है। आज तो रविवार है।'' उसने उँगली से इशारा किया था। उसके चेहरे पर उत्साह था। एक ईमानदार चमक थी। पता नहीं कैसे वह उसने साथ हो ली थी।

''आज इतवार है तो आपके पति भी घर पर ही होंगे। फिर जल्दी कैसी?'' उसने फिर ठहाका लगाया था। उसे चिढ़ सी हुई थी। बात-बेबात इस हँसी का मतलब! पर तो भी वह उसके साथ-साथ चल रही थी। कर्नल बतरा ने बढ़कर गेट खोला था और व्हीलचेयर को ढलान के ऊपर धकेला था।

''शैफाली बेटा, घर आ गया।'' शैफाली पर संबोधन का कोई प्रभाव नहीं हुआ था। लेकिन इस आवाज के साथ ही एक स्त्री निकलकर आई थी, कर्नल बतरा के हाथ से व्हीलचेयर थाम ली थी। आया थी शैफाली की।

''मैडम, क्या आप यहाँ लॉन में बैठना पसंद करेंगी या अंदर चलेंगी?''

''यहीं ठीक है।'' हरी मखमली घास पर बैठने के लिए कुरसियाँ पहले से ही पड़ी थीं। बीच में मेज रखी हुई थी। उन्होंने कुरसी खींचकर उसे सम्मान से बैठाया था। फिर साथ की कुरसी पर बैठ गए थे।

साथ ही खड़ी शैफाली की आया को कहा था, ''मेम साहब को बाहर भेजो। कहो पड़ोस से···'' प्रश्न की मुद्रा में उसकी ओर देखा था, ''शालिनी'' उसने कहा था। बतरा ने दोहराया था, ''आई हैं और चाय भिजवाओ। लेकिन मेम, आप चाय लेंगी या कॉफी! आपसे तो पूछा ही नहीं।''

''चाय ही ठीक है।''

वे फिर हँसे थे, जैसे कहीं गोली चली हो।

''आपकी और मेरी च्वॉइस एक ही है। मेरी पत्नी कॉफी पसंद करती है।'' तभी भीतर से निकलकर एक साँवले से रंग की दक्षिण भारतीय महिला आई। हाथ जोड़कर अभिवादन की मुद्रा में पास आ गई। ''मेरी पत्नी लक्ष्मी मैनन! यह शालिनी हैं। हमारी पड़ोसी। इससे ज्यादा मैं इनके बारे में नहीं जानता। हाँ, हमेशा जल्दी में ही रहती हैं।'' फिर वही ठहाका। उनका यों हँसना उसे छल रहा था। पर वह अभी भी बतरा और मैनन के मेल पर टिकी थी। वह अपनी पत्नी के बारे में बता रहे थे, ''लक्ष्मी प्रतिष्ठित नर्तकी है। राष्ट्रीय-अंतरराष्ट्रीय मंचों पर अनेक कार्यक्रम किए हैं। अब इन्होंने एक नृत्य स्कूल खोला है बच्चियों के लिए।''

पता नहीं कैसे शालिनी ने बिना सोचे ही पूछ लिया था, ''आपकी दूसरी बेटी या बेटा···?''

''नहीं, शैफाली हमारी इकलौती लाडली बेटी है। वैसे एक बेटा है, जो वर्षों से बाहर है। विदेशी मूल की पत्नी के साथ वहीं बस गया है।'' वे फिर हँसे थे।

''अरे, आप चाय लीजिए। ठंडी हो जाएगी। लक्ष्मी के लिए कॉफी आ रही है।'' कर्नल बतरा ने चाय का कप उठाकर उसकी ओर बढ़ाया था।

वह धीरे-धीरे चाय पीने लगी थी। पर भीतर से सामान्य नहीं हो पा रही थी। शालीनता के विरुद्ध चिढ़कर उसने पूछा था, ''आप बेबात इतना हँसते क्यों हैं?'' वह बुक्का मारकर हँसे थे, ''क्यों न हँसूँ भई। देखो तो मौसम बदल रहा है। पेड़ों पर हरियाली छाई है। फूल खिल रहे हैं। फूलों की खुशबू हवा में मिलकर बह रही है। धूप का उजास फैल रहा है। आकाश में पक्षी तैर रहे हैं। जरूर पहाड़ों पर बर्फ पिघल रही है। ढलानों से झरने फिसल रहे हैं। नदियाँ रास्ता बनाती हुई आगे बढ़ रही हैं।''

वह कुछ नहीं समझी थी। चाय पीकर घर लौट आई थी। कई दिनों तक सोचती रही थी इस धूप, हवा, पानी का इस कर्नल के जीवन से क्या ताल्लुक है। जरूर यह बेटी के दुःख में बहक गया है।

दरवाजे पर घंटी बजी थी। कौन हो सकता है। उसने दरवाजा खोला। ''आपको

डिस्टर्ब तो नहीं किया?'' लक्ष्मी मैनन थी।

''नहीं-नहीं, आप आइए तो!''

इस तरह अचानक किसी का घर आना उसे अच्छा लगा था।

''आप उस दिन आईं तो अच्छा लगा था। असल में हम तो आपको कई दिनों से अपने यहाँ बुलाना चाह रहे थे। बस, संकोच बना रहा।'' उसने एक लिफाफा बढ़ाया था, ''शैफाली का जन्मदिन है तीन तारीख को। हम चाहते हैं, आप सपरिवार आएँ। लेकिन…'' वह रुकी थी।

''शैफाली का जन्मदिन हम 'आशा' संस्था के बच्चों के ही साथ मनाते हैं। इनकी अपनी एक दुनिया है। बाहर की दुनिया में सभी इनकी दुनिया में प्रवेश नहीं कर सकते। इसलिए आपस में ये अधिक खुश दिखाई देते हैं।'' उसे दीपक का जन्मदिन याद आया था। निमंत्रण देकर वह चली गई थी। पर कह गई थी कि अब तो वे आपस में मिलते ही रहेंगे।

वर्षों बाद कोई परिवार उनके निकट आया था। घर से बाहर देखने के लिए एक खिड़की खुल गई थी। उसे आश्चर्य हुआ था कि यद्यपि शैफाली को कर्नल सुबह-शाम सैर कराते हैं, पर उसने कभी उन्हें नहीं देखा। लक्ष्मी ने बताया था कि उन्हें यहाँ आए अभी सिर्फ दो ही महीने हुए हैं। उसके चेहरे पर पीड़ा की छाया थी। जैसे भीतर कुछ घुमड़ रहा था। स्वाभाविक था उसकी चिंता शैफाली को लेकर ही थी। शेफाली की देखभाल के लिए उसने बाहर जाना छोड़ दिया था। स्कूल भी घर में ही खोल रखा था। वह बता रही थी, ''इस तरह के बच्चों में लड़कियों के साथ दूसरी तरह की समस्याएँ भी होती हैं। सबसे बड़ी समस्या यौन शोषण की होती है। वह शहर भी इसीलिए छोड़ना पड़ा था। बहुत बड़ा घर था, वहाँ पर नौकर-चाकर थे। शैफाली की अलग से आया थी उसकी देखभाल के लिए। एक दिन कर्नल के साथ जब मैं घर लौटी तो शैफाली सामान्य नहीं लगी थी। आया ने बताया था कि वह व्हीलचेयर से गिर गई थी, उसकी टाँग में चोट लगी थी। कई बार ऐसा हो जाता था, इसलिए उसने विश्वास कर लिया था। उसे दो महीने माहवारी नहीं आई थी। पहले भी ऐसे होता था, क्योंकि शैफाली कमजोर थी। तीसरे महीने उसकी तबीयत बिगड़ गई थी। डॉक्टर को दिखाया था। जाँच में पता चला, उसे चार महीने का गर्भ था। उस समय तो लगा था जैसे सब खत्म हो गया है। पर डॉक्टर ने सँभाला था। उसने बताया था कि ऐसी बच्चियों के साथ यह आम बात है। घर में जरा सी चूक से किसी की भी वासना का शिकार हो जाती हैं। प्रकृति के नियमों में अपवाद होता है, पर नियम वही रहते हैं। डॉक्टर ने जोखिम

उठाकर इसका गर्भपात किया और बच्चेदानी भी निकाल दी थी। यह उसकी सुरक्षा के लिए जरूरी था।''

वह आश्चर्य से लक्ष्मी की तरफ देखती रही थी। उसे सांत्वना देने के लिए शब्द छूँछे लगे थे। दूसरों का दुःख जब तक उसकी आँखों में न देखो तब तक उसकी गहनता प्रतीत नहीं होती। लक्ष्मी कह रही थी, ''हमारे पास रुपए-पैसे की दिक्कत नहीं है। पर रुपए-पैसे से सारी समस्या का हल नहीं होता। हमारे बाद इस बच्ची का क्या होगा। यह तो हमें सोचना ही चाहिए।''

लक्ष्मी के शब्द कई दिनों तक उसके भीतर गूँजते रहे थे। उसे बेचैन करते रहे थे। नरेश के सामने एक बार बात छेड़ी, पर हमेशा की तरह वह तटस्थ ही रहा था।

लक्ष्मी आई तो व्यस्त सी लगी थी। पर उसके चेहरे पर उजास था। उसने बताया था, ''शालिनी, आपकी अनुमति लेनी है।''

''मेरी अनुमति? परंतु किसलिए।'' वह हैरान हुई थी।

''असल में 'शैफाली' नाम से हम एक संस्था खोल रहे हैं। शुरुआत तो दस बच्चों से ही कर रहे हैं। बाद में बच्चों की संख्या सरकार से आर्थिक मदद मिलने पर बढ़ाई भी जा सकती है। आपका नाम हम संस्था के ट्रस्टीज में रखना चाहते हैं। इसके लिए आपकी सहमति चाहिए।''

वह जो सुन और समझ रही थी उसका तालमेल अपने से नहीं बैठा पा रही थी।

लक्ष्मी सहज रूप से कहती जा रही थी, ''बोर्ड ऑफ डायरेक्टर में मि. नरेश मेहता का नाम होगा। देखिए न, हमारे बाद यह संस्था काम करेगी, आप इसे देखेंगी और हमारे बच्चे इसमें सुरक्षित रह सकेंगे। कागज तैयार है। कर्नल बतरा आएँगे आप लोगों के पास।''

वह लक्ष्मी का चेहरा देख रही थी—पारदर्शी ममता से स्फटिक सा उजला लग रहा था। उसने सोचा था, अपनी हताशा की दीवारों से टकराते घायल होते रहने से आखिर क्या लाभ।

''अरे कोई है? घर खुला है, भीतर आ रहा हूँ। लगता है, रामराज्य आ गया है।'' कर्नल बतरा सामने खड़े थे। ''अगर आप इजाजत दें तो जरा एक ठहाका लगा लूँ।'' वह मुक्त मन से हँसे थे। ''आपने पूछा था कि मैं बेबात हँसता क्यों हूँ—मैडम शालिनी, आप यह भी तो पूछ सकती हैं कि मटर की फलियों में दाने गोल क्यों हैं, चपटे क्यों नहीं? मूली, गाजर जमीन के नीचे और धनिया, पुदीना ऊपर क्यों उगते हैं? ऐसा है तो है। वैसा है तो है। उसमें क्या? जो जैसा है वैसा

है।'' उन्होंने फिर ठहाका लगाया था। ''मि. नरेश को भी बुला लीजिए।'' वह फाइल मेज पर रखकर इत्मीनान से बैठ गए थे। ''चाय तो आप पिलाएँगी ही हमें, खुशी के इस मौके पर कुछ मीठा भी लाइए।''

शालिनी को लगा था नीला आकाश, पीली उजली धूप, उमड़ते-घुमड़ते बादल, फिसलते झरने, कलकल करती नदियाँ, पहाड़, हरियाली और बसंत का सैलाब सब एक साथ उसके घर के भीतर घुस आए हैं।

□

पुल

बुझी राख के ढेर में हाथ डालते ही जैसे कोई अंगार छू गया हो। वह छिटककर अलग हो गई थी। उसका गला भर्रा गया था। हाथ-पैर लस्त हो गए थे। आँखें शून्य में धँस गई थीं।

वह अपने को समेटता-सँभालता हुआ उठा था। पूछ रहा था।

"क्या हुआ, सवि…?"

उसके होंठ काँप रहे थे, पर आवाज नहीं निकल रही थी।

उसने उठना चाहा, नहीं उठा गया। गारे सी उसकी देह ढील गई थी।

उसने बत्ती जलाई थी। कमरे में रोशनी फैल गई थी।

पानी का गिलास उसने उसकी ओर बढ़ाया था।

भरी सर्दी में माथे पर आए पसीने को पोंछा था।

"तबीयत ठीक नहीं है क्या?" वह हतबुद्धि सी उसकी ओर देख रही थी। फिर उठने को हुई तो उसने टोका था, "लेटी रहो। रिलेक्स।" वह उसकी आज्ञा का पालन सा करते हुए और भी सिकुड़ गई थी। खिड़की खुली थी। रात का गहरा आकाश दिखाई पड़ रहा था। बुझते-जलते तारों के सिवा सब अंधकार में विलीन था।

वह पलंग के पास कुरसी खींचकर बैठ गया था। दोनों के बीच चकित मौन था। धीरे से हाथ बढ़ाकर उसने उसकी सिकुड़ी देह पर कंबल डाल दिया था।

पता नहीं कब उसकी आँखें मुँद गई थीं।

सुबह कमरे में पसरी फैली थी। चाय की ट्रे उसने छोटी टेबल पर रख दी थी। "तुम ब्रश वगैरह करो तो चाय बनाता हूँ।" वह उठी। दरवाजा खोलकर एक अधेड़ सी स्त्री की टटोलती आँखों ने अंदर झाँका था।

"कैसी है, सविता अब?"

उसे नहीं पता, उसे क्या कहना चाहिए था।

''आई एम सॉरी।'' उसके मुँह से अचानक निकला था।

''नहीं, नहीं! ऐसा क्यों?'' असीसता सा कोमल स्पर्श उसके चेहरे और बालों पर फिसल रहा था। जाने किस भाव से वह झुकी थी और उसके पैरों को छुआ। उसने कंधों से पकड़कर बीच में ही रोक लिया था।

''जीती रहो। खुश रहो।'' वह अनिल की ओर संबोधित थी।

''डॉक्टर को बुलाना है क्या?''

उसने उसकी ओर देखा था। अपने भीतर एक थरथराहट का सा अनुभव हुआ था।

''अभी रहने दो।''

''अच्छा। थकी होगी शायद, इसका ध्यान रखना।''

सुबह की ताजगी की बजाय एक अजीब सी घुटन महसूस हो रही थी। मन पर कोई भारी बोझ जैसा था। जैसे वह किसी पहाड़ के नीचे दबी पड़ी हो। वह बाहर देख रही थी। हल्की बूँदाबाँदी हो रही थी। शादी के घर में बाहर आँगन में चहल-पहल थी। मिली-जुली कई तरह की आवाजें-खिलखिलाहटें और बच्चों का हुड़दंग। भीगने से बचाने के लिए सामान को भीतर लाने का आदेश दिया जा रहा थी। बादलों की गर्जन और सर्दी के बादलों ने दिन को धुँधला कर दिया था। ठंड बढ़ गई थी। उसे लगा, वह चारों ओर टीलों-ढूहों और खेजड़ी के वृक्षों से घिरे ऊसर में पहुँच गई थी। जलता-तपता ऊँचा-नीचा रास्ता। धूप और लू के झोंके। दूर-दूर तक कहीं छाया नहीं। पैरों तले जली हुई घास। आसपास कोई नहीं। एक चरवाहा डंडे से भटकी हुई भेड़ को हाँक रहा था।

''कुछ कहोगी नहीं, सविता, तुम्हारे मन में क्या संकट है? किसका भय है? कुछ कहो न। कहोगी नहीं तो कैसे होगा?''

लगा जैसे दिमाग पर कोई थाप दे रहा था। धीरे-धीरे वह थाप एक हथौड़े में बदलती गई। आज की चरखड़ी पर से पूरी रील उलटी घूम गई। अठारह वर्ष पुरानी अँधेरी सुरंग के पार से एक छोटा सा कस्बा उभरा था। दूर-दूर तक नजर आनेवाले टीले, बिना वनस्पतियोंवाली रोडी ढलानें, पैरों में जली मटमैली घास, कीकर और बबूल के उसाँसते जंगल। ऊँचाई से खड़े होकर देखने पर नजर आनेवाले गह्वर, उथली धाराएँ और उनमें बहता सपाट पानी। तलहटी में बसा छोटा सा कस्बा। रेलवे कर्मचारियों के नीची छतों और उघड़ी, सीली दीवारोंवाले क्वार्टर। दूर-दूर तक बिखरे छोटे-बड़े घर। दिन भर की चिलकती धूप और लू में तपे-झुलसे घरों की

छतों से शाम की धुलाई के बाद निश्श्वास निकलते और रात में चंद्रमा दबे पाँव उतरता। पीली मुरझाई रोशनी में ऊसर टीलों में फैले बियाबान में रात झिंग-झिंग सी बोलती सुनाई देती। जिसमें दबे पाँव आए भेड़िए की चुप आहट और उसकी दबोच में फँसे बच्चे की चीखें उभर आतीं। टॉर्च और लालटेनों के साथ डंडे-कट्‌टे लिये लोग जंगल में हू-हू कर भेड़िए का पीछा करते और थक-हारकर लौट आते। सुबह जंगल में अधखाई लाश या हड्डियों का ठट्‌टर पड़ा मिल जाता। रात के अँधेरे में कब्रिस्तान बने उस कस्बे में सुबह सारे मुरदे जिंदा हो जाते। घरों के सामने, पीपल के पेड़ के नीचे, पक्के चबूतरे पर बड़ों की चौपड़ बिछती। पत्तेबाजी होती, तो कभी बच्चों का हुड़दंग मचता। घर का काम निबटाकर घरेलू औरतें बैठकर भुनभुनाती रहतीं। रात में जब बच्चे और औरतें घरों में होते, वहाँ मरदों की महफिल जमती। देसी बोतलें खुलतीं। गाली-गलौज, खींचातानी के बाद लड़खड़ाती आकृतियाँ दहाड़ती हुई घरों के बंद दरवाजों पर पैरों से ठोकरें मारतीं⋯दरवाजे खुलते और कस्बा फिर जिंदा लोगों का कब्रिस्तान बन जाता। ''कहाँ मर गए सब? सविता! कहाँ हैं तुम्हारी माँ?'' वह किवाड़ के पीछे दुबक जाती। वह राक्षस की तरह सींगों और नाखूनों को मांस में गड़ाता भीतर आता था। शराब के नशे में गिरता-पड़ता और बकता हुआ।'' जा-ऽ पानी दे आ! हाथ धुला आ-ऽ! थाली लगा दे-ऽ! जा-ऽ! कहाँ है तुम्हारी माँ-ऽ जा-ऽ पकड़ाकर आ-ऽ।'' वह तीनों छोटों में उलझी रहती और उसे आदेश देती जाती।

उनकी आँखों में चमक सी कौंधती। सिर के बाल उड़ जाने पर भी वह अपने हाथों से अपना सिर और दाढ़ी सहलाते जाते। ''लाडोऽ!'' खींचकर उसे अपनी गोद में बैठा लिया। वह उठने को कुलबुलाई थी। अपनी जेब से एक रंगीन क्लिप निकालकर उसके बालों में फँसा दिया था। एक चालाक बालिग समझ के साथ वे उसकी नादान बच्ची समझ को झुठलाने का प्रयास करते थे। स्कूल में दीनू छुट्‌टी होते ही तितलियों के पीछे भागता। जरा सी आहट से तितली उड़ जाती। वह दबे पाँव इधर-से-उधर उसका पीछा करता। आखिर अँगूठे और उँगली के चिमटे में उसको पकड़ लेता। तितली फड़फड़ाती। उसके पंखों पर लगे पराग से उसकी उँगलियाँ सन जातीं। वह उसे किताब में बंद कर पत्थर के नीचे दबा देता। ''ना-ऽ, ना-ऽ दीन, ना-ऽ!'' वह उसे रोकती, बार-बार रोकती।

सपाट चेहरेवाली अस्त-व्यस्त सी वह औरत एक-डेढ़ साल के अंतराल में जनमे तीन लींगड़ों के साथ दिन भर कठपुतली सी हिलती-डुलती रहती। कमजोर और अकसर बीमार। तीनों को हगाने, मुताने, सुलाने, खिलाने, ओढ़ाने में⋯और

घर के कामों में वह मशीन की तरह भाव शून्य सी इधर-से-उधर, उधर-से-इधर आती-जाती रहती। रात तक थककर उन तीनों के बीच मुरगी की तरह पंख फुलाकर पसर जाती। उसे लगता, वह सोते-सोते चलती, उठती, बैठती और काम करती है। फिर सो जाती है। उसे नहीं पता, उस लड़खड़ाते गंजे दढ़ियल से उस औरत और तीनों लींगड़ों और उसका कैसा रिश्ता था। उसे अपनी माँ का चेहरा याद नहीं था। उन तीनों की तरह वह भी उसे इसी संबोधन से बुलाती थी। वह बिफर रही थी। वह कड़ाही में पकोड़ियाँ तलती जा रही थी। उसने प्याज काटकर उनमें नीबू-नमक मिलाकर उसको पकड़ाया था, ''जा-ऽ दे आ-ऽ! जा-ऽ ये भी दे आ-ऽ!''

दढ़ियल ने उसे रोका था। उसकी आँखों में एक अनजाने भय की छाया मँडराई थी। मजबूत पकड़ के साथ ही उसकी साँस रुक गई थी। आवाज उसके कंठ में ही रुँध गई थी। नुकीले ठोकों पर नंगे पैर भागती जाती काँटेदार झाड़ियों में उलझती पहाड़ पर पत्थरों की ठोकरों से लहूलुहान वह बारूद से उड़ते पहाड़ के बीचोबीच आ गई थी। आँखों को अंधा कर देनेवाला धुआँ गड़गड़ाहट और धमाके की आवाज से टूटती-छिटकती चट्टानों से उसका शरीर छलनी हो गया। उसके हाथ-पैर, पेट, पूरी देह किसी बड़ी चट्टान के नीचे दबकर पिलपिले मांस की लोंद भर रह गई थी। तुष्ट-पुष्ट दैत्य की तरह पसरे। नीचे से नन्हीं बाँह बढ़ाकर के अपनी फ्रॉक खींचकर खड़े होने में लड़खड़ाई थी···। अँधेरे में घायल जानवर सी सीढ़ियों में अपनी लहूलुहान देह को घसीटती वह नीचे आई थी। माँ सबसे छोटेवाले को चिपकाए सोई थी। झुटपुटे में भी उसने साफ देखा था—माँ-ऽ! ओ-ऽ माँ-ऽ! वह घूमकर उसकी पीठ से मुँह सटाकर सुबक रही थी। उसकी सारी देह थरथरा रही थी। ''क्या हुआ-ऽ?'' उसने अपनी बाँह बढ़ाकर उसको कमर से घेर लिया। एक-दो बार 'क्या हुआ' कहकर दिन भर की थकी देह फिर सो गई थी। वह रात भर उससे लपकी टीसती-चीखती रही। एक-दो बार नींद में उसने कहा था। उसे मुश्किल हो रही थी। वह अलग जाकर या ऊपर बाबूजी के पास सोए। माँ उठी थी। चारों तरफ अँधेरा था। शायद अँधेरे में ही उसकी सुबह होती थी। वह उसके पीछे-पीछे उठकर चल रही थी। ''माँ-ऽ!'' वह अपने पेट पर हाथ रखकर दुहरी हो रही थी। दर्द से बेहाल··· ''माँ-ऽ···'' उसकी सिसकारी हवा में उछली थी। वह रुकी थी। उसने फ्रॉक उठाकर दिखाया था। टाँगों पर बह आया खून काला पड़ गया था। पर रक्तस्राव अभी भी रुका नहीं था। उसने देखा। आश्चर्य से कमर पर हाथ रखे देखती रही। ''इतनी जल्दी?'' उसने हिसाब लगाया—''चैत···अभी

सातवाँ भी पूरा नहीं हुआ। कलयुग आ गया।'' उसने माथे पर हाथ मारा था। गुसलखाने के सामने रुककर उसने उसे अंदर धकेला था। अंदर जाकर पुरानी धोती की चौड़ी पट्टियों और पुराना लाँगड़ लपेटकर उसे समझा, पकड़ा गई थी।

नलके में पानी की धार के साथ उसके दर्द की सीत्कार और आँसू इकसार हो रहे थे। ज्यादा तेज रोशनीवाली लालटेन की चिमनी रात भर काली होती रही और फिर चटककर चूर हो गई।

सुबह से ही उसके भीतर अँधेरा भरने लगा था। उस दिन वह स्कूल नहीं गई थी। दिन भर लस्त सी लेटी रही थी। रात उतर रही थी। उसकी ओर बिना देखे उसने कहा था, ''जाओ-ऽ पानी दे आओ। हाथ धुला दो··· ।'' वह वैसे ही खड़ी रही। उसका ठंडा, कठोर अविचलित स्वर उभरा था, ''जाओ-ऽ जल्दी।'' पिघले स्वर में काँपते होंठों से उसने टेरा था, ''माँ तुम ही जाओ न।'' ''देख नहीं रही हो-ऽ हाथ खाली नहीं। जाओ-ऽ जल्दी!''

वह सीढ़ियों में अँधेरे में बैठी रही। ऊपर से कठोर कर्कश आवाज नीचे ढुलक रही थी···''मर गए सब। पानी भेजो जल्दी।'' नीचे से लगातार घबराई आवाज ऊपर चढ़ रही थी। ''गई नहीं क्या अभी-ऽ!'' नीचे-ऊपर की आवाजों के आतंक से वह वहाँ बैठ गई थी। उसने डरकर कानों पर हाथ रख लिये थे। आँखें बंद कर ली थीं। उसे लगा वह घने जंगल में भटक गई थी। जहाँ उसे शिकारी की धाँय दौड़ के साथ लहूलुहान शिकार घसीटे जाते और चीथे-चबाए जाते बच्चे दिखाई दे रहे थे। वह चाहती थी कि वह चीखे···ताकि उसकी मदद कर सके, पर उसकी आवाज उसके तालू से चिपकी रही। धड़-धड़कर सीढ़ियाँ उतरते आते अँधेरे में वह उससे टकराए थे। ''तू यहाँ क्यों बैठी है? चल उठ-ऽ!'' जंगली जानवर से वे गुर्राए थे और दबोचकर ऊपर ले गए थे। वह मिमियाती रही ''नहीं, बाबूजी-ऽ···नहीं।'' पूरे कस्बे को अंधकार की मैली चादर ने ढक लिया था।

दिन और रात का क्रम टूट गया था। उसकी आँखों के सामने दूर-दूर तक उजाड़ ऊसर फैल आया था। रात में पुल पर से गुजरती गाड़ी की आवाज, थरथराती धरती और इंजन की चीख के साथ वह दहल उठती। हर रात अँधेरे को चीरती पटरियों पर दौड़ती गड़गड़ाती ट्रेन उसे कुचलकर निकल जाती।

दर्द के असहनीय होने पर कई बार माँ को कहने के बाद आखिर वही उसे डॉक्टर के पास ले गई थी। डॉक्टर और माँ के बीच आवाजें तेज हो गई थीं। वह सकते में आ गई थी। जैसे किसी बिच्छू ने छू लिया था। उसका चेहरा बुझ गया था। उसके भावहीन चेहरे पर सवालों के शूल उग आए थे। दर्द से बेहाल और

बुखार से तपती उसकी देह को झझकोर-झकझोरकर कई तरह के सवालों से उसे कोंचा गया था। परिणाम की भयंकरता से डरकर भी उनकी चुप रहने की हिदायत को उसकी सिसकियों ने तोड़ दिया था। एक विस्फोट के साथ घर की छतें और दीवारें ढह गई थीं। सब तितर-बितर हो गया था।

तारकोल से लिपटी काली-चौड़ी सड़कें, उन पर भागती-दौड़ती गाड़ियों-बसों वाला वह मामा का शहर था। सड़क के दोनों ओर लगे घने, छायादार वृक्ष और साथ-साथ बड़े-बड़े घरों की कतारें। खुला साफ-सुथरा, बड़ा, धूप और हवादार घर। दहलीज पर उसके पैर ठिठक गए थे। चकित सी चारों ओर तरफ देखकर वह सिकुड़ी खड़ी रही। उसके कंधों पर एक कोमल थाप देकर मामी ने उसे बाँहों में घेरकर आश्वस्त सा किया था।

बड़े शहर का बड़ा स्कूल। सजे-सँवरे लकदक करते बच्चों के बीच वह बुझी फुलझड़ी सी कोनों-किनारों में सिमट जाती। "आओ-ऽ ! बैठो-ऽ !" घर पर मामी-मामा की दुलराती आवाज उसे सारा समय घेरे रहती। पढ़ने की मेज पर नए विषयों की नई पुस्तकों के रहस्य मामी-मामा उसके सामने खोलते और समझाते रहते। न समझ आने पर भी धैर्य नहीं खोते थे। सुबह से ही मामी का घर धूप में नहा जाता। सूरज की उजली रोशनी फर्श पर फैलती रहती। कमरों में रखी चीजों और फर्नीचर पर पड़ने लगती। बाहर फेंस के साथ फूलों की बेलें चढ़ी थीं। फलों के सुगंधित वृक्षों में फुटाव आ रहा था। पैरों के नीचे हरी घास का फर्श बिछा था। मामी सुबह-शाम माली के साथ-साथ खुद भी फूलों की क्यारियों में पानी देतीं। मामी ने उसे बिन्नी के साथ सामनेवाला कमरा दिया था। जिसकी खिड़की बाहर बगीचे में खुलती थी। जहाँ से वह फूलों के चटख रंगों और उनके खिलाव को देख सकती थी। हवा में फूलों की गंध को सूँघ सकती थी। बिन्नी और गुड्डू की उछल-कूद के साथ वह उसे भी शामिल करना चाहती थी, पर वह ठिठकी रहती। स्कूल में अपनी उम्र की चहकती, कूदती-फाँदती, लड़कियों के बीच वह थकी सी एक तरफ टिकी उन्हें आश्चर्य से देखती रहती थी। बिन्नी उससे चार साल बड़ी थी। वह सारा समय हँसती-मुसकराती रहती। उसके पास खेलने-पढ़ने और पहनने के लिए बहुत सारी चीजें थीं। वह उसे देना चाहती, पर उसका हाथ नहीं उठता था। वह जबरदस्ती उसे कोई-न-कोई चीज पकड़ा देती। वह उसे हाथ में लिये-लिये ही सो जाती। मामी ने उसके लिए भी ढेर सारी रंगीन चित्रोंवाली किताबें, कई सारे खिलौने और नए कपड़े ला दिए थे।

वह जैसे ही आँख बंद करती, उसकी आँखों में काली छायाएँ मँडराने लगतीं।

वह देखती—एक भयानक घना जंगल, दरिंदे जैसा तगड़ा, नंगी देहवाला कबीले का मुखिया, जो हाथ बढ़ाकर सबको अपने लंबे नुकीले नाखूनोंवाले हाथों की मुट्‌ठी में दबोच लेता। और तो और, छोटी लड़कियों को नीचे गिराकर रौंदता। वे खून से लिथड़े चीथड़ों में जमीन पर गिरी कराहती रहतीं। वह उन्हें जंजीरों में बाँधकर गुलाम बनाकर नंग-धड़ंग घसीटता। उनसे सब तरह के काम करवाता और कोड़े मारता। उस दरिंदे का चेहरा बाबूजी से मिलने लगता। वह सोते में चीखकर, उठकर बैठ जाती। उसकी सारी देह पसीने से लथपथ हो जाती। वह देखती, बिन्नू सुखपूर्वक निश्चिंत सोई होती। फिर वह भी घुटने मोड़, मुड़ी-तुड़ी होकर लेट जाती। आँखें बंद करने से डरती। फिर वही सपना था, जब उसने बड़े होने पर देखा था कि वे सारी जंजीरों से बँधी घसीटी जाती स्त्रियाँ संगठित होकर एकजुट हो गईं। परिवार बने, धर्म और सामाजिक नियमों के अनुसार चलते हुए औरतों और बच्चियों की जंजीरें छूटीं। मुखिया की जगह संरक्षक के रूप में पिता ने ली। उसके साये में परिवार बने···सपना आगे बढ़ा, पर वह दरिंदा जाने कैसे जिंदा रहा। आग, पानी हवा की शक्तियों को लाँघकर आज भी अपना शिकार पकड़ता और अदृश्य हो जाता। इस तरह वह जहाँ-तहाँ प्रकट होता ही रहता। विश्वविद्यालय में समाजशास्त्र पढ़ते हुए फ्रायड की 'टॉटिम एंड टैबू' भी पढ़ी थी। परिवार, धर्म और राज्य की अवधारणा और संरचना को जाना था। लेकिन इस अभेद्य किले में भी उस दरिंदे ने सेंध लगा ली थी। स्वप्नग्रस्त सी वह भयभीत कर देनेवाली पिघली छायाओं से घिरी मीलों तक अकेली चलती जाती। उसके साथ-साथ धुएँ का गुबार रहता। वह भीतर घुसती और परदा वैसा-का-वैसा बंद हो जाता।

मामा-मामी के प्यार और विश्वास की छाया में रहते-पलते, बड़ी होने के साथ-साथ दुःस्वप्नों की काली छायाएँ हटती गई थीं। वह छोटा कस्बा, उस कस्बे का वह घर, उजाड़, ऊसर, बबूल और कीकर के जंगल, दबे पाँव आते भेड़िए की आहट, बच्चों की चीख, धड़धड़ाती रेल की आवाज और इंजन की सीटी—विस्मृति की धुंध में विलीन हो गए थे। वह अधिकतर सारा समय पढ़ती थी। खुली हवा, नया वातावरण और प्यार की छाया में उसकी जड़ता टूटी और नई चेतना जगी थी। वह 'मामी' को 'मम्मी' कहने लगी थी। मामी के प्यार ने उसे सुनसान टापू से लौटा लिया था। बिन्नी की शादी हो गई थी और गुड्डू बाहर चला गया था। कभी-कभार मामी मामा से फुसफुसाती थी—

''सवि की शादी।''

''मामी, मैं शादी नहीं करूँगी।''

''क्यों नहीं करेगी?''

''बिन्नी और गुड्डू दोनों चले गए। आप अकेले रहोगे क्या?''

वे दोनों हँसते थे। कुछ देर बाद फिर वही बात घुमा-फिराकर कही गई थी, ''सवि, इसी शहर में है वह। आती-जाती रहोगी तुम। हम अकेले नहीं होंगे।'' वह उनका विरोध कर ही नहीं सकती थी।

कल ही तो भावभीनी आँसू भरी विदाई दी थी उन्होंने। ''तुम दूर थोड़े ही जा रही हो···जब चाहो, आ सकती हो।'' छाती पर पहाड़ था, जो सरक गया था। पर दूसरे ही पल उसे लगा, उसका बाहर उसके भीतर से छिटक गया। उसके वर्तमान को उसका अतीत निगल जाएगा। उसने महसूस किया कि वह नहीं थी, जो कल थी और जो कल थी, वह आज नहीं थी, उसका जागा हुआ अतीत उसके वर्तमान पर भारी पड़ सकता था।

दूर कहीं कुत्तों के भोंकने का स्वर था। सारा घर चैन से सोया था। वह अकेली जाग रही थी। चहलकदमी करते-करते थककर अनिल भी सोफे पर हो सो चुका था। वर्षों बाद उसने फिर वही सपना देखा था—जंजीरों से बँधी गुलाम बच्चियाँ, औरतें···उनके गलों में कसे चमड़े के पट्टे···उनकी रुकती हुई साँसें और लड़खड़ाते हुए कदमों से घसीटते चले जाने की झन्-झन् आवाजें··· । वह जान गई थी कि इस सच्चाई का आघात उसे अंधा कर देगा। इस सच्चाई की गरम हवा उसके जीवन की हरियाली को झुलसा देगी। परंतु अपने प्रताड़ित-अपमानित अतीत के इतिहास को अनिल से न कहना उसके साथ अन्याय नहीं होगा क्या? क्या वह अपने संस्कार के विरुद्ध खड़ा रह सकेगा? अभेद्य किलों की गुमराह करनेवाली अँधेरी सुरंगों के परे रोशनी देख सकेगा? इस रिश्ते की पारदर्शिता को सह सकेगा? समाज और संस्कार के विरुद्ध किसी निर्णय को स्वीकृति देना सरल नहीं होता। क्या इतना साहस जुटा पाएगा वह? पर वह क्या करे! किसी विवेकशून्य व्यक्ति की एब्नॉर्मल नृशंसता या बीहैवियरल डिसऑर्डर, जिसने उसके जीवन को सड़ाँध करता तालाब बना दिया था, उसकी सजा वही क्यों भुगते? बाहर रात गहरा रही थी। टिटहरी की आवाज सन्नाटा तोड़ रही थी।

वह सीधी लेट गई थी। खिड़की से मध्य रात्रि का टूटा सा चाँद दिखाई दे रहा था। फीकी सी रोशनी उसके चेहरे पर फैल रही थी। वह उसके साथ चाँदनी में नहा सकती थी। धारा में पैर डालकर उसका हाथ पकड़े हुए पार जा सकती थी। पहाड़ पर दौड़कर चढ़ सकती थी। समुद्र के किनारे आती लहर के सहारे दूर समुद्र में जाकर दूसरी लहर के साथ लौट सकती थी। जाड़े की सुनसान रात में उसकी

बाँहों के घेरे में निर्जन लंबी सड़क पर रात भर चलकर सुबह आ सकती थी। एक बेईमान समझ उसे किशोर भावुकता से अलग कर रही थी।

दूर पहाड़ पर एक डाकबँगला था और उसके भीतर की रोशनी बाहर सूनी घाटी पर फिसल-फैल रही थी। उसे वहाँ पहुँचना था। वह पहाड़ पर चढ़ते-चढ़ते हाँफ रही थी। क्षण भर वह रुक जाती। अपनी साँसों को संयमित करती ठंडी हवा और टपकते कुहरे की बूँदें उसे भिगो देतीं। वह ठंड से काँपती, परंतु अँधेरे, पथरीले गीले-रपटीले रास्ते पर चढ़ती हुई वह उस रोशनी तक पहुँचने को ललक रही थी।

वह एक व्याकुल, व्यग्र भाव लिये आँखें खोलती है। अतीत और वर्तमान की सीमाएँ एक बार यहाँ आकर फिर खुल गई थीं। बीतता हुआ अतीत लपट की तरह रास्ता रोके खड़ा था। कितने ही वर्ष वह निर्वासन की यंत्रणा में जी थी। वह बीतते-भागते इन क्षणों को बाँध सकेगी क्या? अतीत की काली छायाओं से अपने को मुक्त कर सकेगी क्या? खिड़की से आसमान की एक छोटी सी कतरन भीतर लटक रही थी। वह आत्ममंथन में सूनी दृष्टि से कमरे के चारों ओर ताक रही थी। सरल सी मुसकान के साथ वह पास ही टिका था।

'अब कैसी हो?…' स्निग्ध सी आत्मीयता के साथ उसने पास पड़ी शॉल उसके कंधों पर डाल दी थी। उसे अपना आप गलीज और दोषी लग रहा था। बाढ़ का पानी बह चुका था, पर उसके साथ आया कूड़ा-कचरा सड़ाँध फैला रहा था। किसी भी संक्रामक रोग के फैलने की आशंका की जा सकती थी।

उसने देखा, उसके चेहरे पर एक शालीन और स्वाभाविक मुसकान थी, जो उसकी असमर्थता को लाँघने का प्रयास कर रही थी। कमरे में वह चिंतित सा चहलकदमी कर रहा था। उसके चेहरे पर एक निखरा सा खिलाव था। पर समीप आते ही उसका चेहरा दढ़ियल, गँधाते क्रूर चेहरे में बदल जाएगा! बवंडर में फँसी डूबती-उतराती नाव सी वह अतीत और वर्तमान में डोल रही थी। खिड़की के बाहर हवा में हिलते पेड़ों की फुनगियाँ दिख रही थीं। घर के बाहर सजाए गए नीले-पीले बल्बों की बुझती-दीपती रोशनी धक्-धक् कर रही थी। अचानक वह रुका था। पलंग की पाटी पर बैठ गया था। उसकी ओर देखकर मुसकरा रहा था। उसने उसका हाथ थाम लिया और पतली, लंबी उँगलियों से खेलने लगा था। धीरे-धीरे उसका चेहरा उसके करीब बढ़ रहा था और उसकी घबराहट बढ़ रही थी। कहीं यह चेहरा उस दढ़ियल गँधाते चेहरे में न बदल जाए। वह खुली चपाट आँखों से उन दोनों चेहरों के भावों, उनके नक्शे, बनावट को पहचान लेना चाहती

थी। ताकि इस सामान्य चेहरे को वह उन्मादी चेहरा ढक न ले। धीरे-धीरे दो चेहरों के अलगाव पर वह फफक पड़ी थी।

वह धीरे-धीरे उसके बाल सहला रहा था।

"मैं हूँ-ऽ···देखो···मैं हूँ न तुम्हारे पास!"

यही पल था। यह टर्मिनल था। वह कई बार अकेले में वहाँ चलकर आई थी। कोई पुल था। पुल के नीचे तेज बहते पानी को देखते हुए वह भी उसके साथ बहने लगती थी। देखना बंद करती तो फिर अपने को धारा से अलग खड़े पाती। सूरज की रोशनी झमाझम पानी में बरस रही होती। उसकी आँखें चुँधिया जातीं। उसने अपनी हथेलियों से अपनी आँखें ढक ली थीं!

□

पिंडदान

प्लास्टिक की नलकियों से उनका मुँह, नाक, चेहरा, कलाई सब ढका था। कल से उनकी तबीयत ज्यादा बिगड़ गई थी। आशा की एक चिलक सी उठी। हो सकता है, यह अंतिम बार हो। उसने अपने को लताड़ा था। पर अब वह बहुत कमजोर और शिथिल हो चुके थे। पहले की तरह नसों और डॉक्टरों को 'बहू', 'बेटियाँ' और 'बेटे' कहकर नहीं बोल पाते थे। दूसरे बेड पर लेटे मरीजों से उत्सुकता और उत्साह से भरकर जानकारियाँ इकट्ठी नहीं करते थे। न ही अस्पताली गंधवाली चाय से इतर बाहर की चाय की जिद्द करते थे। वैसे वह कुछ कहते नहीं थे, पर उनमें कुछ ऐसा था कि कुछ लोग उनके पीछे हो लेते और जैसा वह चाहते, वैसा करने लगते। उसे भी तो कुछ नहीं कहा था। फिर क्यों घिसट रहा था वह पिछले तीन सालों से उनके पीछे? उसने दुबारा सोचा और उसे लगा कि सिर्फ कमजोर वृत्ति के लोग ही उनके पीछे होते थे। शायद तभी पाँच भाई-बहनों में वही लद्दड़ रहा था।

प्लास्टिक की नलकियों के बीच से उनका चेहरा नजर आ रहा था निश्चल—बच्चों जैसा सरल और सहज चेहरा। इतनी पीड़ा में भी विकृत नहीं हुआ था। पर उसे लगा, यह चेहरा एक मुखौटा था। असल में यह इनसान महाचालाक और स्वार्थी था। वह चाहता था कि वह इसी तरह यहाँ बैठा सड़ता रहे। सड़-सड़कर यहीं मर-खप जाए। ऊपर से कहते थे, 'जाओ, घर हो आओ, चंद्रमोहन।' पर कैसे? आज जाकर कल वापस आने के लिए। घर जाना क्या यों ही होता है? उसमें पैसे नहीं लगते क्या? कैंसर पेशेंट हेल्पेज से सहायता की अगली खेप नहीं मिली थी और मिलने की कोई उम्मीद भी नहीं थी। 'कैंसर पेशेंट क्या सिर्फ यही

है? और नहीं हैं दूसरे लोग। उनका हक नहीं बनता।' अफसर उसे कई बार लताड़ चुका था। 'अब कुछ अपना इंतजाम भी करो।' अब दवाइयाँ-इंजेक्शन सभी बाजार से खरीदा जा रहा था। इस महीने भी घर पर पैसे नहीं भेज सका था। वीना से फोन पर बात करनी चाही थी, पर कितनी गहरी चुप्पी साध ली थी उसने। आखिर यह इस तरह चुप क्यों है? कुछ बोलती क्यों नहीं? उस पर झल्लाती और चिल्लाती क्यों नहीं? क्यों नहीं कहती कि वह अब उसका घर नहीं चला सकती। वह उसके बच्चे नहीं पाल सकती। वह उसे छोड़कर क्यों नहीं चली जाती? आखिर यह बुड्ढ़ा वीना का लगता क्या है? ससुर! यह भी कोई रिश्ता है, जिसके लिए कोई अपनी जिंदगी उजाड़ ले।

पिछले कुछ दिनों से इस भोले-भाले चेहरे के पीछे उसे एक जल्लाद का चेहरा नजर आता था। कभी किसी तांत्रिक-मांत्रिक का चेहरा दिखाई देता। वह डर गया था। ओह! क्या होता जा रहा था उसे? उसकी हथेलियाँ पसीने से गच्च थीं। उसका बदन ठंडा हो गया था। वह आँखें बंद कर, गरदन पीछे फेंककर आगे को ढील गया था। बाबूजी का चेहरा अब सामान्य दिखाई पड़ रहा था। आधे से ज्यादा सफेद और काले कचपचे बाल। चेहरे पर बढ़ी हुई दाढ़ी। आँखें कोटर में धँसीं, गाल पिचके हुए। दाँत निकाल देने से वह अपनी उम्र से बीस वर्ष ज्यादा लग रहे थे। सामने कटोरी में पड़े उनके नकली दाँत उस पर हँस रहे थे। उसकी खिल्ली उड़ा रहे थे। उसको मूर्ख समझकर उस पर ठठा रहे थे। उसने हाथ बढ़ाया—ये दाँत उठाकर वह खिड़की से नीचे फेंक देगा। या यहीं अपने सामने पटककर उन्हें ठोकरों से चूर कर देगा। वे कराहे थे। उसका हाथ रुक गया। उसने आगे आकर झुककर देखा, कलाई में जहाँ सुई घुपी थी, उसके आसपास की सारी जगह सूज गई थी। कलाई नीली पड़ गई थी। सुई में नाली के साथ स्टैंड पर लटकी उलटी बोतल का द्रव तिप-तिप कर लगातार उनके भीतर जाते आज तीसरा दिन था। नर्स कई बार आई थी। दूसरी बाँह को दबा-दबाकर, टेढ़ी हथेली से पीट-पीटकर देख गई थी। पर उसे नस नहीं मिली थी। फिर वैसे ही निर्विकार भाव से वह आती। खाली बोतल निकालकर भरी टाँग जाती। बूँद-बूँद द्रव टपकता, चौड़ी नलकी से पतली नलकी में आने से पहले जोड़ पर रुकता, पतली नलकी से होता हुआ सुई द्वारा उनकी नस में, और फिर शरीर में प्रवेश कर जाता।

सामने के बेड की मरीज दो दिन पहले डिस्चार्ज हो गई थी। उसके चले जाने से उसे एक धक्का सा लगा था। वह कितना आदी हो गया था उसे देखते रहने का।

उसके पास अकसर एक जवान लड़की ही रहती थी—बातूनी और चुलबुली। उससे टिककर बैठा ही नहीं जाता था। वह हमेशा किसी-न-किसी बहाने हिलती रहती या अंदर-बाहर होती रहती। काउंटर पर जाकर नर्सों और डॉक्टरों से बोलती-बतियाती रहती। वह उसे अंकल कहती थी। एक ही दिन में उसकी दिलचस्पी बढ़ गई थी। समय का पता ही नहीं चलता था। कुछ भी न हो तो वह बैठे-बैठे चॉकलेट चबाती हुई मुँह चलाती रहती और टाँग हिला-हिलाकर कॉमिक्स पढ़ती रहती। उसकी खनकती हँसी उसे बड़ी रहस्यात्मक लगती थी। वह खुद नहीं हँस रही होती तो एक हाथ में पहनी उसकी बहुत सारी रंग-बिरंगी चूड़ियाँ हाथों के ऊपर-नीचे होने से छनकती रहतीं। वह पेशेंट उसका पति था। उसे पेट का कैंसर था, जो भीतर-ही-भीतर फैल गया था। इस तरह हिलने, बोलने, आने-जाने के बीच वह अपने पति का पूरा ध्यान कब और कैसे रखती थी, पता ही नहीं चलता था। उनका दाँत ब्रश करना, शेव करना, स्पंज-कंघी करना, कपड़े बदलना, रोज घर से आई धुली चादर बदलना, नाश्ता, दवाई, खाना-पानी—सबके प्रति वह चौकन्नी और तत्पर रहती थी। सुबह जैसे ही डॉक्टरों की टोली राउंड पर आती और उसके पति के बेड के पास रुकती, वह सीधी सतर्क खड़ी हो जाती। एकाग्र होकर उनकी बात सुनती, कई सवाल पूछती और बेड के साथ लटकी तख्ती पर लगे पन्नों को उलट-पुलट करती हुई कई जगह उँगली रखकर डॉक्टरों के सामने खड़ी हो जाती। डॉक्टरों की ठंडी मुद्रा और उनके होंठों पर सूखते शब्दों से उसका चेहरा उदासी से धुँधला हो जाता। पर कुछ ही देर बाद वह फिर सामान्य दीखने लगती। बीच-बीच में उसे रिलीव करने के लिए घर के दूसरे लोग खाना, फल, चाय वगैरह लेकर आते-जाते थे। पर लगता था कि जिम्मेदारी वही सँभाले थी। उसने बताया था, 'आज ही डॉक्टर डिस्चार्ज स्लिप बना देंगे।' पर क्या वह अब ठीक हैं? इस सवाल से वह मुरझा गई थी। 'नहीं, अभी सिर्फ रेडिएशन में हुए बर्न्स का ही इलाज हुआ है। अभी घर पर दवाई वगैरह चलेगी। अगले महीने फिर…' कहते-कहते उसके चेहरे पर राख सी पुत गई थी। उसकी आँखों की, होंठों की, चूड़ियों की चिलकन चुपा गई थी। कुछ देर वह स्थिर उसके सामने खड़ी रही। फिर आगे बढ़ गई। 'अच्छा अंकल, आल द बेस्ट।' वह बुदबुदाया था, 'आल द बेस्ट।'

सूरज की फीकी सी धूप खिड़की से बाबूजी के चेहरे पर पड़ रही थी। उनका चेहरा अधिक कमजोर और पीला लग रहा था। उसे लगा, मौत बाबूजी और

उसके बीच खड़ी थी। बाबूजी जी रहे थे, पर वह मर रहा था। इन तीन सालों में तेरह साल बूढ़ा हो गया था। बाबूजी उसकी जिंदगी की धुरी थे, पर अब कील बन गए थे।

वह स्टूल पर बैठ गया था। सामने उसी का खाली बेड था—चुलबुली लड़की के पति का। वह वहीं देखेगा, क्योंकि वह अपने बाईं ओर नहीं देखना चाहता था। भयावह लगता था उधर देखना। पर तो भी दृष्टि उधर चली ही जाती। वह कुछ ही दिन पहले दाखिल हुई थी। उसका शरीर बैठने की मुद्रा में अकड़ गया था। उसे हड्डी का कैंसर था। वह लेट नहीं सकती थी। वैसे ही गरदन फेंककर सोती थी कुछ देर के लिए। दवाई का असर खत्म होते ही चिल्लाने लगती थी। अपने कंधे पर उसका सिर टिकाए, खिचड़ी सी दाढ़ीवाला देहाती बूढ़ा उसका पति था। उसको वही खिलाता, पिलाता और अपने कंधे पर सुला लेता। जब थक जाता तो उसका सिर दीवार के साथ तकियों पर टिकाकर, एक खेस सा बिछाकर, बेड की आड़ में फर्श पर पसर जाता और खर्राटे लेने लगता। तब बुढ़िया की कोई चीख-पुकार वह नहीं सुनता था। चित्त पसरा पड़ा खुर्र-खुर्र करता सोता रहता। बुढ़िया की चीख-पुकार से अधीर किसी दूसरे मरीज के साथ का व्यक्ति उसे हिलोर-हिलोरकर आधी नींद जगा देता तो वह आँखें मलता उठ बैठता।

उसका धोती-कुरता मैला हो गया था। वह कहता था, गाँव जाकर खुले में नहाएगा, कपड़े फींचेगा और धोती फटकारेगा। यहाँ सब गंदा और बदबूदार है, वह कैसे भीतर जाए। वह अलस्सुबह उठकर ग्लुकोज की खाली बोतल लेकर अस्पताल के पीछे कहीं जंगल हो आता था। दिन में एक बार समय निकालकर कहीं किसी पब्लिक नल पर जाकर अपना धोती-कुरता भी पखार आता। पर धीरे-धीरे उसकी खुले की वह आदत मरती गई थी। उसने अब अस्पताल का गुसलखाना इस्तेमाल करना शुरू कर दिया था। उसकी औरत का ऑपरेशन होना था। उस पर कई दिनों तक डॉक्टरों में आपस में विचार-विमर्श हो रहा था। वह गवई बूढ़ा हर डॉक्टर और नर्स के सामने हाथ जोड़कर खड़ा हो जाता। पहले पूछता था, 'कब ठीक होई?' अब पूछने लगा था, 'छुट्टी कब देबे, डागदर साब?' डॉक्टर इस ऑपरेशन द्वारा एक बड़े प्रयोग की उम्मीद में थे। इसलिए बड़े डॉक्टर और एक्सपर्ट आते, कई तरह के सवाल पूछते। उसके खून, पेशाब आदि की जाँच के लिए कई-कई बार आते और लाल-पीले द्रव की शीशियाँ भरके ले जाते। उसमें आपस में लंबी डिस्कशन होती, पर अभी वे किसी निर्णय पर नहीं पहुँचे थे।

बुड्ढा अब बुत सा हर समय व्याकुल सा दीखता था। उसकी निष्ठा मरने लगी थी। उसके चेहरे पर एक छाया सी ठहर गई थी। यहाँ जो लोग उम्मीद खो देते थे, उनके चेहरे ठंडे और निस्तेज हो जाते थे। डॉक्टरों को देखकर-सुनकर भी वे ठस्स बैठे रहते। न कुछ पूछते, न कहते, सिर्फ बुदबुदाते रहते।

रात की ड्यूटीवाली नर्स थी। ट्रे लिये खड़ी थी। इसी समय वह सबको रात की दवा देकर चली जाएगी। दे क्या पटक सी जाएगी—पेशेंट के साथवाले के सामने। वह चाहे समझे या न समझे। वह दे या न दे। गंभीर मरीजों को भी सोने की दवा साथ ही दे जाती। बाद में मरीज दर्द में कितना भी चीखे-चिल्लाए, और उसे बुलाओ तो वह नहीं आती थी। कहने को वे नर्सें रात की ड्यूटी पर होतीं, पर आपस में समझौता करके अपने स्टाफ-रूम में सभी सो जातीं। सिर्फ इमरजेंसी के लिए एक ही जागती। पर इस इमरजेंसी की परिभाषा दूसरी थी कि कहीं कोई घपला न हो जाए। एक रात की ड्यूटीवाली नर्स मरीज को ग्लुकोज लगाकर चली गई थी। पेशेंट को रिएक्शन हो गया था। पेंशट ठंड से काँपता-छटपटाता रहा। ग्लुकोज की बूँद-बूँद जहर बनकर उसके भीतर उतरती गई। उस पेशेंट के घर से एक नौकर था, जो दिन भर घर का काम करके रात को दस बजे आता और बाहर बेंच पर घोड़े बेचकर सोया रहता। सुबह छह बजे उठकर चला जाता। किसी मरीज के साथ रह रहे व्यक्ति ने उसकी हालत देखी। भागकर नर्स को बुलाने गया, पर जब तक नर्स जागती, जूनियर डॉक्टर ऑन ड्यूटी जागता, बड़े डॉक्टर को बुलाया जाता, पेशेंट निश्चिंत हो चुका था। नर्सें-डॉक्टर सब बच गए। अखबारों में खूब छपा, आखिर में मेडिकल कंपनियों द्वारा दिए गए ग्लुकोज की धाँधली पर बात टिक गई। तरह-तरह की तिकड़में बैठाई गईं, पर डॉक्टर, नर्सें उसी तरह ड्यूटी करते रहे। मरीज किसी-न-किसी की लापरवाही का शिकार होते रहे।

बाहर ट्राली पर रात का खाना दिया जा रहा था। मरीजों के साथवाले अपनी-अपनी खाली या भरी प्लेट-कटोरियाँ लिये बाहर-अंदर आ-जा रहे थे। बुझे मन से वह भी उठा था। उसे बड़ी शर्मिंदगी होती थी खाली प्लेट आगे बढ़ाते हुए। वह प्लेट ट्राली पर रख देता और चुप खड़ा हो जाता। वह जो भी डाल देता, उठा लाता। पर वह उससे जरूर पूछता। ट्राली में हर खुले मुँह पर कड़छी रखकर उसके पेंद में रखी दाल-सब्जी को कड़छी में भरकर 'यह लोगे?', 'यह?' और 'यह?' पर अब वह उसकी हाँ-ना की परवाह किए बिना अपनी मरजी से डाल देता—दाल, चावल, रोटी-सब्जी। वह भीतर आकर अलग प्लेट में बाबूजी के लिए

निकाल देता और शेष जैसे-तैसे उस गिलगिले से खाने को गले के अंदर धकेल लेता। कांता यों तो उसकी भतीजी थी। रहती भी पास में ही थी। शुरू-शुरू में आठ-दस रोज खाना भेजा था। फिर उसे खाना भेजना भारी पड़ने लगा था। उसी ने मना कर दिया था। 'यहाँ सब तो मिलता है। नाहक तुम परेशान होती हो।' और बस, दोनों मुक्त हो गए थे। पहले वह बीच-बीच में उसके घर चला जाता था— नहाने, कपड़े धोने और हवा बदलने के लिए। खुद ही धो लेता। वह नहीं चाहता था कि उन पर भार बने। उन्हें यों भी वहाँ बाबूजी के कपड़े धोना पसंद नहीं था। यों तो अस्पताल के ही कपड़े धोना पसंद नहीं था। उसकी बूढ़ी सास विचार करती थी। वह बिना बालटी-लोटा लिये नल के नीचे नहाता, कपड़े धोता और पिछवाड़े सुखाकर आ जाता। कपड़े सूखने तक बरामदे में तख्त पर लेट जाता। कांता उसे कुछ-न-कुछ खाने-पीने को देती। पर वह सिलसिला ज्यादा दिन नहीं चला था। कांता की बूढ़ी सास उस पर बिफर पड़ी थी, 'हमारे यहाँ बीमारी फैलाने क्यों आता है? कह दो इसे, यहाँ न आया करे। बाल-बच्चों वाला घर है हमारा।' कांता उसे चुप रहने के लिए मिन्नत कर रही थी। उसे बता रही थी। कैंसर की बीमारी छूत की नहीं होती। पर उसकी बूढ़ी सास मानने को तैयार नहीं थी। बस कांता के घर आना-जाना भी बंद हो गया था।

उसका दिल बैठने लगा था। यहाँ आते-जाते उसे तीन साल हो गए थे। बीच-बीच में डॉक्टर उसे छुट्टी देते थे। पर शीघ्र ही उसे वापस आना पड़ता। इस बार पिछले छह महीने से वह यहाँ था। घर में बीना अकेली थी। घर का काम, बाजार का काम। बच्चों की देखभाल, ऊपर से उसकी नौकरी। कैसे करती होगी वह सब। पहले बीना बात करती थी, पर अब नहीं। वह सिर्फ झल्लाती थी। उसे किसी से पता चला था कि बड़ा संजय आवारागर्द हो गया है। पढ़ाई करने की बजाय इधर-उधर दोस्तों के साथ घूमना शुरू कर दिया था। राजू बोर्ड की तैयारी नहीं कर रहा था। जब-तब स्कूल से गायब हो जाता। उसका रिपोर्ट कार्ड शिकायतों से भर गया था। स्कूलवालों ने चेतावनी दी थी। नैनी के भी इस बार अच्छे नंबर नहीं आए थे, जबकि वह पढ़ाई में शुरू से होशियार थी। उसने पूछा था। बीना ने उसे क्यों नहीं बताया तो वह उफन पड़ी थी। 'पहले पितृऋण से मुक्त तो हो लो।' और मुँह फेर लिया था। नैनी ने चिट्ठी में लिखा था, 'मम्मी को एसिडिटी हो गई है। पेट में अफारा चढ़ता है। सिर दुखता है। चक्कर आते हैं।' उसने बीना से फोन पर बात करनी चाही थी। पर उसने यह कहकर फोन रख दिया था, 'ठीक हूँ। बिल

चढ़ रहा है। रखती हूँ।'

उसके अपने दफ्तर में परेशानी बढ़ती गई थी। दो साल पहले उसकी प्रमोशन रुक गई थी। उसने बुरा नहीं माना था। आखिर ऐसी हालत में बाबूजी को छोड़कर वह इतना दूर कैसे जा सकता था! तीनों बहनें अपने-अपने घर-बार में लगी थीं। नरेश तो इस तरफ देखना भी नहीं चाहता था। बाबूजी का लाडला, उनका प्रतिभावान बेटा किसी बड़ी कंपनी में अफसर था। बाबूजी बहुत गर्व करते थे उस पर। जब भी उनकी स्थिति गंभीर होती, उसे लगता था, वह होंठों में उसी का नाम बड़बड़ा रहे हैं। वह भीतर-ही-भीतर बहुत आहत होता था। इन तीन सालों में वह तीन दिन भी बाबूजी के साथ नहीं रहा था। आया भी तो बड़े सम्मानित मेहमान की तरह। सबको आदेश देता हुआ। उसकी विदेशी पत्नी तो इस तरफ थूकने को भी तैयार नहीं थी। शुरू-शुरू में कुछ पैसा नरेश ने दिया भी था। फिर यह कहकर रोक दिया था कि हम उस पैसे को बाबूजी की बीमारी की बजाय अपने पर खर्च करते हैं। वितृष्णा से भर गया था उसका मन उसके प्रति। उस दिन के बाद आज तक उसने एक पैसे के लिए भी उसे नहीं कहा था। उसका अपना प्राविडेंट फंड लगभग चुक गया था। अभी तीनों बच्चे पढ़ रहे थे। उनको सेटल करना, नैनी की शादी, कैसे होगा? अपने पर उसे क्रोध आया था। वह ही क्यों शहीद हो? उसका भी तो घर-बार है। बीवी-बच्चे हैं। उनके प्रति भी उसके कर्तव्य हैं। उसे उनको नहीं पूरा करना चाहिए क्या? एक और समस्या उठी थी--दफ्तर में उसकी सिकलीव सब खत्म हो चुकी थी। ऐसा कोई प्रावधान नहीं था सरकारी नौकरी में कि पिता की बीमारी के लिए छुट्टी मिले। झूठे सर्टिफिकेट से बार-बार अपनी लीव बढ़ाई थी। शायद किसी ने शिकायत कर दी थी। अब ऑफिसवाले सरकारी अस्पताल का सर्टिफिकेट माँग रहे थे। अभी नया आया अफसर उसे प्रीमैच्योर रिटायरमेंट लेने की सलाह दे रहा था। वह चारों तरफ से घिर गया था। समझ नहीं आ रही थी कि क्या करे।

मिलनेवालों के आने का समय समाप्त हो गया था। जो आए थे, वे जा चुके थे, बाकियों को नर्सें खदेड़ रही थीं। उनके चले जाने के बाद फिर एक बीमार चुप्पी छा गई थी। चहल-पहल खत्म हो गई। उसको या बाबूजी को मिलने कोई नहीं आता था। इस परदेश में हमारा था ही कौन? तो भी वह इस समय का हर शाम इंतजार करता और समय बीत जाने पर उदास भी होता था।

पिछले छह महीनों में उसके सामने कितने मरीज आए और चले गए थे। वह

वहीं था। अब इस वार्ड में वह बेड नं. नौ के नाम से जाना जाता था। यह नंबर बाबूजी का था, पर उसका ज्यादा और बाबूजी का कम था। क्योंकि बाबूजी के सारे काम डॉक्टरी काररवाई, जाँच-पड़ताल की रिपोर्ट, दवाई वगैरह की पूछताछ उसे ही करनी होती थी। बाबूजी चुप लेटे रहते, जरूरत पड़ने पर बेड नं. नौ के लिए वही उठता था, और जरूरत तो सारा समय रहती ही थी।

बाहर टेरेस की बत्ती जल रही थी। धुँधली सी रोशनी अँधेरे को बढ़ा रही थी। यह वार्ड पाँचवीं मंजिल पर था—सबसे ऊपर। वह कभी नीचे देखता तो लगता वह हवा में लटक गया था। कैंसर के अधमरे से मरीज और उनके साथ उनके सगे-संबंधी रात उतरते ही थके-हारे, परास्त, ताश के पत्तों के समान इधर-उधर बिखरे पड़ से जाते। गंभीर मरीज रात भर कराहते या नींद की गोली से चित्त लेटे रहते। शुरू-शुरू में बाबूजी रात को सोने से पहले कोई-न-कोई किताब पढ़ते थे या देर-देर तक धीमे-धीमे उससे बातें किया करते थे। किताब पढ़ते हुए किताब की पंक्तियों के साथ-साथ उनकी आँखें दाएँ-बाएँ होतीं और उनके चेहरे के भाव बदलते जाते। फिर वह किताब बंद कर देते। अपनी हथेलियों से आँखें ढकते। आसन लगाकर पाँच मिनट ध्यान लगाते और सो जाते। उसे लगा, इस बात को भी जैसे बरसों बीत गए थे। वह कोई सपना था, जब बाबूजी उठते-बैठते, चलते-फिरते, बोलते-बतियाते थे। नरेश कंपनी के काम से एक साल बाहर लगा आया था। लौटा तो बाबूजी को देखने के लिए अपने होटल से आधे घंटे के लिए अस्पताल आया था। उसने कहा, 'वहाँ सबका अपना जीवन है, जिसे वे एक साथ और अलग-अलग जीते हैं। इस तरह गुत्थमगुत्था नहीं होते। अपना शेड्यूल डिस्टर्ब नहीं करते। क्या वे एक-दूसरे से प्यार नहीं करते? यहाँ एक बीमार के साथ सारे परिवार का जीवन अव्यवस्थित हो जाता है। आखिर, अपना भी कोई जीवन होता है। पर यहाँ तो यह सब किसी-न-किसी ऋण से दबे-कुचले जाते हैं।' उसे नरेश की बातें समझ में नहीं आई थीं।

आजकल उसके पास सोचने और सोने का ढेर सारा समय था। बाबूजी दवाइयों के नशे में अर्धबेहोशी की हालत में थे। उनके शरीर में हर काम के लिए नलकियाँ लगी थीं—साँस लेने के लिए, दवाई लेने के लिए, यूरिन पास करने के लिए। उसे खाली बोतल को भरवाने के लिए और यूरिन की थैली भर जाने पर खाली करने तथा उसे फेंककर आने के लिए जाना होता था। शुरू-शुरू में उसे इस काम में उबकाई आती थी। उसे घिन होती थी। वह कई-कई बार हाथ धोता था,

पर अब ऐसा कुछ नहीं होता।

उसने सोचा था, क्या बाबूजी बचेंगे अब? सत्तर के तो हो गए। बच भी गए तो क्या होगा? क्या कर लेंगे वह अब? उन्हें अब ऐसा करना भी क्या था। वह अब कर भी क्या सकते थे! इन तीन सालों में बाबूजी बित्ता-बित्ता जिए थे या मरे थे, पता नहीं, पर वह जरूर मर रहा था। उनकी मौत होते-होते उसके साथ उसकी पत्नी और बच्चे भी छीज रहे थे। बच्चे बिगड़ रहे थे। बीना के वश में नहीं रहे थे। नैनी जवान हो गई थी। बीना की एसिडिटी की तकलीफ बढ़ गई थी। बाबूजी का कैंसर एक सच्चाई है, जिसे उन्हें तो भोगना ही है। डॉक्टरों की अपनी मेडिकल एथिक्स है—आखिरी साँस तक मरीज को बचाने की कोशिश करने की। अपनी-अपनी जगह सब ठीक थे। नरेश भी ठीक ही कहता होगा। और वह? घर में सबसे बड़ा बेटा वह भी ठीक ही कर रहा था—बूढ़े, बीमार बाप की सेवा!

रात गहरा गई थी। धीरे-धीरे करके इधर-उधर की फालतू बत्तियाँ बंद कर दी गई थीं। गलियारे की बत्ती रात भर जगेगी, नींद की बेहोशी में कराहते हुए मरीजों के साथ। उसे बाबूजी दूर-दूर नजर आने लगे थे। उनकी आवाज धीमी अनुगूँज की तरह सुनाई पड़ रही थी। जीवन की आपाधापी, शोर-शराबा, चहल-पहल, दिन और रात, बदलते मौसम, सब जैसे अस्पताल के बाहर ही थमे रह जाते। यहाँ घिसटती जिंदगियों के टीसते एकांत में मन धुँधला गया था। जिंदगी दूर कहीं एक काले बिंदु में बदल गई थी। उसे मौत की आहट सुनाई देती। निर्ध्वनि आती—नदी के भीतर गहरे हरे जल पर उतरती छाया सी। उसके जीवन की लय टूट गई थी। पानी के टब में गिरे पत्थर की तरह नीचे सतह में गर्क होते जाने का भाव था। छटपटाती हुई बेचैनी और हड्डियों से टकराता कोई अनजान भय। कर्तव्यनिष्ठ और प्रतिबद्ध होने तथा पितृदाय को चुकाने की यंत्रणा झेलता हुआ अब वह रात भर जागा करता था। वही कुरसी पर ढीलकर आँखें फाड़े देखता रहता था। तीन साल से वह ऐसे ही बैठे-बैठे सोना सीख गया था। बीच में कभी-कभार अगर खाली बेंच मिल जाती तो उस पर पसरकर शरीर सीधा कर लेता। नहीं तो इस वार्ड की सैकड़ों बार देखी दीवारों, छत, खिड़कियों, पुराने और नए आए मरीजों को देखता रहता। हर मरीज समझता, वह मृत्यु को झुठला रहा है। पर मृत्यु उनके साथ खिलवाड़ करती, उनके जीने पर खिल्ली उड़ाती लगती। इन जीवित डेड बॉडीज में जीवन की उपस्थिति थी ही कहाँ? मृत्यु को स्थगित करते जाना क्या जीवन है? साँसों का आना-जाना, हृदय का धड़कना क्या जीवन है? डॉक्टरी आचार-संहिता

(कोड ऑफ कंडक्ट) जीवन की आचार-संहिता से अलग नहीं है क्या? पहले उसे यह सब हास्यास्पद लगता था, लेकिन अब भयावह लगने लगा था।

सफेद कपड़ों में यंत्रवत् घूमती नर्सें उसे प्रेतात्माओं की तरह लगतीं। उसे लगता था, वह एक बहुत बड़े कब्रिस्तान में रह रहा है। ये सब मरीज लाशें थीं, जो दफनाए जाने का विरोध कर रही थीं। चीख-चिल्ला रही थीं और हाथ-पैर पटक रही थीं। उन्हें ऐसा करते देख उसे गुस्सा आता और तरस भी। वह सोचता, मृत्यु के साथ मनुष्य का कैसा संबंध हो? भय का? मैत्री का? या कैसा? मृत्यु हमारी चेतना, हमारे विचार और इंद्रियों की अभिभूत करनेवाली एक अनिवार्य उपस्थिति है। सत्य की आत्मा है मृत्यु। इस मृत्युरूपी सत्य का प्रतिकार कैसे हो? तीन सालों से वह मृत्यु को नंगी आँखों से देख रहा था। उस मृत्यु को, जिसे एक क्षण देखना भी कठिन था। जिस पितृदाय से उऋण होने के लिए वह इस तरह मर-मरकर जी रहा था। वह क्या था? चालीस साल की उम्र में डाइबिटीज, पैंतालीस साल की उम्र में अर्थराइटिस···और कैंसर को कितने साल बाकी रहे? उसके साथ सबकुछ बाबूजी के समय से पाँच-छह बरस पहले हुआ था। इसका मतलब था, बाबूजी की स्थिति में आने के लिए ज्यादा समय नहीं लगेगा। श्लथ सोचते रहने की बेचारगी और हाथ तक न उठा पाने की पस्तता में वह काँप गया था।

उसने घड़ी देखी, रात के ढाई बजे थे। इन दिनों वह सारी रात इसी तरह बैठा सोचता रहता था। उसे इनसोमनिया हो जाएगा तो! वह डरा था। कमरे से उठकर बाहर गलियारे में आ गया था और बेंच पर पसर गया था। उदासी से मन सराबोर था। उसे माँ की याद आई थी। माँ की मृत्यु एकबारगी हुई थी। बिना दस्तक दिए आई थी मृत्यु। तिप-तिप कर रिसने नहीं दिया था जिंदगी को। अचानक बैठे-बैठे ही माँ ढील गई थी। ब्रेन हैमरेज। माँ को ब्लड प्रेशर तो रहता ही था। वह डॉक्टरों और अस्पताल से बहुत डरती थी। ब्लड प्रेशर ज्यादा होता तो उसकी आँखें चढ़ जातीं, सिर में धम्-धम् होती तो वह गोली खाकर लेट जाती चुपचाप। कोई पूछता तो हँस देती, 'बस, अभी उठती हूँ। जरा सी थकावट है। कुछ हुआ थोड़े ही है।' सब जानते थे, माँ डॉक्टरों के पास जाने से डरती थी। पर उसने मौत को परास्त कर दिया था। उसके पास आने, डराने, धमकाने और चिढ़ाने से पहले ही वह उसे धकियाकर निकल गई थी।

वह सोच रहा था—यदि मृत्यु का एक अपना तर्क है तो जिंदगी का भी तो तर्क है। मरनेवाले के साथ मरा तो नहीं जाता। यह जिंदगी का एक नंगा और

बेलौस यथार्थ है। इन दिनों उसके भीतर एक प्रतिकार का भाव उफन रहा था। पिछले तीन सालों से वह बाबूजी की बीमारी और अपने परिवार—इन दोनों ध्रुवों के बीच घिसट रहा था। पर सच यह था कि बाबूजी के साथ मौत को जीते हुए उसकी संवेदनाएँ मर रही थीं। वह अपने और अपने परिवार के प्रति मुरदा हो गया था। उसके कपड़े गंदे, मटमैले रहते, दाढ़ी बढ़ी हुई और पसीना आने तथा सूखने और फिर आने से देह बदुआती रहती। उसे अपने से घिन्न आनी भी बंद हो गई थी। वह बीना और बच्चों के बारे में सोचता, पर करता कुछ नहीं था। कुछ कर ही नहीं सकता था—यह सोचकर वह मुक्त हो जाता।

सोते हुए बाबूजी लाश की तरह लग रहे थे। डेंचर के बिना पिचके हुए गाल, गड्ढों में धँसी आँखें, कहीं कोई हरकत नहीं। वह घबरा गया। उनके नथुनों के नीचे हाथ फिराया। फिर छाती पर हाथ रखा। धीमी गति से छाती उठ-गिर रही थी। पर बाबूजी अब ज्यादा जिएँगे नहीं, यह निश्चित था। पर मौत बनकर मँडराती उनकी बीमारी एक सच्चाई थी। दूसरी सच्चाई वह स्वयं और उसका परिवार था। कौन सी सच्चाई किससे बड़ी थी, यह निर्णय नहीं ले सका। पर बाबूजी की सच्चाई की लपेट में उसकी पत्नी, बच्चे और वह झुलस रहे थे। बाबूजी जी भी जाएँगे, कुछ और तो क्या होगा? बाबूजी अगर मर जाएँगे, तो भी क्या होगा? उसने एकगहरी साँस ली थी।

उसे सोते में और बैठे-बैठे भयावह सपने आने लगे थे। उसे लगा था, बाबूजी उसकी कलाई पकड़े ही मर गए थे। उसकी कलाई उनकी ठंडी और सख्त मुट्ठी में जकड़ी थी। वह वहाँ से उठ नहीं सकता था। वह वहाँ से कहीं जा नहीं सकता था। वह पूरा जोर लगा रहा था, पर उनकी मुट्ठी नहीं खुल रही थी। उनकी मुट्ठी किसी से भी नहीं खुल रही थी। अब वह उनकी मृतदेह के साथ चिपककर बैठने को मजबूर था।

खड़खड़ की तेज आवाज के साथ उसकी आँख खुल गई थीं। दो सफेदपोश स्ट्रेचर लिये आए और बेड नं. नौ को पूछ रहे थे। आदतन उसने हामी भरी थी। स्ट्रेचरवाले लड़के ने उसे डाँटा था।

'तुम्हें लेटा रहना चाहिए। बैठे क्यों हो? आओ, अब स्ट्रेचर पर लेट जाओ।'
'मैं?' वह अचकचाया था। उसने बाबूजी को हिलाया था, पर वह नहीं हिले थे। स्ट्रेचरवाले लड़के को जल्दी थी। दोनों ने मिलकर जबरदस्ती उसे स्ट्रेचर पर डाल दिया था। बाबूजी ने मुँदी आँखें खोलकर उसकी तरफ देखा था और अपना हाथ

बढ़ाया। पर स्ट्रेचर के खिसक जाने से उनका हाथ वैसे ही पसरा रहा और फिर उनके बेड की साइड में ढलक गया था।

थिएटर में उसे ऑपरेशन टेबल पर लिटा दिया गया था। उसके ऊपर तेज रोशनी फेंकी जा रही थी। सफेद कपड़ों में, मुँह, नाक, चेहरे ढके कुछ आकृतियाँ उसकी ओर बढ़ रही थीं। उनके हाथों में छुरियाँ, काँटे, चाकू इत्यादि तेज औजार थे। वह आश्चर्यचकित था कि उसे ऑपरेशन से पहले एनस्थीसिया क्यों नहीं दिया गया था। उसने अपने ऊपर झुके व्यक्ति को देखा और चिल्लाया था। 'बाबूजी, आप यहाँ कैसे?' उनका चेहरा ढका था, पर उनकी आँखों में कौंध थी। वह धीरे-धीरे उसके ऊपर झुक रहे थे। उनकी साँस उसके चेहरे पर टकरा रही थी। वह नहीं समझ पा रहा था कि अपने बेड से उठकर वह डॉक्टर के वेश में यहाँ कैसे आए थे! वह बिना एनस्थीसिया से उसका ऑपरेशन क्यों करना चाहते थे? क्या वह उसे दर्द से तड़पता देखना चाहते थे? क्या वह उसे दर्द का स्वाद चखाना चाहते थे। वह उनको कहा करता था, 'सबकी अपनी पीड़ा है। सबको उसे झेलना होता है। ऊपरी तहों पर ही उसे दूसरों से बाँटा जा सकता है, पर भीतर से सब उसे अकेला ही भोगते हैं। उसमें कोई शामिल नहीं होता। यों भी सबको अपनी पीड़ा बड़ी और दूसरों की छिछली लगती है···' बाबूजी निर्मम होकर उसकी ओर आ रहे थे हाथ में चाकू लिये। वह चिल्लाया था। उसकी आँखें खुल गई थीं···।

बाहर अँधेरे में टेरेस पर पेड़ों की हिलती छायाएँ थीं। उनकी टहनियों में ही रोशनी अटक जाती थी। नीचे तक पहुँचती ही नहीं थी। चाँदनी रातों में पीली सी रोशनी पिघलती-फैलती और फिर सब अँधेरे में डूब जाता। एक ठहराव सा आ जाता। बेडौल छायाएँ फिर हिलने-डुलने लगतीं। उसे लगा, एक छाया बाबूजी की थी। वह उनकी प्रोफाइल से उन्हें अच्छी तरह पहचान सकता था। बाबूजी टेरेस की मुँड़ेर पर खड़े थे। नीचे झाँक रहे थे। पर वह नीचे कूदना चाहते थे। क्या वह अपनी बीमारी से तंग आ चुके थे? पर वह कूद क्यों नहीं रहे? अब वे क्यों जीना चाहते हैं? इस हालत में और जीकर क्या करेंगे वह? बाबूजी आगे को झुक रहे थे। वह उन्हें नहीं रोकेगा। तीन साल तक उनके साथ लिदड़ने की कसैली यादें। नहीं, पर इस तरह बाबूजी को कूद जाने देना भी ठीक नहीं होगा। उसे उन्हें रोकना चाहिए। पर नहीं। वह चीखा था। देखा, हवा के तेज झोंके के साथ खुली खिड़की का काँच दीवार से टकराकर टूट गया था। आँधी आने के आसार थे। दो-तीन दिन से गरमी बढ़ गई थी। उसने देखा, बाबूजी निश्चिंत सोए थे—दवाइयों के असर में।

उन्हें किसी का डर नहीं था। शायद मौत का भी नहीं। क्योंकि अब कोई भी उनका कुछ नहीं बिगाड़ सकता था। सत्तर साल तक जो उन्होंने करना था, कर चुके थे। जो होना था, हो चुका था। अब वह ऐसे ही लेटे हुए उसे ठेंगा दिखाते रहेंगे। उसकी सोच संतुलन के दायरे से फिसल रही थी। उनके चेहरे, उनके नाक, मुँह, बाँहों और टाँगों के बीच प्लास्टिक के बैग ऐसे ही लटके रहेंगे। बिस्तर के नीचे लटके यूरिन बैग को वह यों ही खाली करता रहेगा। बेड पैन देता, खाली करता, धोता और रखता रहेगा। इन सब कामों से उसका कितना भी जी मितलाए, पर वह वैसे ही शांत, आँखें बंद किए जाने या बेहोश होने का नाटक रचते रहेंगे? वह कभी नहीं कहेंगे—बस। बहुत हुआ। जाओ, इस नरक से बाहर चले जाओ!

उफ! कितने स्वार्थी हैं बाबूजी। गुस्से में उसके दाँत किटकिटाए थे। उसका मन किया कि वह उनके नाक से लगी नलकी को खींच दे। आखिर कब मुक्त होगा वह पितृऋण से। कैसे मुक्त होगा वह? अभी कितना ऋण और बचा है? नहीं, और नहीं। वह उठ खड़ा हुआ। उसने अपना सामान समेटना शुरू कर दिया था। पॉलिथीन बैग में अपना तौलिया, ब्रश, टुथपेस्ट, कंघी और अपने बिन तहाए कपड़े ठूँस लिये थे। कपड़ों के साथ अस्पताल की बदबूदार हवा भी भीतर चली गई थी। उसने रुककर बाबूजी की तरफ देखा था—जीवित कंकाल से। बस साँस चल रही थी। उसके विचार ने पलटा खाया। बाबूजी को अगर कुछ हो गया तो? उनकी मृत देह को वह अपने शहर कैसे ले जाएगा? किसी पब्लिक सवारी में तो नहीं ही जा सकती उनकी मृत देह। तो वह टैक्सी करेगा। टैक्सी में जो इतने ढेर सारे पैसे लगेंगे, कहाँ से लाएगा वह? वह बैठ गया था निरस्त भाव से। दूसरा उपाय था, यहीं उनका दाह संस्कार कर देना। पर फिर उसकी बिरादरी के लोग क्या कहेंगे? यों भी अकेला वह कैसे करेगा सबकुछ? इस परदेश में कौन है उसका? कांता। वह तो जाने कब की भूल भी गई होगी। नहीं तो क्या एक बार भी न आती इतने सालों में। यही ठीक है। अस्पताल में कुछ देर के लिए खलबली मचेगी। फिर पिछले तीन बरसों के सारे सबूत दस-पंद्रह मिनटों में मिटा दिए जाएँगे। खिड़कियाँ खुलेंगी। फर्श की फिनाइल से धुलाई होगी। बदबूदार हवा बाहर निकलेगी। नर्स खटाखट बेड की चादर बदलेगी। वही नर्स जो दस बार कहने पर भी चादर नहीं बदलती थी। चादर के साथ कंबल और तकिए का गिलाफ भी बदलेगी।

वह फिर अटक गया था। बाबूजी ठीक हो गए तो? वह स्वयं बाबूजी के

बिना क्या करेगा? इतने अरसे तक उनके साथ रहते-रहते उसका सारा मेटाबोलिज्म ही बदल चुका था। उसे लगा, बाबूजी सचमुच ठीक हो गए। कमजोर तो हैं, पर दीवार के साथ तकिए के सहारे बैठ गए थे। साथ के पेशेंट के बेड से उन्होंने अखबार उठा लिया था। अपना चश्मा भी निकाल लिया था। पहले की ही तरह उन्होंने आठवाँ पन्ना खोला था। जिस पर शेयर बाजार के भाव छपे थे। उसने देखा, बाबूजी के कमजोर चेहरे के पीछे एक चतुर, समझदार और होशियार आदमी का चेहरा था—इच्छाओं और आकांक्षाओं से लकदक जिजीविषावान चेहरा। दूसरी तरफ वह था, जो पचास पर पहुँचकर हाँफने लगा! लेकिन अब इस स्थिति में वह शेयर बाजार का भाव जानकर क्या करेंगे?

वे चेता था। नर्स के रबड़ सैंडलों की फच-फच थी। उसे लगा था, बाबूजी अभी और जिएँगे। ठीक होंगे या नहीं, पता नहीं। उसने अपना बचा सामान, कपड़े लत्ते, कागज-पत्तर थैले में ठूँसे थे और उठ खड़ा हुआ था। उसने घड़ी देखी थी—तीन बजे थे। उसे सुबह छह बजे की ट्रेन मिलेगी। पर उसे जल्दी-से-जल्दी यहाँ से निकल जाना चाहिए।

उसने मुड़कर देखा, बाबूजी हिले थे शायद। वह लौट आया था। उसकी टाँगें काँप रही थीं। बार-बार चेहरा पसीने से तर हो जाता। उसने अपने को समझाया था—क्यों भयभीत हो रहा है वह? यदि ठीक हो गए तो वह समर्थ हैं। नहीं तो सरकारी खर्चे से उनका क्रियाकर्म तो हो ही जाएगा। उसे जाना चाहिए। पर वह रुका था—बाबूजी का पिंडदान कौन करेगा? पिंडदान न हुआ तो बाबूजी की गति कैसे होगी? उनकी आत्मा दूसरे शरीर में प्रवेश कैसे करेगी? बाबूजी की आत्मा को भटकना पड़ेगा। अपने कर्मों के अनुसार वह पुनर्जन्म में अपना स्थान कैसे लेंगे? यमराज के चंगुल से बिना पिंडदान किए उनका छुटकारा कैसे होगा? दस नहीं तो चार पिंडदान तो होने ही चाहिए। शय्यादान, भोजन, वस्त्र, आभूषण-दान द्वारा वह बाबूजी को स्वर्ग तो नहीं भेज सकता, पर पिंडदान तो उनका होना ही चाहिए। क्या करे वह? चार पिंडदान तो करने ही होंगे। दो जलाने से पहले और दो बाद में। वह कहाँ से लाए जौ का आटा और गंगाजल। वह फिर दुविधा में पड़ गया था।

सामने रात का खाना प्लेट से ढका वैसा ही पड़ा था। बाबूजी तो खा ही नहीं सकते थे और उसने भी नहीं खाया था। उसने ढक्कन उठाया—चावल, रोटी, दाल सब्जी। रोटी परे हटाकर उसने चावल में दाल-सब्जी डालकर, हाथ से मथमथकर

उसे गूँथ लिया। उसने उसके चार गोले बनाए। कटोरी में पानी रखा और बाबूजी के बेड के सिरहाने दोनों तरफ दो गोले सरका दिए और दो कागज में लपेटकर थैले के ऊपर रख लिये। इन्हें रास्ते में कहीं···वह बाहर आया था। यह ब्रह्ममुहूर्त था! रात के ऊपर से धीमे-धीमे अँधेरे की परत सरकनी शुरू होनेवाली थी। स्टेशन दूर था, पर वह चलकर ही जाएगा। ताजा हवा में साँस लेना उसे अच्छा लग रहा था।

□□□